KB180946

오래된
신들이 섬에
내려오시니

오래된 신들이 섬에 내려오시니

ⓒ 전건우 전혜진 정명섭 황모과 김선민 사마란 2021

초판 1쇄	2021년 8월 30일
초판 2쇄	2022년 5월 16일

지은이	전건우 전혜진 정명섭
	황모과 김선민 사마란

출판책임	박성규	펴낸이	이정원
편집주간	선우미정	펴낸곳	도서출판 들녘
편집진행	이동하	등록일자	1987년 12월 12일
디자인	고유단	등록번호	10-156
편집	이수연·김혜민		
마케팅	전병우	주소	경기도 파주시 회동길 198
경영지원	김은주·나수정	전화	031-955-7374 (대표)
제작관리	구법모		031-955-7381 (편집)
물류관리	엄철용	팩스	031-955-7393
		이메일	dulnyouk@dulnyouk.co.kr

ISBN	979-11-5925-659-2 (03810)

값은 뒤표지에 있습니다. 잘못된 책은 구입하신 곳에서 바꿔드립니다.

오래된 신들이 섬에 내려오시니

코스믹 호러 × 제주설화 앤솔로지

전건우

전혜진

정명섭

황모과

김선민

사마란

괴이학회 × 들녘

목 차

一   광기의 정원   전건우   7

二   단 지   전혜진   93

三   수산진의 비밀   정명섭   147

四   딱 한 번의 삶   황모과   203

五   뱀무덤   김선민   243

六   영 등影燈   사마란   283

광기의 정원

전건우

1. 전화

새벽에 걸려오는 전화는 받지 마.

어머니는 늘 그런 말씀을 하셨다. 그것도 치매에 걸린 이후로 줄곧. 한 번은 왜 그렇게 말씀하시느냐고 물었더니 새벽 전화는 귀신이 건다는 말도 안 되는 이야기를 하셨다.

귀신이 꼬드겨서 데려가려는 거야. 그러니 받지 마!

어머니는 누구에게랄 것도 없이 그 이야기를 하셨고 나를 포함해 주위 사람들은 대수롭지 않게 흘려들었다. 다만 한평생 교회를 다니셨던 분이 귀신 운운하니 낯설기는 했다.

그로부터 반년이 채 안 돼 어머니는 돌아가셨다. 다른 지병이 없었던 터라 가족으로서는 갑작스러운 임종이었다. 정신없이 장례식을 치르고 나서야 어머니의 부재를 느꼈다. 가슴에 뚫린 깊고 큰 천공은 그 어떤 것으로도 메울 수 없었다. 나는 덤덤함을 가장한 채 어머니의 유품을 정리했다.

그때 발견했다. 어머니가 새벽에 누군가와 통화를 했다는 사실을. 핸드폰에 찍힌 통화 날짜는 임종 전날을 가리키고 있었다. 낯선 번호였다. 물론 어머니 핸드폰에도 저장되지 않은 번호였다. 나는 그 번호를 눌러 전화를 걸어봤다. 한참 신호음이 떨어진 후 연결되었다.

"여보세요?"

상대방은 말이 없었다. 의미를 알 수 없는 소리가 흘러나올 뿐이었다. 지하 깊숙한 곳에서 무언가가 끓어 넘치는 듯한 소리였다. 계속 듣고 있자니 기분이 나빠져 나는 전화를 끊었다. 그 후로는 애써 신경을 쓰지 않았다.

그 전화가 걸려온 것도 새벽이었다. 침대 옆 협탁에 놓아둔 핸드폰이 진동하는 소리에 눈을 떠보니 새벽 두 시였다. 아내가 깰까 봐 얼른 핸드폰을 들고 확인했다. 모르는 번호였다. 나는 꺼림칙한 마음을 누르며 거실로 나갔다. 그믐이라 달빛 하나 비쳐 들어오지 않는 거실은 커튼을 열고 있어도 지독하게 어두웠다. 맞은편 동에도 불 켜진 집이 없었다.

내가 거실을 서성이며 망설이는 동안에도 전화는 끊어지지 않았다. 집요함마저 느껴질 정도였다. 잘못 걸려온 거로 생각하고 끊어버릴 수도 있었지만 나는 그러지 않았다. 뭐라고 해야 할까, 이 전화를 꼭 받아야 한다는 낯선 예감과 그냥 무시해버리라는 이성의 외침 사이에서 나는 그 어느

쪽도 선택할 수 없었다. 그저 전화를 건 이가 제풀에 지쳐 끊기를 바랄 뿐.

내 바람은 이루어지지 않았다. 손바닥을 타고 전해지는 핸드폰의 떨림은 기이할 정도로 오래 계속되었다. 나는 결국 굴복했다. 미지의 부름에 응한 것이다.

"네. 최진만입니다."

"후후."

전화를 건 이는 내가 받으리라는 것을 알았다는 듯 웃기부터 했다. 그러고는 예상하지 못했던 말을 덧붙였다.

"서천꽃밭으로 가는 길을 발견했네."

순간 잘못 들었나 싶었다. 내가 아는 한 '서천꽃밭'이라는 명사와 '발견했다'는 동사는 어울릴 수가 없었다. 당황한 나는 더듬거리며 물었다.

"누, 누구… 시죠?"

"날세. 벌써 잊었나?"

그 순간 정신이 번쩍 들었다. 쇠를 긁는 듯한 거친 목소리하며 소설 속 등장인물이 구사할 법한 문어체 말투까지, 모든 게 한 사람을 가리켰다. 오래전에 이미 사라져버린 사람을.

"김동호?"

나도 모르게 목소리가 높아졌다.

"후후. 아직 잊지 않았나 보군. 고맙다고 해야겠지?"

"어떻게 된 거야? 아니, 그것보다 지금 어디야?"

무려 5년 만에 듣게 된 동료 학자이자 절친한 친구의 목소리에 나는 흥분을 감출 수 없었다.

김 교수, 그러니까 김동호는 학계에서는 기인으로 통했다. 대중성과는 거리가 먼 민속학이라는 학문, 그중에서도 비주류인 설화만을 전문으로 팠기 때문만은 아니었다. 그는 학부생 시절부터 광적인 면이 있었다. 하나에 몰두하면 끝을 보지 않고서는 물러서지 않았는데 그의 그런 기질이 종종 문제를 일으켰다. 자신만의 생각에 갇혀 지나칠 정도로 과감한 주장을 한다거나, 자기와 다른 의견을 제시하면 맹렬히 비난한다거나 해서 온갖 사람과 마찰을 빚었다. 심지어는 지도 교수님과 싸워 내가 중재했던 적도 있었다. 박사 학위를 따고 교수가 된 후에도 김동호의 이런 면은 전혀 나아지지 않았다. 오히려 더 심해져 문제적이라 부를 만한 논문을 속속 발표했고 그것에 대해 다른 학자들과 종종 설전을 벌였다. 5년 전, 홀연히 자취를 감추기 전까지는.

"여기는 제주도라네. 지난 몇 년간 줄곧 여기서 연구를 계속했지."

김동호는 태연히 말했다.

"국내에 있었으면서 여태 연락 한 번 없었다니, 너무하잖아. 나는 혹시라도 잘못됐을까 봐…."

"미안하네. 내 가설을 입증하기 위해서는 속세를 떠날 필요가 있었다네. 후후."

가설이라….

나는 김동호가 사라지기 전 발표했던 논문을 떠올렸다. 그는 논문에서 실로 대담한, 아니 황당하다고도 말할 수 있는 가설을 내세웠다.

"가설이라면, 그걸 말하는 건가? 제주 설화가 실재했던 사건을 바탕으로 했다는 거?"

"역시 자네라면 기억해주리라 생각했네. 맞아. 나는 줄곧 제주에서 내 논문을 뒷받침해줄 증거들을 찾고 있었지."

영등할망, 자청비, 선문대할망, 가믄장아기 등 제주만의 독특한 설화는 그 자체로 연구자의 상상력을 자극하는 매력적인 이야기들이다. 그렇다고 해서 그 설화들이 사실을 바탕으로 만들어졌다 믿는 사람은 여태껏 없었다. 김동호를 제외하고는. 그랬으니 그런 소문이 돌 법도 했다.

김동호 교수가 드디어 미치고 말았다는 소문.

"아무튼, 이렇게 연락을 줘서 고마워. 나는 네가 안 좋은 일이라도 당했을까 봐 내내 걱정이었거든."

"후후. 안 좋은 일이라… 하긴 그런 결심을 했던 적도 분명 있었네. 하지만 마음을 돌이켜 먹은 결과 드디어 대단한 발견을 했다네! 지난 5년의 고생이 헛된 것이 아니었다는 거지!"

김동호의 목소리는 살짝 떨리기까지 했다.

무려 5년 만에, 그것도 이 새벽에 내게 전화를 할 정도라면 분명 의미 있는 발견이자 특별한 성과일 것이다. 그럼에도 나는 선뜻 축하의 말을 건넬 수 없었다. 연구 성과에 관해 물어보지도 못했다. 김동호의 첫마디가 내 머릿속을 떠나지 않았기 때문이다.

서천꽃밭으로 가는 길을 발견했네.

그건… 있을 수 없는 일이었다.

"건강은 괜찮고?"

나는 애써 딴 얘기만 했다.

"물론이지. 나는 말일세, 지금 그 어느 때보다 건강하고 머리도 맑은 상태네."

"그동안 어떻게 지냈어? 나한텐 연락을 했어야지."

우리는 학부생 때부터 붙어 다닌 건 물론이요, 30년 넘게 같은 학문을 공부하며 우정을 이어왔다. 적어도 나는 그렇게 생각했다. 서로에게 가장 친한 친구라고.

"그 점은 미안하게 생각하네. 내가… 좀 힘들었지. 연구를 위해서라면 모든 연을 끊고 몰두할 필요가 있었네. 자네라면 이해해주리라 생각했지."

"그래서 성과는 있었나?"

결국, 그걸 물어볼 수밖에 없었다.

"말했지 않나? 서천꽃밭으로 가는 길을 발견했다고. 후후."

"김 교수. 하지만 그건…."

"내가 정식으로 초대하지. 비행기 표도 끊어줄 테니까 제주도로 오게. 어차피 학기도 끝났으니 시간 있지 않은가. 나와 서천꽃밭에 가는 거네!"

난감했다. 오랜 친구를 보고 싶다는 마음과 친구의 예견된 몰락을 마주하기 싫다는 마음이 갈등했다. 그렇다. 그쯤에서 나는 거의 확신하고 있었다. 김동호는 정말로 정신이 무너진 것이다. 그러지 않고서야 서천꽃밭에 가자고 말할수는 없을 테니.

서천꽃밭.

그곳은 제주도 설화에 내려오는 가상의 세계였다. 이승과 저승의 경계에 펼쳐진 광대무변한 정원. 그곳에는 죽은 사람을 살리는 꽃, 폭탄처럼 폭발해 적을 섬멸하는 꽃 등 그야말로 전설 속에나 등장할 만한 꽃들이 지천으로 피어 있다. 무척 흥미로운 장소고 재미있는 이야기지만 그렇기에 실존할 수 없는 장소, 그것이 바로 서천꽃밭이었다.

"선뜻 믿지 못하는 것도 이해하네. 그렇다면 그저 여행삼아 오는 건 어떤가? 오랜만에 회포도 풀 겸 말이야. 내 이야기를 들어본 후에 아니다 싶으면 바로 돌아가는 걸세."

내가 머뭇거리자 김동호가 다시 말했다.

그래. 차라리 그런 쪽이라면 나름의 명분도 있겠다 싶었다. 친구를 만나 그간의 이야기를 나누며 술 한잔 기울이는것도 나쁘지는 않을 테니까. 게다가 제주도 아닌가.

"좋아. 그러면 가도록 할게. 그런데 언제쯤….."

"내일. 내일 당장 내려와. 그리고 자네 선택에 달린 거지만 겨울 산행을 하게 될 테니 등산복 챙겨 오는 거 잊지 말고."

"잠깐."

"그럼 비행기 표는 메시지로 보내주겠네. 내일 보세."

김동호는 거기까지 말한 후 일방적으로 전화를 끊었다. 자기중심적인 면은 5년 전이나 지금이나 똑같았다.

나는 침묵을 되찾은 핸드폰을 한참 내려다봤다. 김동호와의 통화가 마치 꿈처럼 느껴졌다. 잠은 달아나버렸다. 어둠에 휩싸인 거실을 한참 서성이다가 소파에 앉았다. 낯설고 생경한 감정이 마음속 깊은 곳에서 굼실굼실 올라왔다. 그 감정이 두려움이라는 사실을 깨달은 건 날이 거의 밝아 올 무렵이었다.

2. 제주도

겨울인데도 제주공항에는 여행객이 많았다. 게이트를 빠져나오자 내 이름을 쓴 종이를 들고 있는 낯선 사람이 기다리고 있었다. 20대 후반쯤으로 보이는 남자였다. 안경과 차림새로 보아 연구원이라는 걸 단박에 알 수 있었다.

"최 교수님. 안녕하세요? 저는 김 교수님 밑에 있는 박승혁이라고 합니다."

박승혁은 서글서글하게 웃으며 인사를 건넸다.

"김 교수는 어디 있습니까?"

나는 공항 로비를 둘러보며 물었다.

"교수님은 연구실에서 탐사 준비를 하고 계세요."

"탐사?"

"서천꽃밭이요."

당연하지 않냐는 듯 웃어 보이며 박승혁은 내 짐 하나를 들고 성큼성큼 걸어갔다. 나로서는 그 뒤를 따라가는 수밖에 없었다.

잠시 후 나는 박승혁이 운전하는 카니발 뒷좌석에 앉아 창밖을 바라보고 있었다. 눈 덮인 제주 풍경은 말로 표현할 수 없을 정도로 아름다웠다. 먹구름이 내려앉기는 했지만 그 사이로 간간이 비치는 햇살은 눈부셨다.

"교수님과는 아주 오랜 친구라고 들었습니다."

묵묵히 운전을 하던 박승혁이 말을 건넸다.

"네. 30년 정도 되었네요."

"그럼 김 교수님에 대해 모르는 게 없으시겠네요? 젊었을 때 그분은 어떠셨어요?"

"지금은 어떤가요?"

"네? 아! 지금은… 언제나 확고한 철학을 가지고 계시고 저희에게 비전을 제시해주시죠. 하하."

적절하다고 표현할 수밖에 없는 대답에 순간 피식 웃음이 새어 나왔다.

"확고한 철학과 비전이라… 20대 때는 김 교수의 그런 점이 똥고집과 헛된 망상으로 불렸죠."

"네? 하하. 재밌네요!"

박승혁은 내가 농담을 한 것이라 생각하는 듯했다. 나는 굳이 정정하지 않았다. 설령 사실이라 밝힌다 해도 서천꽃밭 탐사를 아무렇지 않게 이야기하는 제자에게는 통하지 않았을 테지만.

김동호의 연구실은 애월에 있었다. 해안도로를 따라 달리다가 좁은 골목으로 들어가 몇 번의 좌회전과 우회전을 반복한 곳에 허름한 단독주택 하나가 서 있었다. 간판이나 문패도 없는 그곳이 바로 연구실이었다.

"초행인 사람은 찾지도 못하겠군요."

"그걸 의도하고 이 집을 고르셨다고 했어요."

과연 김동호다운 결정이었다.

나는 트렁크를 끌고 마당으로 들어섰다. 낡은 집과 달리 마당에는 붉고 화사한 동백꽃이 지천으로 피어 있었다. 동백꽃은 바닥에 깔린 하얀 눈과 대비되어 더 탐스러워 보였다. 내가 멈춰 서서 동백나무를 보고 있자 박승혁이 한마디를 했다.

"원래부터 있던 나무래요. 돌보는 사람도 없는데 매년 저렇게 꽃을 피우네요. 신기하죠?"

나는 고개를 끄덕였다. 자연의 신비는 인간이 이해할 수 없는 영역이다. 물론 그 영역을 침범해 이해하려고 분투하는 것이 학자의 임무이긴 하지만.

"최진만!"

내 이름을 부르는 소리에 딴생각에서 벗어나 고개를 돌렸다.

현관 앞에 김동호가 서 있었다. 5년. 길다면 길고 짧다면 짧은 세월을 건너뛰어 다시 만난 친구는 예전에 내가 알던 그 외모가 아니었다.

울대가 복숭아씨처럼 도드라질 정도로 비쩍 마른 건 물론이고 풍성했던 머리카락도 훤히 비어 있었다. 말라서 그런지 안 그래도 큰 눈이 더 도드라져 금방이라도 튀어나올 것 같았다. 누렇게 뜬 피부와 움푹 들어간 뺨은 김동호의 건강이 정상이 아니라는 신호처럼 보였다. 변하지 않은 것은 눈빛뿐이었다. 모든 걸 꿰뚫어 보는 듯한 그 날카로운 눈빛만이 칠흑의 바다를 비추는 등대처럼 번득이고 있었다.

"오랜만이다."

나는 머릿속을 가득 채운 상념을 뒤로하고 친구와 악수를 했다. 말라비틀어진 나뭇가지처럼 앙상한 동호의 손을 잡자 순간 울컥했다.

"다이어트 중이냐? 왜 이리 말랐어?"

감정을 애써 숨기며 농담을 던지자 동호가 크게 웃었다.

"하하하. 자네는 똑같구먼. 흰머리가 많아진 걸 빼면 말이야."

"이젠 염색도 귀찮아서 그냥 다녀."

"어허. 최고 인기 교수가 그러면 쓰나. 아무튼, 빨리 들어가세."

나는 동호를 따라 집, 아니 연구실 안으로 들어갔다. 겉보기와 달리 내부는 제법 잘 꾸며져 있었다. 책장에는 족히 수백 권은 될 법한 책이 가득했고 커다란 모니터를 자랑하는 컴퓨터와 어디서 입수했는지 모를 고문서들이 책상을 장식하고 있었다. 그중 내 시선을 사로잡은 것은 용도를 알 수 없는 네모 상자였다. 얼핏 보면 브라운관 TV처럼 생긴 그것은 화면에 지도와 녹색 점 몇 개를 띄운 채 조용히 존재감을 드러내고 있었다. 생전 처음 보는 물건이었다.

"E-detector 0784야."

"뭐?"

"자네가 보고 있는 그거 말일세. 정식 명칭이 E-detector 0784라고."

"아!"

그래도 여전히 이해하기 어려웠고, 그 표정이 고스란히 드러났는지 박승혁이 웃으며 말했다.

"저희는 그냥 에너지 탐지기라 부릅니다."

"전파 탐지기와 비슷한 거라고 이해하면 됩니까?"

"네. 비슷하죠. 다만 이 녀석은 군⋯."

"최 교수. 트렁크는 여기 둬."

동호는 박승혁의 말을 자르며 소파 옆을 가리켰다.

"그럼 이 짐도 일단 여기 두겠습니다."

박승혁은 그렇게 말하며 소파 위에 내 가방을 내려놓았다. 나도 동호의 말에 따라 트렁크를 소파 옆에 세워뒀다.

"저 친구와는 인사 나눴지?"

동호가 박승혁을 가리키며 물었다.

"그럼. 김 교수 칭찬을 어찌나 하던지."

"승혁 군은 제주에서 나고 자라서 섬 구석구석을 잘 알아. 게다가 머리도 비상하고."

"감사합니다."

박승혁은 쑥스러운 듯 머리를 긁적이다가 컴퓨터 앞에 앉았다.

"자, 내 방으로 가지. 거기서 본격적인 이야기를 시작해보자고."

나는 동호를 따라 제일 안쪽 방으로 향했다. 우리가 들어가자 서류 뭉치에 코를 박고 있던 여자가 얼른 일어났다. 박승혁과 비슷한 또래로 보였고 마찬가지로 김동호의 제자인 것 같았다.

"안녕하세요?"

여자가 꾸벅 인사를 했다.

"소개하지. 이쪽이 최 교수. 내가 말했던 친구네."

"반갑습니다. 최진만이라고 합니다."

나도 여자에게 인사를 건넸다.

"전 민주희입니다. 김 교수님을 돕고 있어요."

"주희 양은 내 오른팔이나 다름없네. 같이 온갖 고생을
한 덕에 드디어 결과를 얻게 된 거지."

"그 결과라면…."

"서천꽃밭."

한 치의 망설임도 없이 말하는 동호를 보며 안타까움과
호기심을 동시에 느꼈다. 나는 뭐라 대답해야 할지 몰라 그
저 웃기만 했다.

"말씀 나누세요."

민주희는 서류를 한 아름 들고 밖으로 나갔다.

"자, 앉게나."

나는 책상을 사이에 두고 김동호와 마주 본 채 앉았다.
가까이서 보니 동호의 얼굴은 더 엉망이었다. 깊게 팬 주름
이야 살이 빠져서 그렇다 쳐도 거칠한 피부와 충혈된 눈은
건강 상태를 의심하기 충분했다.

"무슨 생각 하는지 아네만, 난 멀쩡하다네. 아픈 곳도 없
지."

내 마음을 읽은 듯 동호는 그렇게 말하며 피식 웃었다.

"거울은 보고 이야기하는 거야? 길거리에서 만나도 몰라 보고 그냥 지나치겠다."

"제주의 맑은 공기를 마시면 안 먹어도 배가 부르거든."

"제주도 홍보대사도 아니고 원 참."

"보아하니 할 말이 많은 것 같은데 일단은 내 이야기부터 들어주겠나? 친구가 아닌, 같은 학문을 연구하는 학자의 관점에서. 부탁하네, 최 교수."

돌연 진지한 표정으로 말하는 바람에 나도 모르게 자세를 고쳐 앉았다. 어찌 된 영문인지 들어볼 필요는 있었다. 그래야 동호가 제정신인지 아닌지 판단할 수 있을 것 같았다. 물론 학자의 호기심이 발동하기도 했다.

"알았으니까 이야기해봐."

"우선 내 신상에 관해 이야기해야겠군."

동호는 그렇게 말하며 쓸쓸한 미소를 지었다.

"안 그래도 물으려 했다. 너 가족이 그렇게 된 직후에 사라졌잖아. 그래서 사람들이 배로 더 걱정한 거 아냐."

"지금은 다시 셋이서 오붓하게 지내고 있어."

"응?"

순간 무슨 말인지 알아듣지 못했다. 동호는 웃음을 띠며 다시 또박또박 말했다.

"가족과 잘 지낸다고."

"그게 무슨….".

"처음엔 힘들었네만 그래도 이제 움직일 수 있는 정도는 되니까 금세 적응하겠더군. 후후."

예감이, 일종의 불길한 예감이 머릿속 어딘가에서 슬슬 퍼지기 시작했다. 네가 들을 이야기는 아주 끔찍할 거야! 그렇게 경고하면서.

내 기억이 정확하다면, 김동호의 아내와 딸은 5년 전에 죽었다.

3. 꽃

그날은 유독 비가 많이 내렸다. 나와는 달리 동호는 흐리고 비 오는 날을 좋아했다. 그런 날이면 혼자서라도 한잔 걸치고 내게 전화를 걸어와 노래를 불러주는 게 동호의 멋스러운 술버릇이었다.

그랬기에 저녁 무렵 걸려온 동호의 전화도 또 한잔했구나, 하면서 가볍게 받았다. 내 예상은 완전히 빗나갔다. 동호는 내가 말을 하기도 전에 절규하듯 울어댔다. 살아오면서 들은 중 가장 무섭고 슬픈 울음이었다. 그 울음이 잦아들고 동호가 겨우 입을 뗀 것은 30분이나 지나서였다.

"재아랑 재아 엄마가 죽었어. 좀 와줘."

나는 전화를 끊자마자 검은색 정장을 갖춰 입고 장례식장으로 향했다. 두 사람은 나와도 친했다. 제수씨는 동호와 다르게 싹싹하고 다정해 분위기를 좋게 만들었고, 재아는 전교 1등의 수재로 목표와 꿈이 확실했다.

장례식장에는 이미 소식을 들은 사람들이 서너 명씩 찾아왔고 동호는 나를 보자마자 다시 한참을 울었다. 이번에는 나도 같이 울었다.

교통사고였다. 제수씨가 운전하던 승용차를 대형 덤프트럭이 중앙선을 넘어 달려와 그대로 깔아뭉갰다. 제수씨와 재아는 현장에서 숨졌고, 만취한 트럭 기사는 긁힌 자국 하나 없었다. 기막힌 사연을 알고 나자 동호가 더 걱정됐다. 아니나 다를까, 동호는 두 사람을 묘지에 묻을 때까지 한마디도 하지 않았다. 동호의 침묵은 계속됐고, 이틀 후에는 완전히 사라졌다. 누구도 모르게, 완벽히.

그런데 가족과 잘 지낸다고?

설마 그사이에 재혼한 건가?

온갖 생각이 머릿속에서 시끄러운 날갯짓을 하며 자신의 존재를 뽐냈다. 아무리 상상해봐도 소용없다는 걸 깨닫기까지는 채 몇 분이 걸리지 않았다. 나는 안쪽 꽉 찬 직구를 선택했다.

"이봐. 친구야. 제수씨도, 재아도 교통사고로 죽었잖아. 설마 그걸 잊은 거야, 아니면 애써 모른 척하는 거야?"

그 질문을 할 때쯤에는 나름의 결론을 내린 상태였다. 동호는 5년 전의 그 사고로 그나마 정상 쪽에 걸치고 있던 한 발마저 빼버린 것이다. 내가 여전히 동호를 사랑하고, 진정으로 친구를 위한다면 할 일은 한 가지였다. 겨울 산행이 아니라 김동호를 병원으로 데려가는 것.

내 마음을 아는지 모르는지 동호는 여전히 웃는 표정으로 엉뚱한 대답을 했다.

"내가 제주도에 오게 된 건 한 가지 제보를 받았기 때문일세. 그때 나는 제주도의 심마니들 사이에서 내려오는 소문 하나를 파고 있었거든. 서천꽃밭과 관련한 소문이었지."

기억났다. 동호가 사라지기 직전 마지막으로 술잔을 나눴을 때도 비슷한 이야기를 했다. 결정적인 제보를 받아서 어딘가로 떠난다고. 장례식을 치른 직후의 일이었다. 나는 그저 빈말이라 생각했는데….

동호는 이야기를 계속했다.

"나는 제주행 비행기에 오를 때까지만 해도 너무 슬펐네. 어쩌면 제주도에서의 며칠이 내 인생의 마지막 삶이 되리라고 생각했던 것도 같네. 삶의 의미가 한 번에 다 사라졌으니까 말일세."

"이 친구야. 그럼 연락을 했어야지. 그러면 내가 동행했을 거 아냐!"

"하려고 했네. 첫날에 심마니로부터 그 꽃을 얻지 못했다면 분명 자네에게 도움을 구했을 거야."

동호는 덤덤하게 말했다.

"꽃? 심마니? 도대체 무슨 이야기를 하는 거야?"

나도 모르게 목소리가 커졌다. 내가 알던 김동호는 말을 빙빙 돌리는 사람이 아니었다. 하고 싶은 말만 하는 것으로도 모자라 바로 핵심으로 들어가 혼자 결론까지 내버리는 바람에 자진해서 오해를 불러일으키는 인물이었다. 그런 친구가 지금은 빙빙 돌다 못해 수박 겉만 핥고 있었다.

"흥분하지 말고 일단은 내 얘기부터 들어주지 않겠나?"

동호의 부탁에 나는 입을 꾹 다물었다. 앞으로 무슨 이야기가 나올지는 모르겠지만 내 머릿속에는 오늘 당장 돌아가야겠다는 생각만 가득했다.

"제주도에 수많은 설화가 내려온다는 건 누구보다 자네가 잘 알 걸세. 그리고 난 그 설화 중에는 실화도 있다고 주장해왔고. 제주도의 탄생과 설문대할망은 과연 아무런 연관이 없을까?"

이번에도 영 엉뚱한 소리였지만 일단 학문과 관련한 이야기니 나도 의견을 낼 수밖에 없었다.

"동호. 옛날에도 말했지만, 과감한 상상력은 분명 연구에 도움이 돼. 허나 그게 과하면 그냥 소설이 되는 거라고. 설마 거대한 할머니가 치마폭에 흙을 담아 옮겨서 제주도를 만들었다는 그 이야기를 진짜라고 생각하는 건 아니겠지?"

"물론 그런 이야기를 곧이곧대로 믿을 수는 없네. 하지만 이야기가 전승되며 과장과 허구가 더해졌을 뿐 그것이 사실이라는 점은 확실하다고 생각하네. 세계 곳곳에서 고대 거인의 흔적이 발견되었지. 그런 거인 종족이 동아시아에는 없었을 거라고 장담할 수 있겠나?"

동호는 자신만만한 표정이었다.

"전제가 다르잖아. 거인이 실존했다는 주장 자체도 정설로 받아들여지지 않는 상황에서…."

"현실 세계와 이계異界가 맞닿아 있다면 어떻겠나? 즉, 설화나 신화 속에 등장하는 존재들은 이계에서 우리의 세계로 넘어온 거지."

나는 할 말을 잃고 친구를 바라봤다. 다른 이들의 논문이나 연구 자료를 보면서도 이치에 맞는지, 인과관계가 똑바른지를 따지던 그 옛날의 김동호 교수는 사라지고 없었다. 대신에 신비주의에 빠진 괴팍하고 늙은 사내가 있을 뿐이었다.

"자네는 도저히 받아들이지 못하겠지만 이계의 존재를 인정하면 많은 것들이 설명되네. 서천꽃밭도 마찬가지일세."

"이제야 본론으로 돌아왔네."

나는 팔짱을 낀 채 의자에 몸을 깊숙이 파묻었다. 심드렁한 표정을 숨기지 않은 채.

"서천꽃밭은 설화에 여러 번 등장하네. 바리공주, 한락궁이 설화는 물론이고 자청비 이야기와 여산부인 이야기의 주된 배경도 서천꽃밭이지. 하나의 배경을 공유하는 각기 다른 이야기가 만들어진 이유는 무엇이겠나? 단순한 우연, 아니면 비슷한 시기에 퍼진 설화라서? 물론 그렇게 설명할 수도 있겠지만 내 생각은 다르네. 서천꽃밭은 이계로 통하는 입구인 거지. 설화에도 나오지 않나. 서천꽃밭은 이승과 저승의 경계에 있다고. 저승이야말로 이계 그 자체 아닌가. 이계의 입구이다 보니 그곳에서 여러 사건이 일어났고 그것이 설화의 형태로 지금껏 내려오게 된 거지."

동호는 열띤 표정으로 말했다. 자신이 내뱉는 말이 판타지 소설에나 나올 법한 이야기라는 사실에는 신경도 쓰지 않는 듯했다. 나는 답답함을 견디다 못해 결국 입을 열었다.

"좋아. 이계니 뭐니 하는 가설이야 존중한다고 치자고. 그런데 어떻게 입증할 건가? 논리적인 설명이 가능하긴 한 거야?"

내 말이 끝나기 무섭게 동호는 바닥에 놓인 서류 뭉치 하나를 가리켰다. 거의 사람 허리 높이까지 올 정도로 높게 쌓인 서류는 피사의 사탑처럼 기운 채 끈에 묶여 있었다.

"저것들이 다 뭔지 아는가? 세계 곳곳에서 갑자기 실종된 사람들, 그리고 지구상에는 존재할 수 없는 동물이나 식물을 발견한 경우 같은 것들을 모아놓은 거라네. 저런 뭉치가 세 개나 더 있지."

"그러니까 실종된 사람은 이계로 간 거고, 이상한 동식물은 이계에서 온 거다?"

동호는 고개를 끄덕이며 덧붙였다.

"나도 믿지 않았을지 모른다네. 저런 자료들만 봤다면 말일세. 하지만 5년 전 그때 나는 이 두 눈으로 똑똑히 봤지. 심마니 한 명이 꺾어 온 신비한 꽃을. 그게 바로 환생꽃이었네."

"뭐?"

이번에야말로 진심으로 놀랐다. 환생꽃은 서천꽃밭 설화에 등장하는 죽은 생명을 살린다는 꽃이었다. 당연히, 실재할 리 없었다.

"한라산에서 활동하는 제주도 심마니들 사이에서는 이런 이야기가 떠돈다네. 길을 잘못 들어 산에서 헤맬 때 문득 진한 꽃향기가 풍기면 가던 길을 멈추고 그대로 하산해야 한다는 이야기일세. 심마니들은 꽃향기가 자신을 저승길로 인도한다고 믿지. 더 설명하지 않아도 알겠지만 심마니들이 말하는 저승길이 바로 서천꽃밭이네. 심마니들은 그곳에 발을 들이면 안 된다는 걸 경험으로 아는 거야. 하지만 그 경고를 무시하거나 미처 정신을 차리지 못한 상황에서 이계, 즉 서천꽃밭으로 들어가 영영 사라진 사람도 있지. 아니면 극적으로 돌아왔거나. 5년 전에 내가 만났던 심마니 역시 서천꽃밭을 헤매다가 빠져나온 사람이었다네. 그리고 그 영감은 꽃 한 송이를 꺾어 왔지."

"그러니까 그게 환생꽃이었다고?"

동호는 미소를 지었다. 말라버린 얼굴 가죽에 굵은 주름이 졌다. 웃으니 더 핼쑥해 보였다.

"심마니 말로는 너무 이상하게 생긴 꽃이라 호기심에 꺾어 왔다더군. 그도 그럴 것이 꽃은 줄기부터 잎 한 장까지 모두 검은색이었지. 노련한 심마니 한 명이 그 꽃을 보고 예사롭지 않다는 걸 알고는 내게 연락해 왔네. 일 년 전부터 밥과 술을 사 먹인 보람이 있었던 거지."

"환생꽃 중에 검은색이라면… 뼈오를꽃인가?"

나는 기억을 더듬어 물었다. 물으면서도 웃음이 나오려는 걸 간신히 참아야 했다. 뼈오를꽃이라니, 그야말로 옛이야기 속에나 등장할 단어였다.

"맞네. 부랴부랴 이곳으로 내려와 그 심마니를 찾아갔던 그날, 나는 처음으로 그 꽃을 봤지. 이미 절반쯤 시들었지만 뼈오를꽃이 내뿜는 신비한 기운은 나를 곧장 사로잡았네. 직접 보기 전에는 나 역시 반신반의했지만 그건 내가 어리석었던 거야. 누구라도 그 꽃을 보면 진짜라는 걸 알 수가 있다네."

설화에 따르면 다섯 색깔 환생꽃 중 하나인 뼈오를꽃은 산산조각이 난 뼈도 원래대로 만드는 엄청난 힘을 지니고 있다.

"이것 봐. 우린 지금 신앙에 관해 말하는 게 아니잖아. 학자라면 논리적으로 가능한지에 대해 생각하는 게 먼저 아닐까? 아무리 신비해 보인다고 해도 그것이 뼈오를꽃이란 걸 증명할 수 없다면….”

“했네.”

“뭐?”

“증명 말일세. 직접 실험을 해서 그 꽃의 능력을 확인했다네.”

확신에 찬 표정으로 정면을 응시하는 동호를 나는 그저 멍하니 바라볼 수밖에 없었다. 동호는 내 반응을 즐기는 듯 슬쩍 웃더니 말을 이었다.

“그때 나는 확실히 흥분한 상태였지. 뼈오를꽃이라는 것을 확신했으니까 말일세. 그렇다고 학자로서의 기본을 잃지는 않았다네. 확신하는 순간에 한 번 더 확인하라는 말이 떠올랐지. 그래서 실험을 해본 거지. 내 팔을 걸고. 흐흐흐.”

“설마 팔을 일부러 부러뜨리기라도 했단 말이야?”

동호는 고개를 끄덕였다.

지독한 놈.

그 말이 목구멍까지 밀고 올라왔지만 겨우 삼켰다.

동호는 자신의 왼팔을 나를 향해 쑥 내밀었다. 그러고는 주먹을 쥐었다가 폈다가를 반복하더니 허공에 팔 전체를 붕붕 돌리기도 했다.

“어떤가? 멀쩡해 보이지? 도끼 뒷등으로 내리쳐 부러진 팔로는 보이지 않지?"

나는 대꾸도 못 하고 마른침만 삼켰다.

"심마니가 말렸지만 난 소리를 쳤다네. 빨리 내리치라고. 잘못돼도 절대 탓하거나 책임을 묻지 않을 테니 이 왼팔을 완전히 부러뜨리라고. 그랬더니 심마니가 에라 모르겠다며 도끼를 휘두른 거지. 엄청나게 아팠네. 정말로 아팠다고. 왼팔은 어긋난 단층처럼 고통의 지진을 몰고 왔다네. 고통을 잠재우려면 병원에 가는 수밖에 없었지. 하지만 나는 그러지 않았고, 자네가 예상하는 것처럼 뼈오를꽃을 왼팔에 가져다 댔다네."

"그, 그랬더니?"

목소리가 커졌지만 나는 그것도 자각하지 못했다. 오로지 동호의 다음 말에만 온 신경을 집중했다.

"보는 바와 같이 내 왼팔은 꽃을 갖다 대는 즉시 원래 상태로 돌아왔지. 마치 아무 일도 없었다는 듯이 뼈가 붙고 고통이 사라졌다네. 나는 기쁨에 차 마구 소리를 질렀고 심마니는 귀신에 홀린 사람처럼 얼빠진 표정으로 서 있었지. 흐흐흐."

동호는 그야말로 신나게 웃었다.

어깨까지 들썩이며 웃는 동호를 보며 나는 거짓말이 아니라는 것을 깨달았다. 충격으로 뒤통수가 얼얼했다. 동호의 이야기가 거짓이 아니라고 인정하는 순간, 뼈오를꽃의 존재는 물론이고 서천꽃밭의 실재 역시 증명된다. 혼란스러웠다. 상식이 파괴되는 순간이었고, 나는 놀라움 대신 공포감에 사로잡힌 자신을 발견할 수 있었다.

그런 감정을 꾹꾹 눌러 삼킨 채 동호에게 질문했다. 학자의 마지막 자존심이었다.

"객관적인 증거는 있나?"

"이걸 보게."

동호는 마치 내가 그런 질문을 할 줄 알았다는 듯 서랍을 열어 오래된 핸드폰 하나를 꺼냈다. 그러고는 덧붙였다.

"당시 내가 쓰던 핸드폰일세. 거기 모든 게 녹화돼 있어. 물론 파일은 따로 저장해두었지만 핸드폰으로 보는 게 더 생생할 것 같아서…. 흐흐."

말 그대로였다. 핸드폰 속 동영상에는 모든 상황이 다 담겨 있었다. 동호의 부러진 팔과 뼈오를꽃, 그리고 거짓말처럼 회복되는 모습까지.

나는 핸드폰에서 눈을 떼고 동호를 바라봤다. 내가 묻고 싶은 건 단 한 가지였다.

"혹시… 제수씨와 재아도?"

동호는 고개를 끄덕이며 말했다.

"두 사람 다 여기 있어. 뼈는 모두 붙은 상태고 완전하지는 않지만 의식도 가지고 있지. 이제 다른 꽃들을 구하기만 하면 둘은 완전히 살아나는 거네! 큭큭큭."

애써 소리를 죽이기는 했지만 동호는 어깨까지 들썩이며 웃었다.

나는 상상했다. 어두운 밤, 동호가 묘지를 파서 아내와 딸의 시체를 꺼내는 모습을. 오싹했다. 한기가 등줄기를 타고 올라왔다. 두 구의 시체를 어떻게 제주도까지 옮겼는가는 궁금하지도 않았다. 다만 걱정될 뿐이었다. 만에 하나 서천꽃밭을 찾지 못한다면 동호는 그 자리에서 무너지고 말 것이다. 나는 같이 탐사를 해야겠다고 마음먹었다.

내가 이런저런 생각을 하는 중에도 동호는 웃음을 멈추지 않았다. 내 눈에는 그 모습이 참고 참았던 울음이 결국 웃음으로 변한 것처럼 보였다.

그날 밤, 나는 잠들지 못하고 계속 뒤척였다. 잠자리가 바뀌었기 때문만은 아니었다. 그야말로 오만 가지 상념이 몰려와 잠을 방해했다.

동호의 딱한 처지에는 나도 십분 공감했다. 어머니가 돌아가신 후 나도 깊은 슬픔에 빠져 한동안 헤어나지 못했기 때문이었다. 나름 각오를 했는데도 막상 염을 끝낸 어머니를 보고는 눈물을 참지 못했다. 후유증은 오래갔다. 슬픔은 잔잔한 바다처럼 넘실거리다가 어느 순간 감당하기 힘든 해일이 되어 나를 덮쳤다.

나도 그랬는데 처자식을 한꺼번에 잃은 동호는 얼마나 힘들었을까….

어쩌면 그 슬픔을 조금이라도 덜어내기 위해 연구에 연구를 거듭했던 건지도 모른다. 그리고 무엇보다 동호에게는 희망이라 부를 만한 뼈오를꽃이 있었다.

"으윽. 으윽."

내가 여러 생각을 하고 있을 때 어디선가 이상한 소리가 들렸다. 고통에 찬 신음 같기도 하고, 이제 막 말을 배우기 시작한 아이가 중얼거리는 소리처럼도 들렸다. 나는 소리의 정체가 너무 궁금해 핸드폰 하나만 들고 2층 복도로 나갔다.

"으윽. 으윽."

신경을 집중해 귀를 기울이니 소리는 내가 쓰는 방에서 비스듬히 마주 보이는 곳에서 들려왔다. 다른 방과 달리 철제문을 달아놓은 그 방의 정체가 궁금하기는 했지만 굳이 물어보지는 않았다.

나는 문 앞으로 다가갔다. 비밀번호 네 자리를 눌러야 들어갈 수 있었다.

내가 아는 김동호라면….

잠시 고민하다가 '0000'을 누른 후 '#'을 눌렀다. 잠금은 대번에 해제됐다. 학부생일 때도 동호는 비밀번호가 필요할 때면 '0000'만 썼다. 이런 거 고민할 시간에 책을 한 자라도 더 읽어야 한다는 게 녀석의 주장이었다.

나는 조심스레 문을 열고 안으로 들어갔다. 내부는 건조하고 서늘했다. 내가 보기에는 용도를 전혀 알 수 없는 여러 기계가 덩치를 자랑하며 서 있었다.

"으윽. 으윽."

소리는 그 기계 뒤편에서 났다.

나는 이 연구실과 전혀 어울리지 않는 공간을 눈으로 훑으며 기계 뒤편으로 향했다. 다음 순간, 나는 주저앉고 말았다. 단말마의 비명과 함께.

"헉!"

너무 놀란 나머지 머리가 아프고 순간적으로 시야가 흐려졌다. 눈을 감았다가 떴다. 눈앞에 펼쳐진 끔찍한 광경이 사라지지는 않았지만 다행히 내 정신은 조금 돌아왔다.

"이게 대체….."

혼잣말을 중얼거리며 천천히 일어나 두 개의 침대를 향해 다가갔다.

침대는 투명한 돔으로 덮여 있었고, 아무래도 그 안은 냉동 상태인 것처럼 보였다. 그리고 침대 위에는….

군데군데 살점이 붙은 해골이 누워 있었다. 나는 무서움을 꾹 참고 두 개의 해골을 꼼꼼히 살펴봤다. 해골, 그러니까 뼈 자체는 부러진 곳 하나 없이 깨끗해 보였다. 다만 그런 상태로 움직이고 있다는 게 문제라면 문제였다.

"으윽. 으윽."

소리는 조금 더 큰 쪽, 아마도 제수씨일 것 같은 해골이 내뱉었다. 그 해골은 무슨 말인가를 더 하고 싶은 눈치였다. 나는 침대 옆에 귀를 바짝 가져다 댔다. 당연한 말이지만 해골은 혀가 없기에 말을 하는 데 애를 먹었다.

"주….."

"우….."

"겨….."

나는 인내심을 가지고 끝까지 들었다.

"주….."

"세….."

"요."

벌떡 일어났다. 뒤도 돌아보지 않고 그곳을 빠져나와 내 방으로 들어갔다. 침대에 누워 이불을 머리끝까지 뒤집어썼지만, 그곳에서 묻어 온 한기는 쉽게 사라지지 않았다. 귓가에 해골, 아니 제수씨가 했던 말이 계속 맴돌았다.

죽여주세요.

동호도 이 사실을 알까?

4. 탐사

날이 흐렸다. 다행히 한라산 등반에는 문제가 없다고 했다. 우리는 '관음사탐방로' 입구에 모였다. 겨울 등반을 즐기려는 사람들로 입구는 북적거렸다. 형형색색의 등산복을 걸친 사람들을 보고 있자니 내가 처한 상황이 얼마나 비현실적인지 알 수 있었다.

우리 일행은 모두 일곱 명이었다. 동호와 나, 그리고 박승혁과 민주희는 물론이고 베테랑 심마니와 두 명의 경호원까지 합세했다. 심마니의 동행이야 그렇다 처도 경호원의 존재는 영 꺼림칙했다. 특히 머리를 짧게 밀고 각진 턱을 가진 경호원은 날카로운 인상만이 아니라 태도 역시 고압적이어서 경호원이 맞는지 의문스러울 정도였다. 그는 자신을 '김'이라고만 소개했다.

"현장에서는 제 판단이 우선입니다. 아시겠습니까?"

나는 김이 동호에게 그렇게 말하는 걸 들었다. 동호는 별다른 대꾸 없이 고개를 끄덕일 뿐이었다.

사실 촌스러운 나비 선글라스를 낀 경호원 김보다 더 튀는 이는 박승혁이었다. 동호의 충실한 제자인 이 청년은 배낭 대신 안테나가 솟은 에너지 탐지기를 메고 있었다. 어제 내가 보고 신기해했던 바로 그 물건이었다. 말이 좋아 에너지 탐지기지 모르는 사람 눈에는 철가방에 안테나만 달아 놓은 모양새였다. 나는 그걸 보고 지난밤 동호와 마지막으로 나눴던 대화를 떠올렸다.

"서천꽃밭이 진짜로 존재한다고 치자. 그런데 그곳과 통하는 틈이 어디인지 무슨 수로 찾을 거야?"

내가 묻자 동호는 기다렸다는 듯 눈을 반짝이며 설명을 시작했다.

"자네 혹시 레이 라인Ley line이라고 들어봤나? 아마 들어본 적 없겠지. 우리나라에서는 잘 알려지지 않은 이론이니까. 레이 라인은 한 마디로 고대의 신비한 에너지가 흐르는 길을 뜻한다네. 우리가 많이 들어본 용어로 바꿔서 설명하자면 용맥龍脈과 비슷하겠군. 용맥 역시 산의 정기가 흐르는 자리를 뜻하니까."

용맥이라면 당연히 들어봤다. 일제가 우리나라 곳곳의 용맥에 쇠말뚝을 박았다는 이야기 역시 들어봤다. 용맥은 풍수지리에서 사용하는 용어였다. 내 짐작으로는 레이 라인 역시 해외의 신비주의 마니아들 사이에서 떠도는 개념인 것 같았다. 동호는 설명을 이어갔다.

"이 레이 라인은 엄청난 에너지를 내뿜고 있다네. 그러다보니 레이 라인이 두 개 이상 겹치는 지점에서는 각종 신기한 현상이 벌어지지. 유령이 나온다거나, 물이 거꾸로 흐른다거나, 초능력을 타고난 아이가 태어난다거나 하는 일들. 그리고 또 하나, 레이 라인이 겹치는 지점은 곧잘 이계의 통로가 된다네. 즉, 다른 차원의 문이 열리는 거지."

"그럼 한라산에 바로 그런 지점이 있다는 건가?"

"맞아. 우리는 레이 라인이 내뿜는 독특한 에너지 파장을 읽어내는 데 성공했다네. 그리고 그 파장을 추적할 수 있는 에너지 탐지기도 만들었지. 자네가 유심히 봤던 그거, E-detector 0784 말일세. 우리는 한라산, 그중에서도 관음사탐방로 근처에 적어도 두 개 이상의 레이 라인이 존재하고 그것이 겹쳐 있다는 걸 바로 일주일 전에 확인했지. 그 지점만 정확히 찾는다면 분명 서천꽃밭으로 갈 수 있을 거네."

동호는 확신에 찬 표정이었고 그 표정은 한라산 입구에서 아예 환한 웃음으로 바뀌었다.

"자, 올라가볼까? 역사적인 탐사가 될 테니 다들 각오 단단히 하세. 미지의 세계를 향한 인류의 공식적인 첫걸음이 될 거네. 하하하."

동호의 그 말을 시작으로 우리는 발걸음을 옮겼다. 탐방로를 따라 올라가는 길은 환상적이었다. 눈 덮인 숲이 이렇게 아름답다는 사실을 새삼 깨달으며 나는 계속 주위를 두리번거렸다.

"아름답죠?"

민주희가 캠코더로 나를 찍으며 물었다.

"계속 촬영을 할 건가 보군요."

"네. 김 교수님 말씀대로만 된다면 이 동영상은 그야말로 역사적인 기록물이 될 테니까요."

맞는 말이었다. 서천꽃밭이 실존한다는 사실이 밝혀지면

우리나라를 넘어 전 세계 사람의 관심을 끌 것이다. 인류가 이계로 진입한 공식적인 첫 사례가 될 테니까. 어쩌면 달 착륙보다 더 큰 충격을 안길지도 모른다.

그것과는 별개로 나는 민주희라는 이 젊은 연구원이 궁금했다.

"동호, 그러니까 김 교수와는 어떻게 알게 된 겁니까? 주희 씨도 승혁 씨처럼 제주도 토박이인가요?"

"아뇨. 저는 서울이 고향이고 두 분 교수님이 계시던 ○○ 대학교 수학과였어요. 우연히 교양수업으로 김 교수님의 고대 설화의 재해석을 들었는데 너무 재미있고 인상적이라 그때부터 팬이 되었어요. 교수님이 쓴 책이나 논문도 몽땅 찾아보고 인터뷰도 일일이 스크랩하다 보니 어느새 민속학에 푹 빠져 있더라고요. 그때부터 전 교수님 연구실에 자주 들러 궁금한 걸 여쭙기도 하고, 자료 정리를 도와드리기도 했어요. 그러다 보니 여기까지 왔네요."

민주희는 천진하게 웃었다. 나는 그 웃음 속에서 조금의 망설임이나 의심도 읽어낼 수 없었다.

"아무리 김 교수를 따른다 해도 가족과 떨어지고 제주로 내려오긴 쉽지 않았을 텐데, 큰 결심을 하셨네요. 아무런 의심도 하지 않았던 겁니까? 그러니까, 서천꽃밭이 실재한다는 주장은 음… 그냥 들었을 때는 매우 황당한…."

"믿음이 있었으니까요."

민주희는 여전히 웃는 얼굴로 말했다. 흔들리지 않는 눈빛도 똑같았다.

"믿음이라면?"

"교수님에 대한 믿음. 그분이 말씀하셨기에 전 따랐을 뿐이에요."

그렇게 말한 후 민주희는 앞서 걸어가 이동 중인 다른 사람을 찍었다. 문득 며칠 전에 봤던 다큐멘터리가 떠올랐다. 사이비 종교의 폐해를 주제로 한 그 작품 속 신도의 표정이 민주희와 똑같았다.

우리는 천천히 신중하게 걷고 또 걸었다. 젊고 성미 급한 등산객들은 벌써 우리를 앞질러 갔다. 결국 등산로에는 우리 일행만 남게 되었다.

"좋았어. 기다렸던 순간이야."

동호의 말이 끝나자마자 박승혁이 보고를 해왔다. 그는 처음부터 계속 모니터만 바라보며 한라산을 오르고 있었다. 레이 라인의 에너지 주파수를 감지하면, 모니터에 붉은 파동이 요동친다고 말했던 박승혁이었다.

"교수님. 바로 이 지점에서 주파수 파장이 다른 두 개의 레이 라인을 포착했습니다."

"확실히 그렇군. 이곳으로 가자면 탐방로를 벗어나는 수밖에 없겠는데."

동호의 말에 나는 화들짝 놀랐다. 겨울 산행은 처음이었지만 영화나 소설 등에서 만용을 부리다 조난되는 경우는 수도 없이 봤다. 얼마나 쌓였을지 모를 저 눈밭으로 들어가야 한다는 사실을 알게 되자, 더는 산이 아름답게 보이지 않았다.

"맞습니다. 우리 심마니들도 탐방로를 벗어나 산을 헤매고 다니는 게 일입니다."

탐방로를 벗어나 깊은 숲으로 들어간다는 데 반대하는 사람은 아무도 없었다. 심지어 경호원 두 명은 우리보다 먼저 움직여 '조난 위험-탐방로를 벗어나지 마세요!'라고 적힌 팻말을 넘어 들어갔다.

"보는 눈이 없을 때 빨리 들어가지."

동호는 내게 말했다.

나는 고개를 끄덕인 후 움직였다. 여기까지 온 이상 끝까지 가는 수밖에 없었다. 사실, 나도 어느 정도는 흥분 상태였다. 어제만 해도 꿈처럼 들리던 이야기가 이제는 피부에 닿을 정도로 생생하게 느껴졌다. 탐지기 모니터에서 나는 알림음 때문만은 아니었다. 설산의 압도적인 풍경과 마주하니 이 산속 어딘가에는 정말 이계로 통하는 틈이 있을지도 모른다는 생각이 들었다.

우리는 탐방로에서 벗어나 겨우내 그 누구의 발길도 닿지 않은 한라산 자락을 오르기 시작했다. 눈은 거의 내 허벅지까지 쌓여 있었다. 한 발, 한 발 옮기기가 쉽지 않았다. 앞장서 걷던 심마니가 뒤를 돌아보며 말했다.

"날씨가 영 안 좋은데요?"

심마니의 말처럼 북쪽 하늘에서 두꺼운 회색 구름이 빠른 속도로 몰려왔다.

"일기예보에서는 괜찮다고 했는데."

민주희가 중얼거렸다.

"저건 눈구름이 분명합니다. 그것도 제법 내리겠어요. 까딱 잘못하면 오도가도 못 하게 될 텐데 어쩌시겠습니까?"

심마니는 동호를 향해 물었다.

"탐지기엔 어떻게 나오나?"

"희미하지만 레이 라인의 에너지 파장이 잡히고 있습니다. 탐지 한계 거리로 봤을 때 조금만 더 올라가면 그 지점에 도달합니다."

나는 박승혁의 대답이 마음에 들지 않았다. '조금만 더'는 탐사대를 사지로 몰아넣을 수도 있는 위험한 표현이었다. 쌓인 눈을 뚫고 이동하기도 힘든 상황에서 자칫 폭설이라도 내린다면 조난을 피할 수 없다. 나는 동호의 표정을 살폈다. 모든 게 그의 판단에 달려 있었다.

그때였다.

"탐사는 계속합니다. 아시겠습니까?"

경호원 김이 불쑥 나섰다. 한 사람, 동호만 빼고 모두 어이없다는 표정으로 김을 바라봤다. 나는 도저히 참을 수 없어서 한마디를 했다.

"그쪽이 우리 안전을 책임진다고 알고 있는데 오히려 위험한 상황으로 몰고 가려는 이유가 뭡니까? 게다가 이 탐사대의 결정권자는 김동호 교수입니다. 어디까지나…."

"아니야. 그냥 강행하지. 이렇게 이야기하는 시간도 아껴서 목적지로 가는 걸세."

"동호!"

나는 앞장서서 올라가는 동호를 그저 바라볼 수밖에 없었다. 김은 나를 한 번 노려보더니 동호의 옆에 붙어서 들리지 않게 속삭였다. 구리디구린 냄새가 났다. 김은 평범한 경호원이 아니었다. 도대체 정체가 뭘까?

그런 궁금증을 품으며 나도 다시 걸음을 옮겼다. 이제는 그 미지의 지점이 빨리 나타나기만을 비는 수밖에 없었다.

눈은 강풍과 함께 몰려왔다. 걱정했던 그대로 폭설이었다. 기온은 한층 더 내려가 등산용 장갑을 끼고 있어도 손이 시릴 정도였다. 귀가 떨어져 나갈 것 같았다. 사선으로 내리치는 눈발에 앞을 제대로 볼 수도 없었다.

"이러다 모두 죽습니다! 우리도 이런 날씨엔 포기합니다."

심마니가 외쳤다. 그 외침은 공허하게 울렸다가 흩어지고 말았다.

"아!"

그때까지도 촬영을 멈추지 않고 있던 민주희가 눈밭에 쓰러졌다.

"괜찮습니까?"

나는 민주희를 일으켜 세웠다.

"괜찮아요. 이 눈보라가 서천꽃밭을 찾기 위해 겪어야 하는 역경이라면 순순히 감내해야죠."

쏟아지는 눈과 몰아치는 바람보다도 민주희의 말이, 아니 광적인 믿음이 더 서늘하게 다가왔다.

그 순간 요란한 알림음과 박승혁의 외침이 들렸다.

"찾았습니다! 레이 라인이 겹치는 지점을 찾아냈습니다!"

우리는 모두 박승혁 주위로 몰려들었다. 그가 들고 있는 액정 화면에는 분명 붉은빛이 번쩍이고 있었다. 우리 위치를 나타내는 초록색 삼각형과 정말 가까운 거리였다. 액정을 내려다보던 김이 손을 들어 어딘가를 가리켰다.

"저쪽이네요. 갑시다."

눈앞에 펼쳐지는 것은 눈보라밖에 없었지만 그 너머 어딘가에 그토록 찾던 지점이 존재한다는 생각을 하니 새삼 심장이 두근거렸다. 그런 느낌을 나만 받은 게 아닌지 모두 서둘러 발걸음을 옮기기 시작했다. 그중에서도 역시 심마니가 제일 날렵했다. 순식간에 눈의 장막 안으로 사라졌는데 뒤이어 기쁨에 찬 목소리가 들려왔다.

"여기 동굴이 있습니다!"

그 말에 따라 동굴을 향해 서둘러 다가갔다.

삑삑삑.

동굴과 가까워질수록 탐지기 알림음도 더 요란한 소리를 냈다. 그 소리에 맞춰 심장이 빠르게 뛰었다.

"어서 안으로."

동굴 앞에 서 있던 심마니가 손짓을 했다. 우리는 누가 먼저랄 것도 없이 동굴 안으로 들어갔다. 경호원 중 한 명이 커다란 랜턴을 켜 동굴을 밝혔다. 그리 크지 않은 동굴이었지만 갈수록 좁아진다거나 갑자기 길이 뚝 끊길 것 같지는 않았다.

"여깁니다! 여기가 분명합니다!"

박승혁은 흥분하다 못해 숫제 소리를 질렀다.

"맞네. 내가 만난 심마니도 우연히 동굴에 들어갔다가 이상한 장소에 가게 됐다고 말했지."

그렇게 말하는 동호 역시 목소리가 살며시 떨렸다.

"그럼 이제 어떻게 하면 되는 거야? 이대로 가만히 있으면 저절로 가게 되는 건가?"

내가 말하자 김이 선글라스를 벗으며 대꾸했다.

"가만히 있는데 뭔 일이 생기겠습니까? 안으로 들어가봐야 하지 않겠습니까?"

각진 얼굴만큼이나 딱딱한 말투였다. 순간 욱, 하고 화가 치밀었지만 아무 말도 하지 않았다. 고작 김의 정체를 따지는 데 시간을 보낼 수는 없었다.

또 다른 경호원이 랜턴을 들고 앞장섰고 우리는 그 뒤를 따랐다. 동굴 안으로 제법 들어갔다 싶었던 순간, 따뜻한 바람이 반대편에서 불어왔다. 그것만이 아니었다. 그 바람 끝에는 분명 달큼한 향이 스며 있었다. 그것이 꽃향기라는 데 이견을 다는 사람은 아무도 없었다. 대신 모두 거의 달리다시피 해서 동굴 안으로 더 깊이 들어갔다.

그때였다.

일순간 환한 빛이 날아들었다. 동굴의 반대편 입구에서 들어오는 빛이었다. 바람도, 꽃향기도 모두 그곳을 통과해 동굴로 들어오는 게 분명했다. 막상 입구가 보이자 우리는 달리던 걸 멈추고 조심스레 걸었다.

"저게 아마 틈인 것 같습니다."

박승혁이 중얼거렸다.

"드디어… 드디어 찾은 건가?"

감격에 겨워 말하는 동호의 목소리 끝에는 약간의 두려움이 섞여 있었다. 나도 마찬가지였다. 모든 상황이 빛을 내뿜는 저 입구를 지나면 이계가 펼쳐진다고 말하고 있지만 한편으로는 불안했다. 앞으로 어떤 일이 펼쳐질지 도무지 알 수가 없었기 때문이었다.

서천꽃밭은 정말 설화 그대로의 모습일까?

그런 생각을 하는 동안 눈부신 빛이 새어 들어오는 입구에 다다랐다. 이미 그곳은 겨울이 아니었고, 당연히 눈도 퍼붓지 않았다. 심지어 새소리마저 들렸다. 나는 동호를 바라봤다. 동호 역시 나를 보고는 고개를 끄덕였다.

우리는 이계로 발을 들여놓았다.

5. 서천꽃밭

처음 눈에 들어온 것은 광활한 대지였다. 붉은색 흙으로 이루어진 땅은 저 멀리까지 뻗어 있어 끝이 보이지 않았다. 다음은 소리 없이 흘러가는 강이었다. 그리 넓지는 않았지만 흐르는 속도가 꽤 빨랐고 무엇보다 강물 색깔이 나뉘어 있었다. 맨 앞은 뽀얗고, 가운데는 노랬으며 맨 뒤는 붉었다.

"삼색물이야! 삼색물이라고. 자네라면 알겠지? 이걸 건너면 서천꽃밭이 나오잖아!"

설화의 내용대로라면 삼색물은 이승과 서천꽃밭의 경계를 가로지르는 강이었다. 설마 내 눈으로 삼색물을 보게 될 거라고는 상상도 하지 못했고, 그랬기에 나는 고개만 간신히 끄덕였다.

"그렇다면 강을 건너서 저기 물안개만 지나면 서천꽃밭이 나온다는 거죠?"

민주희가 삼색물과 그 주위를 찍으며 물었다.

"감탄할 시간에 어서 건넙시다. 깊지는 않습니까?"

"제일 깊은 붉은색 구간이 사람의 목까지 온다고 알고 있습니다."

김의 물음에 내가 대답했다.

"자, 빨리 건너지."

동호의 말에 다들 삼색물을 향해 다가갔다. 그때 뒤쪽에서 있던 심마니가 가라앉은 목소리로 말했다.

"저는 여기서 기다리겠습니다."

"어르신. 이 물만 건너면 엄청난 세상이 펼쳐질 겁니다. 이런 기회를 놓치시면 안 되죠."

동호의 말에도 심마니는 고개를 저었다.

"서천꽃밭 이야기야 도민이면 다 알고 있습니다. 이승과 저승의 경계라는데 왠지 강을 건너면 다시는 이승으로 돌아오지 못할 것 같아서 그러는 겁니다. 다들 조심해서 다녀오시오."

심마니의 완강한 거부에 동호는 이내 마음을 돌렸다.

"알겠습니다. 그럼 다녀오겠습니다."

우리는 삼색물을 건너기 시작했다. 뽀얀 물에서 노란 물로 갈수록 강은 깊어졌다. 그뿐만이 아니었다. 빠르게 흐르는 물은 발을 들여놓은 인간들을 낚아채기라도 하려는 듯몸을 세차게 휘어 감았다. 게다가 질감이 느껴질 정도로 뻑

빽했다. 강이라기보다는 늪에 가까웠다.

"지금부터는 조심해야 할 거네!"

붉은 물로 들어서기 전 동호가 말했다.

나는 조심스레 걸음을 옮겼다. 그럼에도 발밑이 훅 꺼져서 당황했다. 물은 갑자기 깊어졌고 설화에서처럼 목 근처까지 차올라 넘실거렸다. 확실히 깊은 물에서는 균형을 잡기가 힘들었다. 몇 번이나 휘청거렸다. 다만 등산 전에 찼던 아이젠 덕분에 강바닥을 단단히 디딜 수 있었다. 경호원들만 빼고는 다들 나와 비슷한 상황이었다. 물살에 휩쓸리지 않으려고 몸에 잔뜩 힘을 준 채 천천히 전진했다.

앞서 삼색물을 벗어난 경호원 김과 그 동료는 우리를 향해 손을 내밀었다. 나는 민주희가 올라가는 것까지 지켜본 후 마지막으로 김의 손을 잡고 올라갔다. 그 순간 지퍼를 내린 김의 점퍼 안이 훤히 들여다보였다. 김은 옆구리 쪽에 시커먼 무언가를 차고 있었다.

권총.

그것은 권총이었다.

나는 놀란 마음을 들키지 않으려고 슬쩍 고개를 돌렸다. 장난감이 아니라는 건 분명했다. 그렇다고 일개 경호원이 진짜 총을 들고 다니는 게 정상이냐고 한다면 그 역시 안 될 일이었다. 적어도 내 상식에서는 그랬다. 나는 김과 그 동료의 정체가 궁금해서 견딜 수 없었다.

"모두 무사히 건너 다행이군. 이제 이 물안개 뒤에 뭐가 있는지 한 번 가보세. 꽃향기가 진동하는 것으로 봐서는 서천꽃밭이 우릴 맞아줄 게 분명하지만."

동호는 달뜬 표정이었다. 박승혁과 민주희도 마찬가지였다. 나 역시 흥분을 감추기가 힘들었다.

우리는 자욱하게 깔린 물안개 속으로 들어갔다. 안개는 생각보다 두껍고 진했다. 랜턴 불빛도 소용이 없었다. 결국 손으로 허공을 더듬으며 한 발씩 조심스레 움직일 수밖에 없었다.

"제주도 바다 안개가 진짜 지독하지만 이렇게 끈끈한 안개는 처음이네요."

박승혁이 말했을 때였다. 습하고 따뜻한 바람이 세게 휘몰아쳤다. 물안개는 순식간에 흩어졌다.

그리고….

눈앞에 서천꽃밭이 나타났다.

맹세코, 그런 풍경을 본 것은 그때가 처음이었다. 국내는 물론 해외의 여러 비경을 돌아봤지만 영혼이 떨리는 경험은 서천꽃밭이 유일했다. 나이아가라 폭포를 봤을 때 압도당하는 느낌을 받았지만 서천꽃밭에 비하면 새발의 피였다.

"아…."

내가 낼 수 있는 감탄사라고는 그것뿐이었다. 다른 이들도 별반 다르지 않았다. 동호는 물론이고 심지어 경호원들마저 멍하니 입을 벌린 채 서천꽃밭을, 그 웅장하고 아름다운 풍경을 바라만 봤다.

끝이 보이지 않을 정도로 광활한 대지에 모양, 색깔, 크기가 모두 다른 꽃과 나무가 뿌리를 내리고 있었다. 이토록 넓고 평평한 땅이 존재할 수 있다는 사실에 한 번 놀라고, 형형색색의 식물이 땅 전체를 빽빽하게 메우고 있는 걸 보며 다시 놀랐다. 제주의 바다만큼이나 파란 하늘은 지면과 닿을 듯 낮았고 그 하늘 어딘가에서 찬란한 빛이 대지를 비추고 있었다. 땅은 전부 흙으로 덮였는데 그 색깔이 묘했다. 검다면 검고, 붉다면 붉은색이었다. 각도에 따라 색이 달리 보였다.

무엇보다 나를 놀라게 한 것은 꽃과 나무 그 자체였다. 어느 하나 평범한 식물이 없었다. 언뜻 해바라기를 닮은 꽃은 샛노란 꽃잎에 검은색 반점이 나 있었다. 게다가 거의 나무라 불러도 무리가 없을 정도로 키가 크고 잎도 넓었다. 파란색 꽃은 꽃술이 길게 뻗어 나와 바람에 나부끼며 그야말로 황홀한 춤을 선보였다. 일정한 간격으로 늘어선 나무 중 일부는 정확하게 세로로 나뉘어 한쪽은 흰색, 다른 쪽은 검은색이었다. 무엇보다 눈길을 끈 것은 하늘에 닿을 듯 높게 솟은 적갈색 나무와 그 나무를 타고 오른 넝쿨이었다. 고개를 아무리 젖혀도 나무의 끝이 보이지 않았다. 넝쿨은 더 신기했다. 크고 굵은 나무를 타고 오른 것만 해도 감탄이 나오는데 형형색색으로 반짝이기까지 했다. 그렇다. 그것은 정말로 반짝이고 있었다. 마치 네온사인처럼.

넋이 나간 상태로 고개만 열심히 돌리고 있을 때 펄럭거리는 소리가 들렸다. 나는 커다란 새가 날갯짓을 하는 건가 싶었다. 아니었다. 나비였다. 제일 작은 개체가 까마귀만 한, 말 그대로 거대 나비였다. 눈부시게 하얀 나비는 무리를 이뤄 꽃밭을 날아다녔는데 그때마다 펄럭이는 소리가 났다. 오직 진실만을 말하건대, 제일 큰 나비는 독수리만 했다.

"서천꽃밭⋯."

얼어붙기라도 한 것처럼 꼼짝도 하지 않던 동호가 드디어 입을 열고는 딱 그 한마디를 했다.

나는 오랜 친구를 향해 고개를 돌렸다. 동호는 울고 있었다. 눈물이 소리도 없이 흘러내리는 중이었다. 그걸 보는 순간 내 눈가도 뜨거워졌다. 당황스러웠지만 눈물을 닦지는 않았다. 압도적인 아름다움, 그래서 오히려 소름 돋는 서천꽃밭의 풍광 앞에서 눈물이 나는 건 당연한 일이지 싶었다. 실제로 민주희와 박승혁도 조용히 울고 있었다. 심지어 경호원 중 한 명도 몰래 눈물을 닦았다. 아무런 동요도 없는 사람은 김이 유일했다.

"하하. 역시 교수님 말이 맞았군요."

김은 안심이라는 듯 고개를 끄덕이며 크게 웃었다.

"서천꽃밭은 있었네. 그것도 이렇게 아름다운 모습으로."

동호는 꿈을 꾸는 듯한 표정으로 중얼거리더니 드디어 그 거대하고 웅장한 정원 안으로 한 발을 내디뎠다. 나도 조심스레 발걸음을 옮겼다. 흙으로 된 바닥은 부드러웠다. 발을 옮길 때마다 고운 흙에 내 발자국이 남았다.

"어디를 어떻게 찍어야 할지 모르겠어요!"

그렇게 말은 했지만 민주희는 신난 표정이었다.

"여러분. 숨 쉬기가 조금 힘들지 않습니까?"

박승혁의 말대로였다. 숨을 깊이 들이마시지 않으면 가슴이 답답했다. 그렇다고 숨을 못 쉬어 죽을 정도는 아니었고, 대신에 몸이 가벼웠다.

"이쪽 세계는 우리와는 다른 중력이 작용하는 건가?"

동호의 말에 박승혁이 호들갑을 떨며 동의했다.

"맞습니다, 교수님! 제가 하려 했던 말이 바로 그거였습니다. 그렇지 않고서는 저렇게 큰 나무를 설명할 길이 없습니다. 엄청나게 큰 꽃도 마찬가지고요."

우리는 각자 흩어져 이 압도적인 정원의 식물을 관찰했다. 나는 식물학자도 아니고, 굳이 따지자면 집에 들여놓는 화분은 족족 죽이고 마는 쪽의 사람이었지만 이 꽃과 나무가 얼마나 아름다운지는 충분히 알 수 있었다. 선명한 빛깔을 뿜내는 꽃은 예쁘다 못해 소름이 돋을 정도로 매혹적이었다. 완벽한 아름다움 속에는 치명적인 공포가 공존한다던 옛 학자의 격언이 떠올랐다.

"자, 시간 없으니까 이 중에서 쓸 수 있는 꽃이 어떤 건지 빨리 말해보시죠."

김은 허리에 손을 얹은 채로 동호에게 말했다. 건방지다 못해 예의도 없는 태도를 이제는 굳이 숨기려 하지 않았다. 나는 울컥했다.

"지금 경호를 하러 온 겁니까, 아니면 감시를 하러 온 겁니까? 당신 정체가 뭡니까?"

김은 뱀 같은 눈으로 나를 노려봤다. 그러고는 한마디를 했다.

"최 교수님. 지금부터는 제 지시를 따라주셨으면 합니다. 그러지 않으면 불이익을 당할 수도 있습니다."

"뭐? 그쪽이 뭔데 지시를 하고 말고 하는 거요?"

이번에야말로 참을 수 없었다.

"최 교수 그만해. 그리고 김 대위님도 그만하시죠."

동호가 끼어들었다. 순간 내가 잘못 들은 건가 싶었다.

대위?

그렇다면 군인이라고?

동호를 향해 이게 무슨 일이냐고 묻는 눈짓을 보냈다. 동호는 전에 없이 당황하며 고개만 끄덕였다. 나는 그걸 '나중에 설명해주겠다'로 해석했다. 그래도 분이 풀리지는 않았다. 어떤 사정인지는 모르겠지만 이 탐사에 군이 개입했다는 것만으로도 영 입맛이 썼다. 나는 깊이 숨을 들이쉰 뒤 한 발 물러났다. 그제야 동호도 안심하는 기색이었다.

그때였다.

"저기 좀 보세요!"

민주희가 앞쪽 어딘가를 가리켰다. 모두 그곳을 향해 고개를 돌렸다. 굵고 큰 나무 뒤에서 아이 하나가 얼굴을 쏙 내밀고 있었다. 일고여덟 살쯤 됐을까, 얼굴에 장난기가 가득했다. 아이는 우리와 눈이 마주치자 나무 뒤로 숨었다. 잠시 후 이번에는 다른 아이 둘까지 더해 세 명이 모습을 드러냈다. 모두 한복 차림이었고 댕기 머리를 하고 있었다.

"저 애들이 설화에 나오는 그 아이들이에요! 서천꽃밭을 가꾸는 아이들."

박승혁이 중얼거렸다.

어려서 죽은 아이의 혼은 극락으로 가게 되는데 그때 거치는 곳이 바로 서천꽃밭이고, 아이들은 이곳에서 일정 기간 꽃을 가꾼다는 것이 설화의 내용이었다. 모든 게 사실로 밝혀진 이상 아이의 존재 역시 당연한 일이 되어버렸다.

"안녕?"

민주희가 캠코더를 들이대며 손을 흔들자 아이들은 눈을 동그랗게 떴다. 놀란 것 같기도 하고 신기해하는 것 같기도 했다. 그러더니 아이들은 웃기 시작했다.

"헤헤헤."

셋은 동시에 비슷한 소리로 웃었다. 다음 순간, 웃음이 커지는가 싶더니 사방에서 들려왔다.

헤헤헤!

헤헤헤!

헤헤헤!

그 웃음과 함께 어디에 숨어 있었는지 아이들이 속속 모습을 드러냈다. 풀숲에서, 꽃밭 한가운데서, 그리고 바위나 나무 뒤에서 나타난 아이들은 뭐가 그리 좋은지 계속 웃었다.

헤헤헤!

헤헤헤!

헤헤헤!

섬뜩할 정도로 똑같은 표정과 웃음이었다.

"저것들은 뭡니까?"

김이 동호에게 물었다.

"서천꽃밭을 가꾸는 아이들입니다. 신경 쓸 필요 없이 우리가 원하는 걸 찾으면 됩니다."

동호의 말에 김은 미간을 찌푸렸다.

"이 많은 꽃 중에 그게 어디 있는지 알 수 있습니까?"

"일단 저것들은 생불꽃이 확실합니다."

동호는 가장 가까이에 있는 꽃밭을 가리켰다. 그곳에는 민들레와 비슷하게 생겼으나 줄기도 잎도 훨씬 큰 노란색 꽃이 피어 있었다. 그 주위로는 뼈오를꽃이 분명해 보이는 검은색 꽃과 생김새는 비슷하지만 색깔은 전혀 다른 서너 종류의 꽃이 잎을 흔들고 있었다.

"저 노란 꽃이 생불꽃이라면 나머지는 뼈오를꽃과 살오를꽃, 오장육부간담꽃이 분명하지 않아?"

내 말에 동호는 고개를 끄덕였다.

"그렇지. 내가 원하던 게 바로 저 꽃들이야. 죽은 자의 뼈와 오장육부를 바로 하고 썩어 문드러진 살을 채우며 끝내 생명을 불어넣는 꽃. 저것들만 있으면 딸도, 아내도 멀쩡한 모습으로 되살릴 수 있어! 흐흐흐."

동호는 눈을 반짝이며 웃었다.

그 웃음을 보자 어젯밤 일이 스치듯 떠올랐다. 아내와 딸의 죽음, 그리고 서천꽃밭에 관한 결정적 제보는 두 사건 사이에 인과관계가 있기라도 한 듯 연달아 일어났다. 동호는 그것을 축복이라 생각할까, 아니면 저주라고 생각할까? 적어도 동호의 아내는 후자인 것 같았다. 그럼에도 아내와 딸을 살리기 위해 자기 꼴이 어떻게 변하는지도 모를 만큼 연구에 몰두한 동호를 보면 아무 말도 없이 도와주고 싶었다.

내가 그런 생각을 하는 사이 박승혁이 옆으로 다가왔다. 감수성이 무척 예민한 것인지 박승혁은 아직도 눈가가 촉촉했다. 그는 굳이 눈물을 닦으려 하지 않았다. 그 시간마저 아깝다는 듯 서천꽃밭의 압도적인 풍광 여기저기를 둘러보기에 바빴다.

"제주에서 나고 자라셨으니 더 특별하게 다가오겠네요?"

나는 넌지시 물었다. 박승혁은 멍한 표정 그대로 나를 돌아보더니 고개를 끄덕였다.

"저는 언젠가 여기를 꼭 찾게 될 거라 믿었습니다."

또 믿음인가?

학문의 기본이 어째 주관적인 믿음으로 굳혀지는 것 같아 난감했지만 티를 내지는 않았다. 다만 박승혁에게도 궁금한 게 꽤 있었다.

"김 교수와는 어떻게 인연을 맺었습니까?"

"교수님이 직접 학교에 오셔서 특강 및 연구원 모집을 한 적이 있었습니다. 그때 특강이 무척 재미있고 인상적이라 저를 포함해 많은 학생이 자원했죠. 그런데 운 좋게도 제가 뽑혔습니다."

"오! 김 교수는 사람 보는 눈이 신중하고 꼼꼼한데 바로 선택받으신 걸 보면 실력이 워낙 출중하셨나 봅니다."

박승혁은 아니라는 듯 손을 젓더니 말을 덧붙였다.

"면접 때 교수님께서 질문하셨어요. 서천꽃밭에 가게 된다면 어떤 꽃을 가지고 나오겠느냐는 질문이었죠. 저는 망설이지 않고 대답했습니다. 생불꽃을 가지고 나오겠다고."

"혹시 승혁 씨 가족 중에도⋯."

"아니요. 설화에 나오는 서천꽃밭의 꽃은 대부분 폭력이

나 불행을 가져오는 것들인데, 전 그게 싫었습니다. 반대로 생불꽃은 죽은 생명을 살려내는 힘을 지녔고, 그렇기에 남을 도울 수 있다는 점에서 그런 대답을 했죠."

"지금이야 우리가 두 눈으로 똑똑히 보고 있지만 5년 전만 해도 긴가민가했을 텐데 어떻게 많은 학생이 자원했던 걸까요?"

박승혁의 눈빛이 바뀌었다. 어느덧 눈물이 사라졌고 그 자리를 자신감이 채우고 있었다.

"뭐든 믿고 따를 게 필요했거든요. 저도 마찬가지였고. 불투명한 미래는 사실 서천꽃밭과 그리 다를 것도 없었어요. 그래서 저는 김 교수님과 그분의 연구를 믿는 쪽을 선택했고, 자, 그 믿음은 결국 결실을 보았습니다."

"멋지네요. 승혁 씨도 주희 씨도."

진심을 담아 말했다. 5년이라는 긴 시간 동안 앞이 보이지 않는 연구에 매진한다는 것은 결코 쉬운 일이 아니다. 그것도 괴팍하기로는 둘째가라면 서러운 동호 밑에서….

"세상에는 두 가지 믿음이 있다고 생각합니다. 하나는 종교적인 믿음이죠. 순수하고 고결한 믿음. 나머지 하나는 욕망을 매개로 한 믿음이 아닐까 싶습니다. 저런 자는 분명 후자 쪽이죠."

박승혁은 슬쩍 김을 가리키며 말했다. 그런 뒤 마지막 한마디를 덧붙였다.

"저는 말할 것도 없고, 주희, 그리고 김 교수님 역시 전자의 믿음을 가진 사람들입니다. 물론 저희 믿음의 근간은 종교가 아니었지만요."

박승혁의 눈은 이제 활활 타오르고 있었다. 그 눈빛 속에서 나는 욕망을 읽었다. 그랬기에 생불꽃을 향해 아이처럼 달려가는 걸 막지 않았다. 사실 꽃의 수가 워낙 많아 몇 송이 꺾는다고 해도 아무도 모를 것 같았다.

그렇다면 김이 찾는 '그것'은 무엇일까?

내 의문은 금방 풀렸다. 김이 또 목소리를 높였기 때문이었다.

"다른 것들도 중요하지만 김 교수님이 장담했던 그 멸망꽃이 우리가 가장 먼저 찾아야 할 꽃입니다."

김은 눈을 번득이며 말했다.

멸망꽃.

정확한 이름은 수라멸망악심꽃.

설화가 모두 사실이라면, 아니 설화에 과장이 섞여 있어 멸망꽃의 능력을 절반으로 낮춰 잡는다고 해도 그 위력은 실로 어마어마할 것이다. 자청비 설화에 따르면 천상에 쳐들어온 적을 일순간에 물리친 것이 바로 멸망꽃이다. 멸망꽃 한 송이만 있으면 현대전에서도 충분히….

순간 어떤 깨달음이 머릿속을 스치고 지나갔다.

연구비는 물론이고 동호에게 여러 장비를 지원해준 곳이

군이라면 모든 게 설명 가능했다. 군에서 얻고자 한 것은 바로 멸망꽃이었고 그걸 넘기는 대가로 동호는 마음껏 연구를 하며 지금처럼 서천꽃밭을 찾아낸 것이리라.

"멸망꽃은 특이하게 생겨 금방 찾을 겁니다. 색깔은 회색이고 밖으로 나온 꽃술의 끝은 해골을 닮았습니다."

동호가 말하자 김 대위는 동료 경호원, 아니 부하에게 고갯짓을 했다. 그런 뒤 자신도 꽃밭을 뒤지기 시작했다.

그사이에도 서천꽃밭의 아이들은 계속 우리를 지켜보며 헤헤헤 웃어댔다. 이제는 그 웃음이 거슬리고 짜증스럽게 다가왔다. 물론 짜증의 기저에는 동호에 대한 원망이 있었다.

"이봐. 어떻게 하려고 군을 끌어들였어?"

나는 참고 또 참다가 결국 한마디 하고 말았다.

"미안하네. 자네에게는 미리 이야기를 할까 하다가 그냥 입을 닫았네. 변명처럼 들리겠지만 다른 방법이 없었다네. 그리고 어느 정도 군을 이용하자는 생각도 했지. 저들이 원하는 건 멸망꽃이고 내가 원하는 건 따로 있으니까 서로의 필요만 채우면 되겠다 싶었다네."

"멸망꽃이 어떤 건지 나보다 훨씬 잘 알잖아? 그걸 무기로 사용한다면…."

둥!

내가 미처 말을 끝내기도 전에 서천꽃밭 전체에 웅장한

북소리가 울려 퍼졌다. 그러자 아이들도 웃기를 멈췄다.

둥!

또 그 소리가 들린 순간, 땅이 진동했다. 우리는 누가 먼저랄 것도 없이 모두 엎드렸다. 거대한 짐승이 몸을 뒤집듯 서천꽃밭 역시 살아서 꿈틀대는 것 같았다.

"무슨 일이 일어나려는 거죠?"

민주희가 물었지만 아무도 대답하지 않았다.

둥!

세 번째 북소리가 들리자 이번에는 꽃과 나무들이 일제히 허리를 숙였고 저 멀리 어딘가에서 천둥 같은 외침이 들려왔다.

"꽃감관 나으리 납십니다!"

그 소리가 떨어지기 무섭게 저 멀리서부터 흙먼지가 부옇게 일었다. 땅은 더 격하게 움직였고 찬란하던 빛이 자취를 감추기라도 한 듯 꽃밭 전체에 어둠이 드리웠다. 어둠이 깃들자 아름답기만 했던 서천꽃밭의 분위기가 일시에 바뀌었다. 어두컴컴한 하늘 아래로 끝없이 뻗은 대지와 찌를 듯 솟은 나무는 우리가, 인간이 얼마나 보잘것없는 존재인지를 보여주는 것 같았다.

땅 울림에는 조금씩 적응이 됐다. 그럼에도 나는 일어날 엄두를 내지 못했다. 보이지 않는 거대한 무언가가 나를 내리누르는 것 같았다. 가볍다고 생각했던 중력이 졸지에 변하기라도 한 것처럼 도저히 힘을 쓸 수 없었다.

"이건 무슨 일입니까?"

그렇게 묻는 김 대위 역시 계속 엎드린 채였다.

"꽃감관은 서천꽃밭을 관리하는 인물이라 알고 있습니다. 그가 여기로 오는 것 같습니다."

동호가 말했다.

잠시 후 흙먼지가 가까워지며 우리를 향해 달려오는 거대한 무언가가 보였다. 그것의 정체가 말이라는 사실은 금방 알았지만 머릿속으로는 도저히 받아들일 수가 없었다. 말은 그 정도로 거대했다. 나는 지구상에서 그렇게 큰 동물을 직접 본 적이 없었다. 그 말에 탄 사람 역시 거구였다. 키는 물론 덩치도 어마어마했다.

"저, 저 사람이 꽃감관이라고?"

나는 황당하다는 듯이 말한 박승혁의 마음을 이해할 것 같았다. 설화 속 꽃감관은 보통 인간이나 다를 바 없이 묘사됐다.

히이잉.

말은 우리 바로 앞에서 멈춰 섰다. 아이들이 일제히 달려나와 앞으로 손을 모은 채 고개를 숙였다. 요동치던 땅도 잠잠해졌다. 천천히 일어나보면 어떨까 싶어 눈치를 살폈지만 엄두가 나지 않았다. 꽃감관이 내뿜는 무거운 분위기가 나를 짓눌렀다. 지금 상황에서는 계속 엎드린 채로 무슨 일이 일어날지 기다리는 수밖에 없었다. 긴장한 상태로 몇 분을 더 흘려보냈다. 초조한 나머지 자꾸만 마른침을 삼켰다. 그 순간 드디어 꽃감관이 입을 열었다.

"침입자들이여, 일어나라."

꽃감관의 목소리는 묵직하면서도 우렁찼다. 부드러운 듯 날카로웠으며 목소리만으로는 어떤 감정인지 짐작하기 어려웠다. 그럼에도 그 목소리 속에는 힘이 깃들어 있었다. 거부할 수 없는 힘.

우리는 주뼛거리며 일어났다. 그제야 말과 꽃감관이 얼마나 거대한지 확실히 알 수 있었다. 탐사대 중 제일 키가 큰 박승혁조차도 말의 앞다리에 미치지 못할 정도였다. 그런 말 위에 올라탄 꽃감관은 거인 그 자체였다. 문득 영등할망이나 설문대할망 같은 제주의 거인 설화가 떠올랐지만 곰곰이 생각할 겨를이 없었다. 꽃감관이 다시 입을 열었기 때문에.

"이곳은 이승과 저승의 중간, 끝없는 대지에 꽃과 나무를 가꿔 땅을 이롭게 하고 하늘을 빛나게 하는 곳. 죽음이 깃든 동시에 삶이 시작되는 서천꽃밭. 한데 산목숨인 너희들이 어찌 이곳에 왔는가? 길을 잃었다는 거짓말은 통하지 않을 것이다!"

나는 움찔하며 쓰러질 뻔했다. 꽃감관의 목소리는 그 정도로 힘이 있었다. 박승혁이 재빨리 잡아주지 않았다면 꼴사나운 모습을 보였을 것이다.

동호가 한 발 앞으로 나가 서서는 허리를 깊이 숙였다. 꽃감관은 아무런 표정도 없이 동호를 내려다봤다.

"미리 인사드리지 못해 죄송합니다. 저희는 이승에서 왔습니다. 이 아름답고 신비한 곳을 찾기 위해 지난 5년간 하루도 쉬지 않고 연구를 했습니다. 이승에서는 서천꽃밭이 그저 헛된 이야기처럼 돌아다니지만 저희는 이곳이 존재한다는 믿음이 있었습니다. 그래서 감히 동료들을 이끌고 이곳에 오게 된 것입니다. 혹 노여우시다면 이대로 물러나겠습니다."

김동호는 5년 전과 확실히 달라졌다. 이렇게 차분하고 부드럽게 말하는 동호의 모습은 적어도 나는 한 번도 본 적이 없었다.

동호의 말이 꽤 마음에 들었는지 꽃감관이 처음으로 미소를 지었다. 그는 말갈기를 쓰다듬으며 말했다.

"하긴, 이곳은 본디 저승보다 이승과 조금 더 가깝지. 먼 옛날에는 훨씬 많은 교류가 있었고. 이승의 꽃과 나무 중 대부분은 이곳에서 씨나 묘목을 얻어 간 인간들이 가꾸고 돌보면서 널리 퍼지게 된 것이다. 알고 있었느냐?"

"아! 그것은 알지 못했습니다. 이승 전체가 서천꽃밭의 은혜를 입어왔다니 그저 감사한 마음뿐입니다."

동호는 또 허리를 숙였다. 덩달아 우리도 몸을 굽혀야 했다.

"그러니 이 몸이 하고 싶은 말은 이것이다. 공손하게 부탁하면 어떤 꽃이라도 선물해줄 수 있다. 허나, 쥐새끼처럼 몰래 훔쳐 가는 것은 용서할 수 없으니 너희 중에서 한 송이라도 몰래 꺾은 이가 있으면 앞으로 나와 달게 벌을 받거라. 알겠느냐?"

나는 꽃에 손도 대지 않았다. 그럼에도 묘하게 흘러가는 분위기에 잔뜩 긴장했다. 동호도 마찬가지인 듯 우리를 향해 고개를 돌리고서는 난감한 표정을 지었다. 아무도 나서지 않자 꽃감관의 목소리는 다시 커졌다.

"이 몸은 누가 도둑인지 알고 있다. 내가 지목한다면, 그 쥐새끼는 분명 가혹한 형벌을 받게 될 터."

무언가 큰일이 생길 것 같은 예감이 찾아왔다. 우리는 꽃감관과 말보다도 작았지만 이 거대하고 웅장한 서천꽃밭 전체로 보자면 그 차이는 훨씬 벌어져 그저 먼지 알갱이 하나 정도라 해도 무방할 지경이었다.

나는 주위를 둘러봤다. 모두 불안한 표정이었다. 동호는 아예 고개를 푹 숙이고 있었다. 그때 꽃감관이 그야말로 벼락같이 소리를 질렀다.

"네 이놈! 앞으로 나오거라!"

꽃감관이 가리킨 이는 김 대위의 부하였다. 이름도 모르는 그는 그 자리에 주저앉아 부들부들 떨다가 거의 기다시피 해서 꽃감관 앞으로 갔다.

"일어서서 윗옷을 벗어라."

그는 김 대위를 바라봤다. 김 대위는 무슨 꿍꿍인지 부하를 향해 조용히 한마디 했다.

"잠깐이야. 조금만 참아."

부하는 안쓰러울 정도로 떨면서 점퍼를 벗으려 했다. 그순간 점퍼 안에서 여러 송이의 꽃이 쏟아져 나왔다. 모두 멸망꽃이었다.

"왜 멸망꽃을 훔쳤느냐? 이것으로 무얼 하려던 것이냐?"

꽃감관의 서슬 퍼런 추궁에 부하는 제대로 대답도 못 한 채 김 대위만 바라봤다. 김 대위는 계속 손목시계를 확인했다. 김 대위의 얼굴에도 초조한 표정이 떠올랐다.

"어서 대답하지 못할까?"

꽃감관은 다시 소리를 질렀다. 귀가 먹먹할 정도로 큰 소리였다.

"죄송합니다! 죄송합니다! 저, 저는 그저 이 꽃이 특이하고 예뻐서 그만…"

부하가 간신히 입을 연 순간, 두 눈으로 보고도 믿지 못할 끔찍한 광경이 펼쳐졌다. 꽃감관의 거대한 말이 부하의 얼굴 전체를 덥석 문 것이다. 순식간에 벌어진 일이었다. 우리는 모두 멍하니 바라볼 수밖에 없었다. 부하는 미친 듯이 발버둥쳤다.

"거짓을 고하는 자 절대 용서할 수 없다!"

꽃감관은 말의 목을 툭 쳤다. 그 순간 나도 모르게 소리를 질렀다.

"안 돼!"

내 공허한 외침이 사라지기도 전에 거대한 말이 아가리를 꽉 닫았다.

빠직!

기분 나쁜 소리가 울려 퍼졌다. 머리가 떨어져 나간 부하가 쓰러진 것은 그다음이었다.

"꺄악!"

"아!"

민주희의 비명도, 박승혁의 절규도 말이 부하의 머리를 씹어대는 요란한 소리에 묻히고 말았다. 말의 입에서 피가 후드득 떨어져 내렸다. 나는 휘청거리는 동호를 간신히 붙잡았다.

"아니야. 내가 생각했던 건 이게 아니었네."

동호는 퀭한 눈으로 나를 바라봤다. 나는 그 절망적인 시선을 마주할 자신이 없어 슬쩍 고개를 돌렸다. 그 순간 품에서 권총을 꺼내 들고는 앞으로 걸어 나가는 김 대위가 시야에 들어왔다.

말리려고 했지만 김 대위가 더 빨랐다.

"꽃감관이고 뭐고 이제부터는 우리가 여길 접수한다."

탕!

김 대위는 망설이지 않고 커다란 표적을 향해 총을 쏘았다. 총알은 꽃감관의 가슴 근처에 박혔다.

아아아아!

아이들이, 이번에는 모두 같은 표정으로 아파하며 소리를 질렀다.

아아아아!

아아아아!

꽃감관은 얼굴을 찡그리며 총상을 입은 부위와 거기서 흘러나오는 새빨간 피를 번갈아 바라봤다.

탕! 탕!

김 대위는 연달아 두 번 더 방아쇠를 당겼다. 이번에는 두 발 모두 말의 머리를 관통했다. 말 역시 고통에 찬 울음을 토해내며 비틀거렸다. 그 순간 꽃감관이 지금까지와는 달리 알아들을 수 없는 말로 소리쳤다. 어떤 문자로도 표기할 수 없는, 심지어 따라 할 수도 없는 이상한 말이었다. 다만 그 말 속에 분노가 깃들어 있다는 사실은 똑똑히 알 수 있었다.

"보셨죠? 설화 속 인물이고 뭐고 이 총만 있으면 다 해결됩니다. 크크크."

김 대위가 뒤를 돌아보며 말했다. 그때였다. 어느새 가까이 다가온 아이 한 명이 김 대위를 향해 흰색 꽃 한 송이를 던졌다.

"조심하세요!"

박승혁이 소리친 것과 동시에 김 대위는 훌쩍 뛰어오르더니 몸을 굴려 서 있던 자리를 벗어났다. 현역 군인이라 그런지 몸놀림이 재빨랐다. 바닥에 떨어진 흰색 꽃은 매캐한 냄새와 함께 연기를 피워 올렸다. 바닥이 움푹 파인 걸 보니 꽃에는 강한 산이 들어 있는 듯했다. 피하는 게 조금이라도 늦었다면 김 대위의 얼굴은 녹아내렸으리라.

우리가 그 상황에 정신이 팔려 있을 때 민주희가 떨리는 목소리로 외쳤다.

"우릴 공격하려나 봐요!"

나는 주위를 살폈다. 족히 수백 명은 될 것 같은 아이들이 각자 꽃을 손에 들고 서서히 다가오는 중이었다. 아이들의 얼굴에는 이제 아무런 표정이 떠오르지 않았다. 똑같이 무표정했고, 똑같이 한목소리로 외쳐댔다.

우우우우!

우우우우!

우우우우!

울림이 너무 커 보이지 않는 손으로 내 몸을 때리는 느낌이었다.

"동호. 이쯤에서 물러나야 할 것 같아. 이대로는 다 죽을 뿐이야."

내 말에 동호는 절망적인 표정을 짓더니 고개를 저었다.

그러고는 입을 열었다.

"너무 늦었네. 서천꽃밭을 찾으면 군이 소유한다고 계약을 했어."

"그게 무슨 소리야? 겨우 찾아낸 이 신비의 공간을 군인들에게 넘겨? 누구 마음대로? 여기 주인은 우리가 아니잖아."

내 말이 끝나기 무섭게 뒤쪽에서 요란한 소리가 들렸다. 고개를 돌린 나는 또 하나의 믿기 힘든 광경을 보고 말 그대로 얼어붙었다.

중무장한 군인들이 안개를 뚫고 서천꽃밭으로 들어오고 있었다. 그 수가 얼마나 많은지 군홧발 소리가 끊임없이 들렸다. 못해도 쉰 명은 훌쩍 넘을 것 같았고 어쩌면 백 명 가까이 될 수도 있겠구나 싶었다. 이 정도면 거의 중대급 병력이었다.

"이게 무슨 짓이오? 이 군인들은 여길 어떻게 찾은 거요?"

나는 분노에 차 김 대위를 향해 거칠게 물었다.

"제가 소지하고 있는 GPS 신호를 쫓아왔습니다. 이제 민간인들은 물러서세요. 속전속결로 이곳을 점령할 테니."

군인들은 긴장한 표정으로 김 대위를 향해 달려갔다. 그때였다. 꽃감관이 김 대위의 머리를 쥐고 번쩍 들어 올린 것은.

"대위님!"

군인들이 꽃감관에게 총을 겨누며 소리쳤다. 꽃감관은 총알 따위로는 자신을 쓰러뜨릴 수 없다고 말하듯 김 대위의 머리를 잡고 마구 흔들었다.

"쫘! 이 새끼 대가리에다가!"

김 대위가 소리친 순간, 꽃감관은 팔을 최대한 높이 올리더니 자신만만하던 이 군인을 바닥에 내동댕이쳤다.

무언가가 부러지고 터지면서 끔찍한 소리가 났다. 김 대위는 바닥을 쓸며 버르적거렸다. 용케도 목숨이 붙어 있었고, 그걸 안 군인들이 상관을 구하려고 다가갔다. 그 순간 말이 앞발을 높이 들더니 김 대위의 머리를 그대로 찍어 내렸다.

쩌억.

수박이 쪼개지는 듯한 소리보다도 사방으로 튄 피와 뇌수가 나를 미치게 했다. 시신경이 그대로 붙은 눈알 하나가 바로 내 앞으로 날아왔다. 그 눈이 나를 똑바로 올려다봤다.

순식간에 벌어진 일에 군인들은 우왕좌왕하기 시작했다. 그들은 서천꽃밭에 관한 아무런 지식도 없이 그저 신호를 쫓아 이곳으로 왔을 것이다. 그랬기에 군인들 눈에는 서천꽃밭의 모든 부분이 압도적으로 다가올 수밖에 없었다. 게다가 자신들의 상관을 죽인 이는 거대한 말과 그 위에 올라탄 거인이지 않은가. 떨면서 그 자리에 주저앉지 않은 것만으로도 칭찬해줄 만했다.

꽃감관은 내 생각과 달랐다. 칭찬은커녕 당장이라도 죽일 듯한 기세로 소리질렀다.

"동자들이여. 공격하라!"

백여 명의 군인들이 머뭇거리는 사이 가까이 다가온 아이들은 이곳저곳으로 꽃을 던졌다. 아무것도 모르는 군인들은 날아오는 꽃을 멍하니 쳐다볼 뿐이었다.

"비켜요! 다들 흩어져."

내가 소리쳤지만 씨도 먹히지 않았다. 각양각색의 꽃들이 군인들 사이로 떨어졌다. 나는 옆에 서 있던 동호의 어깨를 꽉 쥐었다. 폭발하지도, 연기가 피어오르지도 않았다. 다만 군인 중 일부가 웃기 시작했다.

하하하하!

모르는 사람이 들었다면 정말 유쾌한 웃음이라 생각했을 것이다. 군인들은 숨을 못 쉴 정도로 웃어댔다.

숨을 못 쉴 정도.

문제는 거기에 있었다.

"웃음웃을꽃이군."

동호가 중얼거렸다.

"교수님. 그럼 저분들은 울음울을꽃인가요?"

민주희가 가리킨 쪽에는 대성통곡을 하며 눈물을 줄줄 흘리는 군인들이 있었다. 배를 부여잡고 우는 그들은 울면서도 고통스러워하는 표정을 지우지 못했다. 그야말로 내장이 찢어지기라도 한 듯 하나둘 피를 토했다. 피범벅인 채로 쓰러져서도 계속 울다가 한 명씩 숨을 거뒀다.

미친 듯이 웃던 군인들도 마찬가지였다. 경쾌했던 웃음은 어느새 헛바람처럼 새어 나왔고 숨을 쉴 수 없게 된 그들은 손으로 자기 목을 긁어대다가 끝내 붉게 변한 얼굴을 하고서는 쓰러졌다. 치켜뜬 눈과 입이 찢어질 정도로 큰 미소가 극적인 대조를 이루며 공포를 선사했다.

"아이들이라 생각하지 말고 발포해!"

이제야 사태 파악이 된 듯 누군가가 그렇게 명령했고, 동료의 죽음을 지켜본 군인들은 망설임 없이 방아쇠를 당겼다.

그야말로 영화에서나 볼 법한 장면이 실제로 펼쳐졌다. 귀를 찢는 총성과 풀썩 쓰러지는 아이들, 그리고 다시 알아들을 수 없는 언어로 소리 지르는 꽃감관.

나는 귀를 막은 채 동호와 두 명의 제자에게 말했다.

"이 틈에 빨리 도망가야지! 자칫 타이밍을 놓치면 우리도 말려들어."

내 말에 동의하는 사람은 아무도 없었다.

"여러 실책이 겹치긴 했지만 서천꽃밭을 이대로 포기할 순 없네!"

동호는 단호하게 말했다.

"맞습니다. 지금 상황을 보니 군인들이 유리합니다. 저는 끝까지 지켜보겠습니다."

박승혁의 말이 끝나기 무섭게 민주희도 고개를 끄덕였다.

너무 답답해 오히려 웃음이 새어 나왔다. 동호는 내 웃음을 오해했는지 자기도 웃어 보이며 한마디를 건넸다.

"역사적인 발견에는 응당 희생이 따라야 하는 법 아니겠나."

도저히 참을 수가 없었다.

"동호! 제발 정신 좀 차려. 이건 발견도 아니고 연구도 아니야. 군에서 이곳을 차지하면 이후에 어떻게 할 것 같은가? 설마 놀이동산이라도 만들 거로 생각하는 건 아니겠지? 놈들은 저 꽃들을, 저 아름다운 식물들을 전쟁 무기로 쓰려는 거야! 그러니 미친 듯이 총질을 하고 죄 없는 아이들을 죽이고 있잖아. 너희 셋이 주장하는 건 학자의 책임감이나 미지의 것을 알고 싶은 탐구심이 아니야. 광기야! 연구에 너무 몰두한 나머지 광기에 사로잡힌 거라고!"

"하하하!"

내 말이 끝나자 동호는 그 마른 얼굴로 크게 웃었다. 눈물까지 흘리며 웃는 동호의 모습은 낯설고 불편했다.

"이것 보게, 최 교수. 광기라고 했나? 연구에 몰두하다가 끝내 미친 거라고? 후후후. 한 가지만 알고 둘은 모르는군. 우리는 연구에만 집중하다가 제정신을 잃은 게 아니야. 애초에 광증이 있었기에 운명처럼 이 연구를 시작하게 된 거라네. 최고의 순간은 오직 미친 자만이 엿볼 수 있다네."

나는 동호에게서 민주회로, 민주희에게서 박승혁으로 시선을 옮겼다. 그제야 셋의 눈빛이 같다는 사실을 알아챘다. 낯설지 않은 눈빛이었다. 김 대위도 죽기 전까지 같은 눈빛이었다. 욕망에 번들거리는 눈빛.

"좋아. 알겠어. 그럼 나는 여기서 물러날게. 나는 널 따라갈 수 없겠어."

나는 포기를 선언했다. 그때였다. 앞쪽에서 여러 사람의 비명이 뒤섞여 울려 퍼졌다. 우리는 동시에 고개를 돌렸다.

군인 중 상당수가 자기들끼리 싸우고 있었다. 총은 내팽개치고 맨손으로 때리거나 이를 드러내 상대방의 목덜미를 물어뜯었다. 비명인지 짐승의 울부짖음인지 모를 소리를 내지르며 전우가 죽을 때까지 공격하는 모습은 그 자체로 충격이었다.

"저건 무슨 꽃 때문에 저러는 거죠?"

민주희가 물었다.

"아마 싸움싸울꽃 같습니다."

이번에는 내가 대답했다. 모든 것을 다 쓸어버리는 멸망꽃 다음으로 무서운 능력을 지녔다는 싸움싸울꽃은 같은 편끼리 싸우게 만든다고 알려졌다.

총성은 점점 작아졌다. 군인들 수도 반 이상 줄었다. 굵고 튼튼한 넝쿨이 꽃감관의 몸을 감싸고 있었다. 총알은 그 갑옷을 뚫지 못했다. 그는 손에 잡히는 대로 군인을 집어 들고서는 가볍게 사지를 찢어버렸다.

"후퇴한다. 모두 들어왔던 곳까지 사력을 다해 달려라!"

아까 명령을 내렸던 군인이 다시 소리를 질렀다. 군인들은 기다렸다는 듯 뒤돌아 달리기 시작했다. 꽃감관은 지켜보며 가만히 있었지만 아이들은 계속 쫓아왔다.

"이게 뭐야? 이게 뭐야!"

내 옆을 스쳐 지나던 군인이 그렇게 외치는 걸 똑똑히 들었다. 다른 군인들도 넋이 나간 표정이었다.

"교수님. 지금은 우리도 잠시 물러나야 할 것 같습니다."

침묵을 지키던 동호는 박승혁의 말에 고개를 끄덕였다. 그것 보라고 소리치고 싶었지만, 그따위 싸구려 승리감에 기뻐할 시간이 없었다. 나는 동호의 어깨를 잡고 끌어당겼다.

"고개만 끄덕이지 말고 빨리 움직여."

동호는 마지못해 나를 따라 달리기 시작했다. 우리는 물안개를 통과하고 다시 삼색물과 마주했다. 나는 망설임 없이 물로 들어가 뒤도 돌아보지 않고 걸음을 옮겼다. 반대편에 거의 다다랐을 즈음 기다리겠다던 심마니가 나타났다. 심마니는 내게 손을 내밀었다. 그 손을 잡고 땅으로 올라간 나에게 심마니가 심각한 표정으로 말했다.

"군인들이 폭탄 같은 걸 설치하고 있던데 괜찮은 겁니까?"

"폭탄이요?"

우리는 물에서 나오자마자 심마니를 따라갔다. 동굴의 이쪽 편, 그러니까 서천꽃밭으로 통하는 입구에 군인들이 무언가를 잔뜩 붙이는 중이었다. 척 보기에도 폭탄이었다.

"무슨 짓을 하는 거요? 누구 명령입니까?"

동호가 버럭 소리를 질렀지만 군인들은 대답 없이 폭탄 설치에만 몰두했다.

"여기를 폭파하면 서천꽃밭으로 가는 유일한 길이 사라집니다."

"네. 그걸 알기에 지시했습니다."

뒤에서 목소리가 들렸다. 돌아보니 김 대위를 대신해 명령을 내리던 바로 그 군인이었다.

"서천꽃밭이 어떤 의미를 지니는지 몰라서 이럽니까?"

동호가 물었다.

"알죠. 잘 압니다. 아니, 이제 뼈저리게 깨달았습니다. 이계의 존재가 우리의 세상으로 넘어오는 것만큼은 무슨 일이 있어도 막아야 한다는 것을요."

"그, 그게 무슨…."

병사 한 명이 보고하자 그 군인은 빠른 걸음으로 우리를 지나치며 말했다.

"정확히 10분 후에 폭파할 겁니다. 그러니 서둘러 동굴 밖으로 나가시죠."

"안 돼!"

동호는 눈을 번득이며 소리쳤다.

"동호. 우선은 나가야 해! 폭발의 영향으로 동굴이 무너지면 그야말로 끝장이야."

순간, 동호는 줄 끊어진 인형처럼 고개를 푹 숙였다. 불안했다. 차라리 소리를 지르는 편이 나아 보였다. 나는 동호를 끌어안다시피 해서 달렸다. 박승혁과 민주희, 그리고 심마니도 같이 움직였다.

"한 가지 우려되는 점이 있습니다."

랜턴을 비추며 앞서 달리던 박승혁이 그렇게 말했다.

"지금보다 더 우려되는 상황이 있다니 믿을 수가 없네요."

"폭파가 성공해서 동물 입구만 무너지면 상관없는데 자칫 폭파의 규모가 너무 세면 이계의 틈이 완전히 벌어질 수도 있습니다. 그렇게 되면⋯."

"저기 입구가 보이네요!"

심마니가 앞을 가리켰다.

"시간이 얼마 없어요. 더 빨리 달려야 해요."

민주희가 다급하게 외쳤다.

동호를 질질 끌면서 달리는 건 정말 힘들었다. 축 늘어져 있던 동호는 조금 정신이 돌아왔는지 비통한 목소리로 중얼거렸다.

"환생꽃, 환생꽃을 가져와야 했는데."

입구까지 몇 발 남지 않았을 때 갑자기 쿵, 하는 소리가 들렸다. 폭탄이 터진 것 치고는 그리 큰 소리가 아닌 것 같다고 생각하던 찰나, 엄청난 바람이 뒤에서부터 불어와 우리를 동굴 밖으로 패대기쳤다.

그 순간 나는 정신을 잃었다.

6. 잠식

차가운 바람이 뺨에 닿았고 나는 눈을 떴다. 내 눈에 처음 보인 것은 나비였다. 우아하게 날갯짓을 하던 그 거대한 나비. 수십 마리의 나비가 소리도 없이 날고 있었다. 순간 아직도 서천꽃밭인가 싶어 억지로 일어나 앉았다. 아니었다. 나는 눈에 거의 파묻힌 상태였고, 아무리 정신이 없다고는 하지만 여기가 한라산이라는 것쯤은 알 수 있었다.

그렇다면 저 나비가 어떻게….

내 궁금증은 금방 풀렸다. 오랜 친구의 웃음과 함께.

"후후후. 깨어났는가? 알맞은 순간에 정신을 차렸군."

동호는 옆에 서 있었다. 방금까지 영혼이 빠져나간 사람처럼 굴더니 지금은 온몸에서 생기를 내뿜고 있었다.

"뭐가 어떻게 된 거야?"

내가 묻자 동호는 다짜고짜 손을 내밀었고 나는 그걸 잡고 일어났다. 퍼붓던 눈은 어느새 그쳤다. 나는 주위를 둘러보며 또 물었다.

"다른 사람들은? 군인들은? 설마 우리만 남은 거야?"

"승혁 군 말이 맞았네."

동호는 엉뚱한 대답을 했다.

"무슨 소리야?"

"폭발의 규모가 너무 크면 틈이 벌어질지도 모른다고 했던 말, 자네도 기억하지?"

내가 고개를 끄덕이자 동호는 어딘가를 가리켰다. 나는 동호의 손가락을 따라 고개를 돌렸다. 그러고는 숨을 삼켜야 했다.

동굴 바로 위쪽 하늘이 뻥 뚫려 있었다. 틈, 구멍, 문… 무엇으로 불러야 할지 모르지만 그 규모가 엄청나다는 것만은 분명했다. 뚫린 하늘을 가득 채우는 것은 서천꽃밭의 바로 그 하늘이었다. 오만가지 색을 다 섞어놓은 듯한 어둠이 깔린 채 넓게 펼쳐져 있던 하늘에 구름이 지나갔다. 구름의 크기 또한 엄청났고, 무엇보다 커다란 눈알처럼 생겨 미지의 무언가가 우리를 내려다보는 것 같았다.

"지금 이 세계와 이계를 나누던 틈이 아예 무너진 걸세. 후후후."

동호는 사뭇 기쁜 듯 그렇게 웃었다.

"이제 어떻게 되는…."

나는 말을 멈출 수밖에 없었다. 하늘에 정신이 팔려 동굴을 중심으로 이상 현상이 벌어지고 있다는 걸 뒤늦게 눈치챘다. 상상도 못한 일이 벌어지는 중이었다. 동굴은 말할 것도 없고 그 주위에 온통 꽃과 나무가 가득했다. 몇 주는 이른 봄이었다. 더욱 충격적인 것은 그 범위가 빠른 속도로 넓어진다는 사실이었다. 겨울 풍경화 위에 누군가가 봄을 배경으로 한 그림을 덧붙이기라도 하는 듯 한라산의 겨울은 뭉텅뭉텅 잠식당했다.

"서천꽃밭이 제주도를 집어삼키고 있네. 후후후. 죽기 전에 이런 광경을 볼 줄이야."

나는 다시 하늘을 올려다봤다. 하늘의 구멍도 눈에 띄게 넓어지고 있었다. 나는 동호와 달리 도무지 정신을 차릴 수 없었다. 무의식 상태에서 못 깨어난 게 아니라 지극히 평범한 인간 중 한 명이기에 이 현실을 받아들일 만큼 평정심을 유지할 수 없었다.

"박승혁과 민주희는 어디 있어? 심마니는? 셋을 데리고 빨리 내려가야지."

내가 말하자 동호가 이번에는 십여 미터 앞을 가리켰다. 그곳은 완전히 잠식을 당해 초록색 잔디가 무성하게 올라오는 중이었다. 그곳을 아무리 살펴봐도 세 사람은 보이지 않았다. 그때 동호가 말했다.

"승혁 군은 나무가 됐어. 주희 양은 꽃이 되었지. 심마니는 이끼와 닿자마자 스르르 녹는가 싶더니 땅속으로 스며들었네."

그제야 그리 크지 않은 나무가 내 시선을 사로잡았다. 그 나무의 중간쯤에 네모난 무언가가 툭 튀어나와 있었고, 그것이 바로 에너지 탐지기임을 알아챘다. 나는 그걸 보자 완전히 겁에 질리고 말았다.

"환경만이 아니고 인간도 변해? 그럼 이건 제주도 전체의 재앙이잖아. 빨리 내려가자. 내려가서 신고해야 해. 그리고 우리도 안전한 곳을 찾아야 하고. 동호! 내 말 듣고 있어?"

동호는 대답 대신에 또 웃음을 터트렸다.

"하하하하! 크크크크!"

"무슨 말을 해봐!"

나는 동호의 어깨를 잡고 흔들었다.

"나는 미치지 않고는 견딜 수가 없었지. 그 결과가 바로 이거네. 슬픔과 분노가 나를 잠식했듯이 서천꽃밭이 이 세계를 잠식하고 있는 걸 보는데 어찌 웃음을 참겠나? 응? 크하하하."

앞뒤가 맞지 않는 말을, 심지어 의미조차 알 수 없는 말을 쏟아내는 동호를 보며 나는 결심했다.

"동호. 우린 절대 건드려서는 안 되는 것을 건드린 거야. 한낱 인간의 지성과 힘으로는 감당할 수 없는 신비가 있는데 그걸 침범한 거라고. 하지만 난 이대로 순순히 벌을 받긴

싫어. 내려갈게. 어쨌든 살아남을게."

나는 동호의 대답을 듣지 않고 서둘러 발걸음을 옮겼다. 올라갈 때는 몰랐는데 정식 탐방로는 그리 멀지 않은 곳에 있었다. 나는 그곳으로 들어가며 등산객들에게 외쳤다.

"빨리 내려가세요! 도망치세요!"

등산객들도 모두 하늘에 뚫린 구멍을 바라보고 있었다. 내가 외치는 소리에 귀를 기울이는 이는 한 명도 없었다.

다리가 끊어질 것 같았지만 쉬지 않고 달렸다. 드디어 매표소까지 내려왔을 때 경찰차와 구급차, 그리고 소방차가 주차장으로 들어서는 걸 봤다. 나는 고개를 돌려 한라산을 올려다봤다. 서천꽃밭의 영역은 이미 한라산 입구까지 다다른 상황이었다. 이 속도라면 제주도 전체가 잠식되기까지 하루도 걸리지 않을 것 같았다. 사람들은 겨울과 봄이 공존하는 듯한 풍경에 감탄하며 사진 찍는 데 열을 올렸다.

나는 마침 승객을 내려준 택시에 탔다. 택시기사 역시 넋을 놓고 한라산을 보다가 내가 올라타니 고개를 돌렸다.

"어디 가십니까?"

"공항. 최대한 빨리."

숨이 턱 끝까지 차 말을 잇기가 힘들었다.

"그런데 손님. 한라산에서 내려오신 거죠? 지금 한라산 하늘이 이상하게 변하고 있다고 뉴스 속보로도 나오고 난리거든요. 뭐 본 거 없으세요?"

나는 대답할 정신이 없었다. 핸드폰으로 상황을 살피던 중에 '1분 전 한라산'이라는 제목의 사진을 발견했다. 사진에는 이미 서천꽃밭의 일부가 된 한라산 모습이 담겨 있었다. 나를 떨게 만든 건 사진 구석에 찍혀 있는 말 탄 사내였다. 꽃감관까지 넘어온 것이다.

"속보입니다. 한라산의 이상 현상이 제주도 전체로 퍼지는 가운데 시민들이 나무나 꽃 등 식물로 변하는 모습이 속속 목격되고 있습니다. 가능하면 외출을 자제하시고⋯."

"흐흐."

라디오에서 흘러나오는 뉴스 속보를 듣다가 나도 모르게 웃음이 터졌다.

"크흐흐."

웃음은 멈추지 않았다.

"손님. 괜찮으세요?"

택시기사가 물었지만 나는 대답 대신에 폭소를 터트리고 말았다.

"하하하하!"

기사는 갓길에 택시를 세우더니 버럭 소리를 질렀다.

"해도 너무하네. 재수 없게 미친놈을 태워서. 빨리 내려요!"

나는 순순히 내렸고 택시는 미련 없이 떠나갔다. 도망쳐온 방향으로 고개를 돌렸다. 이미 사방에서 꽃향기가 진동하고 있었다. 나는 또 웃었다. 내가 미쳐가고 있다는 걸 자각했지만 이미 늦었다는 것 역시 알고 있었다.

마지막이라는 생각으로 하늘을 올려다봤다. 하늘 구멍은 제주도 상공을 집어삼키기 직전이었다. 눈알처럼 생긴 구름은 몸피를 불린 채 아직도 떠 있었다. 나는 그 거대한 눈알을 보며 무릎을 꿇었다. 미치지 않고서는 견딜 수가 없었다던 동호의 말이 문득 떠올랐다.

나는 한 번 더 웃었다.

하하하.

하하하하.

하하하하하.

후기

코스믹 호러의 매력, 즉 코스믹 호러라는 이 생경한 장르가 독자에게 공포를 선사하는 방식은 '감당할 수 없는 것'을 기꺼이 보여주는 데 있습니다. 여기서 말하는 감당할 수 없는 것이란 단순히 상대가 크고, 무섭고, 혹은 해결해야 게 많은 조금 골치 아픈 일을 뜻하지는 않습니다. 그야말로 인간이라는 미약한 존재로는 감히 범접할 수도 없는 거대한 괴물이나 신의 출현, 자연재해 등이 이 범주에 들어갑니다. 동일본대지진이나 혹은 또 다른 자연재해를 보면서 모골이 송연한 느낌을 받으셨다면 어떤 느낌인지 이해하실 겁니다. 그렇기에, 러브크래프트가 창시했다고 알려진 이 코스믹 호러는 원시 시대부터 우리의 DNA에 들어 있던 게 아닐까 감히 짐작해봅니다.

장르는 코스믹 호러, 배경은 제주도라고 했을 때 제일 먼저 떠오른 소재가 바로 '서천꽃밭'이었습니다. 제주의 오랜 신화 속에서 생과 사가 교차하는 곳이자 꽃을 무기로도, 그리고 사람을 살리는 도구로도 사용할 수 있는 이 신비의 광대무변한 공간이야말로 코스믹 호러를 펼쳐내기에 적당한 장소란 확신을 가졌습니다.

그러고 보면 죽고 사는 것이야말로 한낱 인간이 어찌할 수 없는 가장 크고 두려운 현상이네요. 이 작품이 원시시대, 밤하늘의 천둥을 듣고 땅에 엎드렸던 조상들이 느꼈던 두려움을 독자 여러분께도 전할 수 있기를 바랍니다. 감사합니다.

단
지

전
혜
진

섬에 갇혔다.

물론 정말로 섬에서 나갈 수 없는 것은 아니었다. 하지만 전염병으로 공항이 폐쇄되고, 입도가 금지되었다. 섬에 더 들어오지 말라는 말이지, 나가지 말라는 뜻이 아니라는 것은 안다. 하지만 하린은 그것만으로도 갑갑하고 조바심이 났다.

"뭘 그래. 이왕 이렇게 된 거 좀 마음 편히 빈둥거리면 좋잖아."

주연은 툇마루에서 뒹굴거리다가 고개만 들며 말했다.

"야, 나 이 집 1년 연세 내고 빌렸다? 근데 우리 지금 온 지 한 달밖에 안 되었다고. 너무 걱정하지 마. 들어오는 건 마음대로 안 되어도 나가는 건 되는 거잖아."

"…아무리 그래도 그렇지."

"그리고 우리가 여기서 일을 못 해? 편집자 미팅도 요즘은 다들 화상회의로 하잖아. 말도 마라. 나 여기 오기 얼마 전에, 아는 언니 하나가 결혼을 했거든. 근데 그 결혼식이 아주 신식이었어. 일요일에 낮잠 자고 있었는데, 갑자기 자기가 내일 혼인신고를 할 거라면서. 배달주문 쿠폰 2만 원짜리랑 화상회의 링크를 쫙 뿌리는 거야."

"결혼?!"

"응, 전염병이 이렇게 도는데 결혼식 같은 건 아니라면서, 친구들을 죄다 화상회의로 불러 모으던데? 화상 결혼식 한다고."

"전염병 시대에 발맞춘 결혼식이네. 그래서?"

"그래서는 뭘 그래서야. 화상회의로 신랑 얼굴 보고, 다들 당일배송으로 결혼 선물 보냈지. 화상회의에 들어온 친구들 서른네 명이 다들 당일배송을 보내는 바람에, 다음 날 아침에 구청 문 열자마자 혼인신고 하려고 했는데 현관문이 안 열려서 큰일이었대."

"그 동네 당일배송 기사님은 아주 재난이었겠네."

"그건 그렇지. 그래도 꽤 재미있었어. 언니가 한턱 쏜 배달 주문 음식으로 치킨 시켜 먹고, 축의금 계좌로 이체하고, 언니는 무슨 유튜브 BJ 같이 아무개가 축의금 얼마를 쏴주셨습니다, 하고 감사 인사하고. 결혼식인지 유튜브 라이브 방송인지 모르겠더라니까."

"야, 그건 좀 너무 SF다."

하린은 뒹굴거리는 주연의 옆에 가서 앉았다. 몇 달 전, 주연은 다니던 회사를 용감하게 박차고 나왔다. 전부터 무슨 소설을 끄적거리더니, 작년에 썼던 웹소설이 대박이 났다나. 자기 필명은 절대 안 가르쳐주면서, 회사 때려치웠다고 제주도에 가서 한 달 지내다 오겠다고 하는 게, 정말 대박이 난 건지, 아니면 몰래 로또라도 당첨된 건지 알 수가 없었다. 중간중간 일어나서 키보드를 두드리는데, 저게 지금 트위터를 하는 건지 소설을 쓰는 건지도 모르겠고.

하린은 학습만화를 그리고 있었다. 원래는 출근해서 일을 할 수 있는, 학습만화 팀 작업실에서 작업하곤 했는데, 전염병이 돌면서 웬만하면 재택근무하라는 지시가 떨어졌다. 말이 좋아 재택근무지, 결혼한 언니네 집에 얹혀 지내면서 일하려면 식탁에다 태블릿을 놓고 만화를 그리는 수밖에 없었다. 전염병 때문에 학교도 휴교하는 바람에, 하루 종일 집에만 있는 초등학교 4학년 조카를 돌보는 것도 큰일이었다. 게다가 언니가 치위생사로 일하는 대형 치과의 매출이 반 토막도 아닌 반의 반 토막이 나면서, 언니는 병원에서 거의 반강제적으로 무급 휴직 비슷한 것을 당하고 말았다. 이래서야 집에 있는다 한들, 작업용 태블릿을 기대놓고 그림을 그릴 공간조차 없었다. 설상가상으로 작업실이 입주한 건물 위층에서 감염자가 나오면서 작업실이 아예 폐쇄된 상황이었다.

주연이 갑자기 제주도에 가자며 연락해 온 것이, 바로 그때였다.

"세빈이네 이웃집이 비었대. 그래서 내가 그 집을 빌렸어."

세빈은 주연과 하린과는 중학교 때부터 친구였다. 대학도 두 사람과 마찬가지로 서울에서 나왔다. 물론 대학까지 같은 곳을 다닌 것은 아니고, 세빈은 교사가 되겠다며 교육대학으로 갔다. 그때까지만 해도 세 사람은, 나이가 들어도 계속 같이 어울려 다닐 거라고 믿어 의심치 않았다.

그런데 문제가 생겼다. 교육대학에 들어간 세빈이, 그만 복학생 선배와 CC가 되고 만 것이다. 그것까지야 그럴 수도 있는 일이었는데, 이 망할 선배가 그만 세빈의 후배와도 양다리를 걸치면서 과가 한번 들썩거렸다고 했다.

잘은 모르지만 교사들 세계는 무척 좁은 데다, 자기 지역의 교육대학을 졸업하면 임용고사에 가점이 있다 보니 결국은 평생 발령받으면서 동기며 선후배를 계속 만나게 된다고 한다. 세빈은 삼각관계라며 떠들어대던 동기나 선배들도, 뻔히 여자 친구 있는 줄 알면서도 선배와 데이트를 했던 후배도, 무엇보다도 그 좁은 학교 안에서 양다리나 걸치고 다니던 멍청한 새끼도 두 번 다시 보고 싶지 않았다. 그래서 자기가 자란 수도권을 등지고, 외가가 있는 제주 쪽에서 임용고사를 보고 초등학교 선생이 되었다.

방학이 되면 세빈은 며칠씩은 본가에 와서 지내며, 주연과 하린과 어울려 다녔다. 그런 주말에는 아무리 바쁜 마감이 있어도 함께 연극이나 뮤지컬을 보기도 하고, 맛있는 카페를 찾아다니기도 했다. 또 가끔 시간이 맞으면 주연과 하린은 세빈을 만나러 제주에 갔다. 그렇게 셋이 모여 앉으면 그들의 우정을 비행기 한 시간 십 분 거리로 갈라놓은 그 복학생 선배 놈의 욕을 하며, 그 새끼의 앞날이 순탄치 않기를 기원하며 치킨을 뜯곤 했다.

그런데 세빈이네 이웃집이 비었다니. 그 집을 주연이 빌렸다니.

"요 몇 년 전부터 제주도 한 달 살기가 유행이잖아. 나는 회사 그만둔 김에 힐링 좀 하고, 너는 가서 원고 하고. 주말에는 세빈이랑 술 마시고. 어때?"

하린의 귀가 솔깃해졌다. 이건 거부할 수 없는 제안이었다. 전화를 끊자마자 곧바로 항공권을 알아보고 짐을 꾸렸다.

그게 한 달 전의 일이었다.

이 경치 좋은 제주도에 도착한 하린은, 여기까지 와서 마을 밖으로 나가보지도 못한 채 정말로 원고만 하고 있었다. 조카를 돌보느라 일단 마감이 밀린 데다, 아무래도 전염병 때문에 다들 조심하는 상황에서 돌아다니는 게 눈치가 보여서. 물론 금요일 밤에 세빈이 놀러 와서 일요일 아침에 돌아가는, 일주일에 딱 그 이틀은 원 없이 놀았지만, 그 밖에는 두문불출하고 태블릿만 붙들고 있었다. 제주도가 아니라 마감의 감옥, 소위 통조림에 갇힌 사람처럼.

"야, 그거 좀 꺼. 사람이 말을 하는데."

"팟캐스트 들으면서도 원고하는 데는 지장이 없네요."

"놀러 나가자. 점심도 나가서 좀 사 먹고."

"됐어. 요즘 시국이 어떤 시국인데."

"너 열 있냐? 괜찮아. 우리 여기 온 지 한 달이고 아무 증상도 없잖아."

"그래도. 요즘 같은 세상에 그래도 수도권에서 온 낯선 사람들이 여기저기를 기웃거리고 돌아다니면, 아무래도 동네사람들이 걱정하지 않을까?"

"야, 우리 한 달 지났고요, 열도 안 났고요, 내가 혹시 몰라서 보건소 가서 검사도 해봤어."

"언제?"

금시초문이었다. 대체 언제 무슨 검사를 받았다는 걸까.

"지난주에. 그렇지 않아도 건너 집 할머니가 뭍에서 온 처자들이 어쩌고 하셔서 그거 검사해서 보여드렸더니 그제야 반가워하시는 거야. 하긴, 이해는 가지. 이런 작은 동네에서 감염자가 나오면 온 마을 사람들이 다 걸릴 수도 있고, 무엇보다도 세빈이가 학교 선생이잖아. 우리가 세빈이 친구인 거 다들 아시는데, 우리가 조심을 해야 세빈이가 욕을 안 먹지."

주연은 혼자 신나게 떠들다가, 보건소에서 받은 확인 문자를 보여주고 하린을 잡아끌었다.

"봤지? 우리는 이 동네 분들께 대체로 무해한 상태라고. 오히려 육지 사람들이 와서 과자라도 사 먹으면 동네에 보탬이 되면 되었지. 응? 나가자. 응?"

역시, 로또에라도 당첨된 게 틀림없어.

명색이 작가라면 좀 더 음침하고, 맨날 마감하느라 낮밤이 바뀌어 있고, 피부도 푸석푸석한 게 정석이지. 어디 방송에라도 나오는 게 아닌 이상 글 쓴다는 애가 이렇게까지 인싸일 리가 있나. 정말로 웹소설을 썼는지는 모르겠지만, 웹소설은 핑계고, 무슨 일인지 모르지만 한주연에게 뭔가 목돈이 생긴 거다. 로또가 되었든, 어디서 소식 끊어졌던 이모할머니가 나타나 거액의 유산이라도 물려주셨든. 그 김에 제주에 그냥 힐링하러 온 거지. 회사까지 그만두고. 생각해보니 그거 부럽네. 하린은 혼자서 멋대로 생각하다가, 주연이 한 번 더 잡아끌자 못 이기는 척 그리던 만화를 중간 저장하고, 클라우드에 제대로 올라가 있는지 확인해보고는 신발을 꿰신었다.

제주도라고 해도 여긴 바다가 보이는 곳은 아니었다. 바다 대신 들판을 보며 하염없이 걷다가, 편의점도 아닌 수퍼마켓에서 군것질을 한다. 여기서 조금 더 걸어가면 커다란 풍력 발전기가 돌아가는데, 하린은 보통 거기까지 산책을 갔다가 돌아온다. 그나마도 주연의 잔소리 덕분이었다.

"젊어서 걷기 운동이라도 안 하면 나이 들어서 만화 못 그린다?"

주연은 요즘 들어 같이 산책만 나가면 갑자기 아침마당 같은 정보 프로그램에 나오는 사이비 건강 전도사라도 된 것처럼 건강을 챙겨야 한다고 떠들어댔다. 하린은 주연의 말을 듣는 둥 마는 둥 하며 성의 없이 대꾸했다.

"어어…."

"어어가 아니라! 넌 대체 제주도까지 온 보람이 없어."

"…나 만화 그리러 왔다니까."

"글쎄, 아무리 만화를 그리러 왔어도 여기까지 왔는데. 산책도 안 하고 집에만 콕 틀어박혀서 뭐 하는 거야? 발바닥에서 곰팡이 나겠다. 하도 안 써서."

"…그러게."

"하다못해 여긴, 풍경부터가 수도권하고 다르다고. 사진이라도 많이 찍어두면, 차기작 할 때 써먹을 수 있지 않냐? 제주도 한 달 살기 생활툰 같은 거 하면 되겠네."

"요즘 생활툰 잘 안 써줘…."

"어, 그래? 그럼 제주도 배경 로맨스라도!"

"야, 나 학습만화 그리잖아. 맨날 3등신 캐릭터가 수학문제 푸는 거 그리는데, 잘도 로맨스 섭외가 들어오겠다."

그래도 한 가지는 분명했다. 예전에는 하루에 4천 보 걸으면 많이 걸은 거였다. 집 바로 앞 정류장에서 버스를 타면, 내린 정류장에서 바로 코앞에 작업실이 있었다. 집에서 정류장까지, 작업실에서 정류장까지, 그만큼을 왕복한 거리만큼이 하린의 하루 활동량이었다. 그런데 여기 오고 나서부터, 그리고 주연을 따라 산책을 다니면서부터 하루 활동량이 점점 늘어나고 있었다. 어제는 8500보까지 찍었으니까. 귀찮다, 번거롭다고 매번 투덜거리긴 했지만 아무래도 산책 덕분인지, 서른도 되기 전부터 하린을 괴롭히던 고질적인 허리 통증이 조금 나아진 것 같기도 했다.

"어제 9천 보 걸었지? 오늘은 만 보 찍고 가자?"

"9천 보 안 되거든!"

"지난번에 동네 뒷산에 가 봤는데, 그쪽에 연못 같은 게 있는 거야. 야, 날도 더운데 우리 물가에 가면 좀 시원하지 않을까? 응?"

"주연아."

"응?"

"난 말이야, 로맨스나 BL 소설을 읽다가도 이 커플이 산에 가면 바로 덮는 사람이야."

하린은 치를 떨었다. 얘는 제주도까지 와놓고서, 지금 자기가 말하는 동네 뒷산이 뭐라고 생각하는 거야. 한라산이라고, 한라산! 지금 멀쩡히 만화 그리던 사람을 한라산에 끌고 가면서, 만보계 앱의 만 보를 찍어야 한다고 주장하는 거냐고!

…하지만 그렇게 반항하는 것만으로 주연의 뜻을 꺾을 수 있었다면, 애초에 이렇게 산책에 끌려다닐 일도 없었을 것이다.

"어쩌다가 내가 이렇게 너한테 끌려다니는지 모르겠어."

어영부영하다가 주연에게 끌려가며, 하린은 쉬지 않고 투덜거렸다.

"제주도도 그렇고, 난 네가 제주도에서 한 달 살기쯤 하겠다는 건 줄 알았는데, 어느새 1년을 산다고 연세를 내고서 집을 잡아놓지 않나."

"뭐, 그 바람에 원고 잘 하고 있잖아. 집에 있으면 조카에게 치어서 아무것도 못 한다며."

"조카도 그렇고, 요즘은 언니도 집에 있으니까…."

"그래, 끝이 좋으면 다 좋은 거지. 결과적으로는 너한테는 아주 괜찮게 된 거잖아?"

"괜찮은지 어떤지 모르겠다…."

하린은 중얼거렸다. 언니 부부가 조카의 유치원 입학을 알아보던 세 살부터 지금까지, 조카의 등하원을 책임지는 대신 언니 집에 얹혀 지냈다. 그게 벌써 7년, 아니 햇수로는 8년째였다. 말이 좋아 등하원이지, 사실은 아이가 학교에 가 있는 동안 만화를 그리고, 아이를 데려온 다음에는 간식을 먹이거나 집안 살림을 하면서, 거의 입주 보모처럼 지내는 나날이었다. 조카가 1, 2학년 때는 아이가 일찍 집에 오다 보니 만화 원고를 하는 것 자체가 힘들었다. 그렇다고 일을 그만두면 영영 돌아갈 수 없을 것 같아, 만화를 직접 작업하는 대신 어시스턴트로 일하거나 밑색 칠하는 일거리를 받아오기도 했다.

그리고 조카가 4학년이 된 이제야 좀, 낮에는 만화를 만화답게 그리고, 오후에는 조카를 데리고 오면 되나 했다. 그랬더니 형부라는 인간은 슬슬 하린을 귀찮아하기 시작했다. 집이 좁다는 둥, 살림해놓은 것이 마음에 안 든다는 둥, 회식을 하고 술에 취해 돌아와서는 집세도 내지 않고 빌붙어 있는다고 말한 적도 있었다.

애초에 그 집에 들어간 것은, 조카를 돌볼 사람이 없어서였다. 언니가 일을 하고 있기 때문이었고, 형부가 맨날 일하느라 바쁘다는 핑계로 자기 자식이 먹은 밥그릇 한번 닦아놓는 일이 없는 인간이어서였다. 그랬는데도 그런 취급을 받고 있었으니까, 이렇게 제주도로 와버린 것이 차라리 다행이긴 했다.

"모르긴 뭘 몰라. 전염병 유행 끝나고, 애들 다시 학교에 가게 되면 너보고 집에 들어오라고 사정사정할지도 모르잖아, 그 인간들."

"그 정도로 뻔뻔하진 않길 바라. 근데 언니는 안 그럴 것 같은데, 우리 형부새끼는 그럴 것 같네."

"으, 진짜."

"말도 마. 내가 마감 끝나고 좀 한가할 때 밑반찬 같은 거 바리바리 해놓으면, 언니는 그래도 고맙다는 소리라도 하는데 형부새끼는 그거 갖고 반찬투정을 하는 거야. 지 새끼도 안 하는 반찬투정을 그 나이 먹고서 하고 있더라니까?"

과연 분노는 나의 힘이라더니. 형부 험담을 하다 보니 어느새 숲길이었다. 아, 진짜. 이런 식으로 어영부영 산에 끌려올 생각은 없었는데. 하린은 중얼거렸다. 하지만 주연의 말대로 바람이 시원하다 보니, 피곤하다거나 힘들다는 생각은 별로 들지 않았다. 그저 안 쓰다 못해 퇴화될 지경이던 발바닥이 조금 시큰거릴 뿐이었다.

집에 돌아가면 뜨거운 물에 소금 풀고 발 좀 담가야지. 생각하다가 하린은, 자신이 이곳에서 머무르고 있는 곳을 어느새 숙소가 아니라 집이라고 생각하고 있었다는 것을 깨달았다. 정말이지, 여유만 된다면 이런 곳에 눌러살아도 괜찮을 텐데. 하린은 자신이 팔로우하고 있던 좀 잘 나가는 작가들이, 왜 제주도에서 한 달 살기 중이라며 SNS를 바다 사진으로 가득 채웠는지 이해할 수 있을 것 같았다.

"여기 올 때마다 하는 생각인데."

"여러 번 왔어?"

"너 마감한다고 집 밖으로 1미터도 안 나올 때. 저기 연못이 말야, 완전 맑아. 누가 들어가서 목욕해도 되겠더라니까."

"설마, 연못에서 목욕은 해보고 싶은데 그냥 무턱대고 들어갔다가는 범죄의 피해자가 될 것 같으니까 나보고 망 봐달라는 건 아니지? 야, 너 그러다가 경범죄로 잡혀가."

"누가 경범죄라는 거야. 야, 거기 사람들 지나다니는 길 바로 옆이야. 맑다는 거지 누가 그런 데 정말로 벗고 들어간대?"

"그거 다행이네. 제주도까지 와서 조서 쓰러 가지 않아도 되어서."

"야, 지난달까지만 해도 저도 얌전히 회사 다니고 있었거든요."

"그래, 그러고는 유명한 퇴사 짤처럼 회사를 떠났지. 이 세상의 모든 속박과 굴레를 벗어던지고 제주도로 떠났잖아."

"속박과 굴레를 벗어던졌지 이상한 걸 벗어던진 게 아니야. 저기 봐."

어디선가 물소리가 들리기 시작했다. 주연이 걸음을 멈추었다. 하린은 주연이 가리키는 방향을 돌아보았다.

그곳에는 정말로 작은, 하지만 제법 모습을 갖춘 계곡이 있었다. 멀리 깊이 우거진 숲길을 배경으로, 길 아래 지반에서 불쑥 튀어나온 바위들 사이 물이 졸졸 흘러내려 작은 연못을 이루고 있었다. 사방이 큼직큼직한 바위로 둘러싸인 가운데, 작지만 거울처럼 하늘의 풍경을 비추어내는 연못은 무척 아기자기하게 예뻤다. 말간 거울 같은 연못 위로 불쑥불쑥 튀어나온 둥그런 돌들이, 마치 새 둥지 속의 알처럼 보였다.

대체 어디서 이 물이 왔을까 하고 둘러보니, 산비탈 쪽 바위틈에서 마치 작은 폭포처럼, 하지만 요란스럽지 않게 물이 흘러내리고 있었다.

"…예쁘다."

하린이 감탄했다. 마치 누군가 일부러 만들어놓은 정원처럼, 이곳의 계곡은 작고 아기자기했다. 주연은 어깨를 으쓱 거렸다.

"거 봐, 내가 오면 좋을 거라고 했지?"

"여기 계곡은 이름이 뭐야?"

"몰라, 동네 분들도 잘 모르시는 것 같던걸."

"그럴 리가 있냐."

"왜, 자기네 동네니까 오히려 모를 수도 있지. 야, 너 껌바위 기억나냐?"

"학교 뒤에 있던 거? 동네 양아치들이 모여서 담배 피우던 거기?"

"그래. 근데 저번 설에 집에 가 봤더니, 거기 공원이 생긴 거야. 그 껌바위가 무려 신석기시대 유적인가 그렇다고, 무

슨 석기시대 공원이 생겼던걸? 사람들이 자기네 동네라고
다 알진 못하는 거지."

"껌바위는 시커멓고 크기만 컸지. 여긴 이렇게 예쁜데."

하린은 폰을 꺼내 계곡 사진을 찍었다. 주연이 문득 생각
났는지 한마디 했다.

"야, 그거 SNS에 올리지 마."

"왜? 사람들이 여기 찾아올까 봐?"

"그것도 그렇고, 전염병 시즌에 돌아다닌다고 욕먹어."

"아, 그도 그렇겠다."

계곡 주변을 둘러보다가, 두 사람은 누가 먼저랄 것도 없
이 신발을 벗고 계곡물에 발을 담갔다. 시원한 계곡물이 발
가락 사이를 간지럽히자, 기분이 좋아져서 아, 하는 탄성이
절로 나왔다. 그러다가 두 사람은 서로 얼굴을 마주보며 웃
음을 터뜨렸다.

"뭐야, 아저씨 같잖아."

"너야말로."

"근데 진짜 조용하네, 인적도 없고. 왜, 요즘 인터넷에서
그 계곡알탕이라고 그러잖아. 이런 계곡에서 아저씨들이….."

"아, 모처럼 기분 좋았는데 기분 더럽게."

"내 말은, 그럴 것 같은 곳인데 용케 이렇게 사람이 없다
고. 조용하고."

말을 하다 보니, 어쩐지 조금 기분이 이상해졌다.

조용했다. 이상할 정도로 조용했다. 한낮의 숲속이면 으레 새소리라도 들릴 법한데, 이곳에서는 새소리도, 흔한 바람소리도 들리지 않았다. 그저 깊게 내려앉은 정적 가운데, 졸졸졸 흐르는 물소리만이 들려올 뿐이었다.

하린은 주위를 둘러보았다. 이곳에는 하린과 주연, 둘뿐이었다. 그저 아무렇지도 않은, 한가롭고 평화로운 풍경. 산속에서 문득 발견한 작은 도원경 같은 풍경. 그런데 왜, 이렇게 등줄기가 오싹해지는 걸까.

"…주연아."

"어, 저거 좀 봐."

주연은 연못 건너편, 둥그렇고 큰 돌들이 새알처럼 튀어나온 쪽을 가리키다가, 아예 물속으로 걸어 들어갔다. 물은 그다지 깊지 않았다. 주연의 종아리 정도, 제일 깊은 곳이라야 주연의 무릎 바로 위까지밖에는 오지 않았다.

그런데 이상했다. 주연은 몇 번이나 휘청거렸다. 고요하고 잔잔한 연못인데, 마치 흘러가는 냇물 속을 걷는 것 같았다. 하린은 당황하여 일어났다. 그때 주연의 손이, 둥그런 큰 돌을 붙잡았다.

"그래, 이거야. 이거."

주연은 둥근 돌 가운데 놓인, 둥그런 무언가를 집어 들었다. 그러더니 의기양양해하며 그 둥근 것을 들고 돌아왔다.

"뭐야, 그냥 원래대로 놓고 와."

"이게 뭘까?"

주연이 들고 온 것은 단지였다. 검고 거칠거칠한 단지. 아마도 된장이나 고추장 같은 것을 담아놓게 생긴 그 단지는 여러 겹의 새끼줄로 단단히 묶여 있었다.

"뭔지 모르지만, 안 건드리는 게 좋아 보이는데…."

하린이 중얼거렸다. 언젠가 들은 이야기가 있었다. 산에 누가 흘리고 간 물건을 함부로 가져오면 안 된다고. 특히 돈이나 쌀 같은 것은 무속인들이 재앙이나 액운을 흘려버리기 위해 일부러 두는 것이라, 손을 대면 그 재앙이 묻어 온다고.

그런데다 이렇게 인적 드문 연못 한가운데에, 저런 단지라니.

"뭐 이상한 게 나오는 거 아니야?"

"글쎄? 이런 단지에 들어 있을 만한 게, 기껏해야 고추장 같은 거 아닐까?"

주연은 중얼거리다가, 역시 이거라는 듯 손뼉을 쳤다.

"그런 걸 수도 있겠다. 제주도에 전해지는, 신라시대부터 내려온 전설의 고추장이라든가."

"고추는 임진왜란 지나서 들어왔어."

"아…."

"그리고 제주도는 신라 땅 아니야. 탐라국이었지."

"아, 넌 좀. 그 고증."

"학습만화 작가를 우습게 보지 마라. 내가 이래 봬도 역사만화도 그렸잖아."

하린은 웃었다. 하지만 곧 웃음을 지우며 말했다.

"어쨌든 그건 그 자리에 두고 와. 점유이탈물 횡령인가 그럴 거야."

"그렇기엔 이건 너무 오래된 물건 같은걸. 이거 봐, 이걸 꽁꽁 묶은 새끼줄 끝이 다 삭았다고."

주연은 웃으며 새끼줄을 잡아당겼다. 단단히 묶여 있는 줄 알았던 새끼줄은, 매듭까지 다 삭아버린 듯 스르륵 풀려버렸다. 그리고 단지의 뚜껑이 바닥으로 떨어졌다.

어떻게 집까지 돌아왔는지 생각이 나지 않았다.

그저 정신이 들었을 때는, 하린도 주연도 집 툇마루에 무너지듯 앉아 있었다. 그뿐이었다.

"그건… 뭘까."

"응…?"

그냥 그건 단지였다. 검은 유약을 발라 구워낸 거칠거칠한 단지. 어렸을 때 집에 한두 개씩은 있었고, 지금도 재래시장에 가면 찾아볼 수 있을 것 같은 그런 흔한 단지. 하지만 그 단지를 꽁꽁 싸맨 새끼줄이 풀린 순간, 하린과 주연은 아득한 어둠을 본 것 같았다. 마치 그 작은 단지가 우주를 담고 있어, 그 안에서 무한한 어둠이 쏟아져 나온 것 같은 기분마저 들었다.

그렇다고 그 어둠은, 온통 새카맣기만 한 것은 아니었다.

"피비린내…."

"말하지 마, 토할 것 같아."

검기는 검되, 지극히 검붉은 빛. 검붉은 피가 켜켜이 말라 붙고 썩어 문드러진 듯한 그런 빛깔. 검붉은 죽음의 빛깔.

지독한 악몽을 꾼 것 같았다. 어떻게든 일어나서 냉수라도 마시면 정신이 들 것 같은데, 손가락 하나 까딱할 기운도 남아 있지 않았다. 하린은 자리에서 일어나려 억지로 몸을 비틀다가, 퍼뜩 놀라 어깨를 움츠렸다.

그 단지가 툇마루 위에 있었다.

"으아악!"

내다 버려야 한다. 어떻게든 저 단지를 치워버려야 한다. 하지만 어떻게? 게다가 아까 분명 주연이 잡아당긴 서슬에 새끼줄이 풀리고 뚜껑이 열려버렸는데, 지금은 다시 아무 일도 없다는 듯 새끼줄에 단단히 묶여 있는 모습이 더욱 기괴했다. 보고 있는 것만으로도 숨이 턱턱 막혀 왔다.

"저, 저게 왜 여기 있어…."

"그러게…."

"분명히 아까, 버렸던 것 같은데."

"버린 건 둘째 치고, 아까 뚜껑 열렸잖아. 풀어버렸잖아. 그런데 대체 왜…?"

"꿈인가? 꿈이었나? 그래서 그런 거야? 어?"

"내가 그래서… 건드리지 말랬잖아…."

하린이 중얼거렸다. 눈물이 찔끔찔끔 솟았다. 저 단지를 보는 것만으로도 숨이 막혀 죽을 것 같았다. 그때였다.

"뭘 건드리지 말아?"

세빈의 목소리였다. 퇴근길에 사왔는지, 손에는 맥주와 순살 치킨 한 상자가 들려 있었다. 늘어져 있던 하린과 주연을 바라보던 세빈은, 갑자기 툇마루로 달려오더니 그 앞에서 걸음을 멈추었다.

"저게… 왜 여기 있어?"

"세빈아…."

세빈이 오고서야 안심이 된 것일까. 찔끔찔끔 흘러나오던 눈물이, 갑자기 둑이 터지듯이 쏟아져 나왔다. 하지만 세빈은 서른이 넘은 나이에 마치 어린애처럼 울고 있는 하린은 눈에 들어오지도 않는 듯, 새끼줄로 단단히 묶인 단지를 노려보았다.

"강하린, 오주연, 저게 왜 여기에 있어?"

"그게."

주연이 쩔쩔매며 입을 열었다. 하지만 어디부터 설명해야 할지 짐작도 가지 않아서, 주연은 곧 다시 입을 다물었다. 세빈은 채근했다.

"어떻게 된 거야. 여기 있을 리가 없는 물건인데. 어떻게 된 거냐고!"

"…연못에 있었어."

하린이 딸꾹질을 하며 대답했다.

"아까 산책 갔다가 저기 산기슭 연못에 갔는데, 거기 있었어. 내가 건드리지 말자고 그랬는데."

"너희들."

세빈은 맥주와 치킨을 그대로 냉장고에 밀어 넣고, 주방으로 들어갔다. 옛 모습을 살려놓았지만, 주방과 욕실만은 현대적인 그 집에서, 세빈은 소금을 찾았다. 꽃소금 같은 굵은 천일염을 찾았지만, 둘이서 김장을 담가 먹을 것도 아닌데 그런 게 있을 리 없었다. 결국 세빈은 지난번 주연이 세빈의 집에서 빌려갔던 마트표 구운 소금을 꺼내다, 그 단지 위에 바닥까지 탈탈 털어놓았다.

"이게 대체 어떻게 된 거야! 똑바로 말하지 못해!"

세빈은 소금을 뿌리고서야, 동네가 떠나가라 소리를 질렀다. 하린은 딸꾹질마저 멎은 채 세빈을 올려다보았다.

뭔지 몰라도 아주 큰일이 난 것만은 틀림없었다.

이야기를 다 들은 세빈은 자기 집에서 꽃소금이며 팥이며, 사람들이 흔히 부정을 타거나 귀신을 내쫓을 때 쓴다는 것들을 잔뜩 가져오더니, 비닐장갑 낀 손으로 그 단지를 집어 택배 상자에 집어넣고, 소금과 팥과 각종 알 수 없는 것들을 뿌려 덮었다.

"그러면 되는 거야…?"

주연이 조심스럽게 물었다. 세빈은 비닐장갑까지 벗어 그 안에 넣고는, 이걸 대체 어떡해야 하나 싶은 표정으로 상자를 내려다보다 대꾸했다.

"나도 모르겠다."

"…지금 뭔가 하려는 거 아니었어?"

"나도 이거 어떻게 못해. 우리 이모할머니한테 가봐야겠다."

"이모할머니?"

"아, 진짜 이런 이야기 안 하려고 했는데."

세빈은 한숨을 쉬더니, 자기 차에다가 상자를 실었다. 하린의 배에서 꼬르륵 소리가 났다.

"야, 근데 치킨…"

주연이 하린의 입을 틀어막았다. 아무리 눈치가 없어도 지금은 배고프다는 말을 할 상황이 아니었다. 세빈은 하린과 주연을 자기 차 뒷좌석에 밀어 넣고 시동을 걸었다.

"지금 그거 먹을 때가 아냐."

"그건 알겠는데, 식지도 않은 걸 냉장고에 넣으면 어떡해."

"집에 돌아왔을 때 온 동네 지네들이 파티하는 거 보고 싶으면 꺼내놓고 가든가. 치킨 먹을 때는 좋았겠지만, 여기

지네들이 얼마나 치킨이며 닭 뼈 같은 걸 좋아하는지는 모르지? 내가 그래서 순살은 국산 닭 아니라는 거 알면서도 순살로만 사 오는 거야. 닭 뼈 굴러다니면 지네 꼬이니까."

지네라는 말에 두 사람은 어깨를 움츠렸다. 그렇지 않아도 이 동네의 곤충들은 모기며 파리며 바퀴벌레까지 서울에서 보던 것보다 크고 통통했다. 그런데 지네까지 닭 냄새를 맡고 모여든다면 정말 도망치고 싶어질 것 같았다.

그때 세빈이 조금 뜻밖인 이야기를 꺼냈다.

"너희한테는 말을 안 했는데… 우리 외갓집은 무당 집안이었어."

"무당?"

"전부 다 무당이 되는 건 아니야. 우리 엄마 쪽으로는 아예 그게 없는데, 뭍에서 온 남자랑 결혼해서 그 맥이 끊어진 거다, 그렇게들 말씀하시는 걸 들은 적이 있어."

부르릉, 하고 차 시동 걸리는 소리를 들으니 조금 안심이 되었다. 차는 천천히 마을을 벗어났다.

"내가 어릴 때부터, 우리 이모할머니가 늘 말씀하셨어. 뭍에서 온 남자는 저기 소에 함부로 들어가는 거 아니다."

"소?"

"연못 말이야."

하린이 소근거렸다. 주연이 고개를 끄덕였다.

"너희가 여자라서 무사한 거야."

그럼 남자면 어떻게 되었다는 건가. 생각한 순간, 아까의 피비린내가 다시 온몸을 휘감는 느낌이 들었다. 그 느낌을 하린만 받은 것이 아니었는지, 주연도 어깨를 움츠렸다. 세빈이 혀를 찼다.

"빨리 가야겠네."

"무슨 일이야."

"이게 또 시작이야. 지금 여기 도로 위에 외지 남자들이 있으니까."

"외지 남자?"

하린은 차창 밖을 바라보았다. 읍내 파출소 앞에서 담배를 피우던 경찰 둘이, 갑자기 비틀거리는 모습이 보였다.

"경찰?"

"그래, 경찰. 경찰도 그렇고, 옆 차에라도 있을지 모르잖아. 뭍에서 온 남자가."

세빈은 신호를 받자마자 서둘러 액셀을 밟으며 말했다.

"옆 차 운전자가 도로 위에서 죽기라도 해봐. 대형 사고라고. 아, 정말… 조용하다조용하다 했더니 어쩌자고 이렇게 대형 사고를 치는 거야? 아까 그 새끼줄이 풀리지만 않았어도, 이렇게까지 위험한 건 아니었는데!"

"그래, 나도 지금 그게 이상해. 아까 풀었는데 왜 지금 다시 묶여 있는 거야."

"그럼 왜 너희가 들고 온 기억도 없는데 저게 집에 있겠냐!"

세빈이 짜증을 냈다. 세빈은 늘 침착했고, 화가 나도 빈정거리는 쪽이지, 이렇게 벌컥 화를 내는 사람이 아니었다.

"니들이 애들이야? 왜 자기 것도 아닌 물건을 만지고 다녀? 애초에 뭍에서 온 사람이 만지지 않았으면 그건 그 자리에 얌전히 있었을 거야. 너희를 따라오는 게 아니라. 아, 진짜. 그 자리에 너희들뿐이었으니 망정이지, 다른 외지 사람, 특히 뭍에서 온 남자가 근처에 있었으면 정말로 사람을 잡을 뻔했어. 내 말 알겠어?"

"…저주하는 물건이야?"

주연이 물었다. 세빈이 짧게 대답했다.

"그래."

입안이 바싹 말라붙는 느낌이 들었다. 저주, 저주라니. 21세기에 이게 무슨 말인지.

"그건 뭍에서 온 남자들을 해치는 물건이야."

세빈이 간단하게 말했다.

"대체 왜?"

반사적으로 묻다가, 하린은 문득 입을 딱 벌렸다.

"…예전에 전쟁 때 제주도에서 그 학살."

"전쟁 전이었어."

"응?"

"한국전쟁 때 벌어진 게 아니라, 전쟁 전에 있었던 일이야. 4·3 학살사건."

하린은 머뭇거렸다. 주연은 얼른 검색하더니, 1948년이라고 적힌 검색결과를 하린에게 슬쩍 보여주었다.

"징용으로 끌려갔던 이들이 해방되면서 돌아왔는데, 1946년에 큰 흉년이 왔어. 보리농사가 싹 망했다던가. 게다가 전염병도 돌았다고 해. 사람들이 많이 죽었지. 그 무렵에 남로당 쪽 사람들 몇 명이 제주에 들어온 건 사실이야. 하지만 공산주의자가 섬에 들어왔다고 해서 섬사람들을 죽일 이유가 되는 건 아니지. 설령 이 굶주린 사람들이 남로당 쪽 말에 잠시 귀를 기울였다고 해도, 그게 죽어야 할 죄가 되는 건 아니지. 막말로 사람들이 굶어 죽고 병 걸려 죽는 걸 내버려둔 나라에서 대체 무슨 염치로."

세빈이 건조하게 말했다.

"내가 어릴 때에도, 이 동네에는 4월 좀 지나서 비슷비슷하게 제삿날이 겹치는 집들이 많았대. 예전에 사람들이 많이 죽었다, 그런 이야기를 들었어. 내 사촌은 그래서, '4월은 잔인한 달'이라는 말을 들을 때마다, 줄줄이 이어지던 제사들을 생각했다고 그러더라. 있잖아, 여기와는 또 다른 이야기지만 한국전쟁 때 보도연맹 학살이라는 게 있었어. 보도연맹이 뭔지 알아?"

"전에 무슨 영화에서 봤는데. 그거 공산당이 나눠준 쌀을 받은 사람 아닌가?"

"반대야. 보도연맹은 좌익계열이었다가 전향한 사람들이었어."

"그런데 왜 죽여?"

"그러니까 말이야. 그나마 보도연맹이 전부 그쪽 출신인 것도 아니었어. 원래는 좌익 하다가 그만둔 사람들을 가입시켜야 했는데, 그것도 공무원 실적이 걸려 있었다더라. 나중에는 비료 한 포대, 쌀 한 말, 그렇게 배급을 준다고 하면서, 아무것도 모르는 사람들도 가입시키고, 어린애도 가입시켰어. 그러고는 전쟁 때 죽여버렸지."

"아니, 대체 왜?"

"좌익이었다가 전향한 사람이면, 전쟁 중에 인민군에게 동조할지도 모른다고."

하린과 주연은 입을 다물었다. 차는 끝없이 이어질 것 같던 도로를 벗어나, 어느덧 한적한 시골길을 따라 달리고 있었다.

세빈의 이모할머니는 체구가 자그마한, 그야말로 꼬부랑 할머니셨다. 무당이라고 하여 한복을 입으신 것도, 집에 울긋불긋하게 천이 내걸린 것도 아니었다. 그냥 동네 어디서나 마주칠 것 같은, 하지만 주름이 지고 검버섯이 여기저기 내려앉은 얼굴에서 정말 연세가 많이 드셨구나 싶어지는 그런 할머니셨다. 그 할머니는 세빈의 차 옆 좌석에, 안전벨트에 묶여서 실려 온 그 단지를 들여다보시더니, 하린과 주연을 돌아보며 혀를 쯧쯧 차셨다.

"어디서 이런 모자란 것들이."

"…죄송해요."

두 사람은 마치 야단맞는 어린애가 된 심정으로 머리를 조아렸다. 할머니는 단지를 두 손으로 받쳐 들어 큰방으로 들어가시고, 세 사람보고도 따라 들어오라 하셨다. 그러고는 옷 위에 흰 두루마기를 걸치고, 그 위에 빛바랜 남빛 쾌자를 걸쳤다. 가슴에는 폭이 한 뼘 가까이 되는 붉은 띠를 두르더니, 머리에는 마치 승무를 추는 사람이 쓰는 것 같은 흰 고깔을, 그것도 종이로 된 고깔을 쓰셨다. 부채와 방울을 들고 자리에서 일어나는 할머니는 조금 전까지 그들이 보았던 꼬부랑 할머니가 아니었다. 등을 쭉 펴며 일어나는 그 모습은 마치 아주 다른 사람 같았다. 아니, 할머니가 그대로 50년 전으로 돌아가면 이런 모습일까 싶었다.

할머니는 그대로, 하린과 주연이 알아들을 수 없는 말을 중얼거리고, 때로는 노래를 부르며 단지를 향해 손을 모아 비셨다. 제주도 사투리로 신의 이름을 부르며, 신의 여정을 이야기하는 목소리를 듣는 동안, 창밖에서는 몇 번이나 마른벼락이 쳤다. 어깨를 움츠렸다. 세찬 바람이 이 좁은 방 안에서 몰아쳤다. 방 안이 일렁거리고, 토할 것 같았다.

"나 좀, 나 좀 나갔다 올게."

주연은 몇 번이나 자리에서 일어나려 했다. 하지만 그때마다 세빈이 눌러 앉혔다.

"액을 뒤집어쓰고서 어딜 가겠다는 거야. 누굴 잡으려고."

"화장실만 다녀올게, 좀!"

"참아!"

"지금 몇 시간째인데 그래, 이렇게 길어질 거면 미리 말을 해줬어야지."

"얌전히 앉아 있기나 해. 우리 이모할머니는 미리 아시고서 지금 몇 시간째 저러시는 줄 알아?"

세빈이 무서운 표정을 지었다. 마치 마당 앞에 벼락이 떨어진 듯, 아주 가까운 곳에서 벼락 떨어지는 소리가 들렸다. 뭔가가 타는 냄새가 났다. 머리카락을 태우는 듯한 역한 냄새였다. 사방에서 비명소리가 울렸다. 장지문 밖에 사람 그림자가 어른거렸다.

"세빈아, 저기…!"

"가만히 있어. 못 본 척해. 할머니만 쳐다봐, 좀."

세빈이 속삭였다. 총성이 울렸다. 사람 같은 형상이 장지문에 픽 하고 부딪치고 쓰러지고, 핏자국이 번져 올라갔다. 하린은 이를 딱딱 마주치며 눈물만 줄줄 흘렸다. 주연은 하린을 붙잡은 채 소리 내어 울었다. 낡았지만 하얗던 벽 위로, 사람의 붉은 손자국들이 점점이 찍혔다. 그 손자국들이 벽을 가득 채우고 천장까지 타고 올라가는 동안, 할머니는 쉬지 않고 춤을 추고 노래를 부르셨다.

　몇 시간이 어떻게 흘렀는지 모르겠다. 할머니는 길고 하얀 베를 꺼내 하린과 주연에게 붙잡게 하고, 그대로 칼날로 가르셨다. 하지만 칼날은 베에 걸려 나아가지 못하고, 할머니는 주저앉으며 피를 토하셨다가, 흰 수건으로 핏자국을 닦고 다시 노래를 부르며 굿을 했다. 이번에는 작은 소반을 꺼내 쌀알을 뿌리고, 다시 노래를 부르며 단지에게 빌고, 또 비셨다. 조금이라도 꾸벅거린다 싶으면 세빈이 흔들어 깨웠다. 잠들면 안 된다고. 잠들면 큰일이 난다고.

　"…이제야 겨우 가라앉았구나."

　몇 번이나 그런 일을 반복했을까.

　밖은 이미 어두워졌다가, 다시 훤하게 밝아 오고 있었다. 온통 피투성이였던 방은, 어느새 원래 모습으로 돌아가고 있었다. 그제야 무복을 벗어놓고, 다시 자그마해진 할머니가 세 사람을 바라보셨다.

　"가라앉았다고 해서 끝난 게 아니다."

　"그럼 이제 저희는 어떻게 되는 거예요…?"

　"너무 걱정 마라. 저 단지는 여자나 어린아이에게는 해코지를 하지 않아. 변소간은 저쪽이니 이제 다녀와도 된다."

　세 사람이 화장실에 다녀오는 동안, 방은 깨끗하게 치워져 있었다. 조금 전까지의 그 처절한 굿판의 흔적은 온데간데없었다. 바닥에 찻물이 든 백자 찻잔 다섯 개, 그리고 오래된 다관이 소반 위에 놓여 있었다.

자리를 잡고 앉은 할머니는 작은 청귤에 차를 채워 넣어 말린 것을 손끝으로 부수어 다관에 넣었다. 거의 10년 가까이 된 낡은 전기포트에서 물이 보글보글 끓고 있었다.

"모자란 것들이 그런 일을 당했으니 얼마나 놀랐겠느냐."

할머니는 웃으며 말씀하셨다. 주연은 입을 비죽거리며 안 모자라요, 하고 낮게 중얼거렸다. 어제 그 일의 원흉이 지금 뭐라는 거야. 하린은 기가 막혀서 주연의 손등을 홱 꼬집었다. 얘가 아무리 봐도 정신을 덜 차렸지. 애초에 주연이 산책을 가자고만 하지 않았어도, 물에 들어가지만 않았어도, 들어가서 그 단지를 봤어도 건드리지만 않았어도, 세 사람에 여기 할머니까지 네 사람이 이런 고생을 할 일은 없었다.

"원래 덜 떨어진 놈들끼리 힘을 합치면, 더욱 한심스런 짓을 하는 법이다."

할머니는 빙긋 웃으며 다관에 물을 따랐다. 향긋한 귤 냄새가 사방으로 번졌다. 할머니는 다섯 개의 찻잔에 번갈아 차를 따랐다.

"차 한 잔씩 마시고, 가서 자거라. 곁방에 이불 깔아두었느니라."

세 사람은 반쯤 넋이 나간 채 차를 홀짝였다. 궁금한 게 너무나 많았지만, 대체 무슨 질문을 해야 할지도 떠오르지 않았다. 그런데다 그 단지를 발견하고 하루를 꼬박, 잠 한숨

자지 못하고 할머니의 굿을 지켜봐야 했다. 결국 세 사람은 차 한 잔씩을 겨우 비우고는 비척거리며 곁방으로 기어가, 반쯤 구겨지다시피 한 채 이불에 쓰러져 그대로 잠이 들었다.

그렇게 피곤했는데도, 밤새 꿈을 꾸었다.

여기서 들릴 리 없는 파도 소리가 사방에서 울리고 있었다. 고개를 들자, 먹구름이 잔뜩 내려앉은 흐린 하늘 아래, 끝도 없이 새카만 바다가 펼쳐져 있었다. 파도가 밀려올 때마다, 모래톱에 피가 튀었다. 본래는 희고 반짝였을 모래에 그 피가 스며, 바닷가는 새카맣게 물들어갔다. 발이 닿는 것만으로도 검붉은 죽음에 잡아먹힐 것 같다고 생각한 순간, 바닷가의 모래를 헤치고 죽은 사람들이 일어났다. 피에 절어 붉게 보이는 한복 저고리가, 그 배에 난 총상의 흔적들이, 등에 업힌 아기의 힘없이 꺾인 목이, 잘려나간 팔다리가, 그 손가락들이 다가오고 있었다. 울며 뒷걸음질 치다가, 몸을 돌려 달아났다. 그때 한라산이라고 생각했던 거대한 무언가가, 천천히 몸을 일으키기 시작했다.

늙은 만신은 곁방 문을 살짝 열어보았다. 오후가 늦도록, 세 사람은 더러는 잠꼬대를 하며 허우적거리고, 더러는 식은땀을 줄줄 흘리며 잠들어 있었다.

만신은 이미 구순이었다. 아직은 이 제주의 할망들이 이 늙은 만신을 지켜주지만, 언제 저승시왕의 앞에 서더라도 이상하지 않을 나이였다. 그런 늘그막 중의 늘그막에, 그 단지를 다시 보게 되다니. 어젯저녁에는 정말 가슴이 철렁 내려앉아서, 이 굿을 다 마치지 못하고 죽을 줄만 알았다.

순희야.

툇마루에 걸터앉자, 그리운 목소리가 만신을 불렀다. 얼굴에 저승꽃이 잔뜩 핀 만신은, 늙어 쪼그라든 몸을 하고 예, 하고 대답했다. 열네 살 그때 그랬던 것처럼.

해방이 되던 해, 순희는 열네 살이었다. 처음 달거리를 하고 얼마 지나지 않아 자꾸만 이상한 꿈을 꾸기 시작하더니, 어느 날 갑자기 벼락을 맞은 듯이 신이 내렸다.

놀라운 일은 아니었다. 애초에 만신부리가 있는 집안이었다. 보통은 물질을 배워 소라며 전복을 따는 집이었지만, 한 대에 계집아이 하나씩은 신병을 앓다가 더러는 죽고 더러는 무당이 되었다. 그런 집에서 갑자기 딸자식이 앓아누워 헛소리를 하다가, 갑자기 허우적거리며 산으로 달려가 땅을 파헤치고, 어디서 낡은 방울을 찾아내니 식구들은 으레 올 것이 왔구나 하고 생각했다.

예나 지금이나 무당이 되는 것이 길한 일은 아니었다. 하지만 이름난 만신 송자가 찾아와 제자를 삼겠다는데, 어차피 신을 받아야 사는 일이라면 이보다 나을 수는 없었다.

"할망이 어린 몸주를 찾으셨기에, 내가 잘 가르쳐보러 왔네."

송자는 서귀포의 큰 만신이라고 불리는 사람이었다. 그 사람이 순희를 가까이 들여다보자, 귀한 코티분 냄새가 희미하게 났다. 순희는 그 사람이 무섭지 않았다. 오히려 그 사람을 꼭 따라가고 싶어서, 덜컥 겁이 나기까지 했다. 본래 신을 받아야 하는 아이를 만신의 제자로 들여보내려면 쌀이며 돈이며 재물을 예물로 드려야 하는 법이었다. 하지만 제 집 형편이라는 게 뻔했다. 당장 식구들 입에 풀칠할 보리쌀도 부족했으니까.

하지만 송자는 흉년이 들고 돌림병이 든 때에, 그렇게 야박하게 구는 이가 아니었다. 달랑 참기름 한 병과 베 한 필만 예물로 받고, 송자는 어린 순희에게 내림굿을 해주고 제자로 삼아 데려갔다.

"겁먹을 것 없다."

"예…."

"이런 세상이라도 나를 따라오면 굶지는 않을 것이다. 네 위로 언니들도 여럿 있단다."

순희가 집을 떠나자, 식구들은 다들 기뻐했다. 서귀포의 큰 만신이 순희를 알아보고 데려가다니, 이왕 신을 받아야 하는 몸이라면 그렇게 출세하는 길도 있으리라 여겼을지도 모른다. 하지만 사실 무엇보다도 입 하나 줄이는 게 기뻤으리라는 것은 순희도 알았다.

"왜 그런 얼굴을 하고 있느냐. 무엇이 그렇게 서러워서."

"어… 어머니를 뵙게 되어 기쁘오나, 어린 나이에 갑자기 집을 떠나게 되니 황망하고 서글픈 마음이 들어 그렇습니다."

"네 언니들도 다들 그런 얼굴들을 하며 따라왔다. 서러워서 그런 게지."

"…."

"농사짓고 물질하여 온 식구 입에 풀칠이라도 하게 만드는 건 죄다 그 집 딸들이며 아낙들인데. 이렇게 먹고살기 어려워지면 밥이나 축내는 군식구 취급을 하다가, 이렇게 집을 떠난다니 다들 기뻐하는데. 서럽지. 왜 아니 서럽겠느냐."

"흑…."

"어서 가자."

흐느끼며 따라가면서도, 순희도 알고 있었다. 자신은 운이 좋았다. 나이도 안 찬 어린 딸을 시집보내고, 물정 모르는 처녀애를 뭍에 보내 부산이며 어디 큰 도시에서 남의 집살이를 시켰다. 곱게 남의 집에서 식모 노릇만 하였을까. 험한 일을 당하는 젊은 처녀들도 많았다. 정신대 공출이라는 명목으로 일본군들에게 끌려가기도 했다. 그에 비하면, 이름난 무당의 신 제자가 되는 것은 운이 좋았다. 굶주리지도, 별것도 아닌 일로 맞지도, 사내들에게 몹쓸 변을 당하지도 않았으니 정말로 운이 좋은 아이였다.

송자의 말대로, 송자에게는 제자들이 많았다. 이미 제 신당을 차린 무당들이며, 송자의 신당에서 굿을 도우며 무업을 배우는 이들까지. 그들 중에 순희는 늦게 본 막내딸 같은 존재였다. 송자의 제자들은 다들 어린 순희를 무척 귀여워했다. 크고 작은 굿이 끝나면 귀한 사탕이나 엿 같은 것을 챙겨두었다가 나누어주곤 했다.

그때 큰 만신 송자의 제자 중에, 표선에서 신당을 차린 소화라는 젊은 무당이 있었다.

"소화는 정말 대단하지."

언니들은 다들, 이제 스무 살이 된 소화를 두고 소곤거렸다.

"저 애는 진짜 어떻게 된 아이인지 모르겠어. 여기 처음 왔을 때에도, 쟤는 어머니가 하나를 가르치면 다음 날에는 혼자서 그걸로 굿을 하고 있었다니까."

"소화야 몸주님이 다 가르쳐주셨으니 그렇지. 아, 부럽다. 우리 각시님은 나한테 뭘 제대로 일러주시는 게 없어. 전부 어머니가 가르쳐주시는 걸 보고 배워야 하잖아."

소화는 송자의 제자가 된 순서로는 네 번째인가 다섯 번째였다. 하지만 가장 뛰어난 제자여서 장차 송자의 뒤를 잇는 큰 무당이 될 거라는 말을 듣곤 했다. 일찍부터 이미 제 몫을 다 하던 소화는 표선의 친정집 근처에 빈 집을 얻어 그곳을 제 신당으로 꾸몄다. 친정어머니는 이미 병으로 세상을 떠났지만, 그곳에는 같은 마을의 소꿉동무에게 시집을 간 소화의 동생이 살고 있다고 했다.

해방이 되고 다음다음 해였다. 꽃샘바람이 불 무렵, 읍내에서 소란이 일었다. 3·1절 기념식을 한다고 사람들이 모여 있었는데, 그만 어린아이가 경찰이 타고 가던 말 다리에 치어 넘어지고 말았다. 일부러 한 짓은 아니었겠으나 빈말이라도 미안하다, 다치지 않았느냐 하고 물어봐주었으면 좋았겠지만, 경찰은 그저 못 본 체 하고 지나갔다.

"왜정 때부터 왜놈들 똥이나 닦으면서 순사 노릇 하던 놈들이, 이제 나라가 바뀌었다고 옷만 갈아입고 와서 하는 짓 좀 보게!"

해방은 되었지만 흉년에, 전염병에, 산 사람들이 굶주리고 병들어 어육이 되어가던 시절이었다. 그런 상황에서 뭍에서 온 새파랗게 젊은 경찰이 저 잘났다고 고개 쳐들고, 새 제복에 단추는 반짝반짝하게 광을 내고서 지나가다가 어린애를 다치게 하고도 본체만체 하는 것을 보고, 사람들은 분노했다. 누군가가 말을 탄 경찰들에게 돌을 던졌다. 사람들이 소리를 치고 돌을 던지자, 경찰들은 도망치기 시작했다. 누가 먼저랄 것도 없이 야유를 하며 뒤따라갔다.

하지만 경찰들은 곧, 무기를 들고 돌아왔다. 그들은 이곳 사람들이 경찰서를 습격했다면서, 사람들을 향해 총을 쏘기 시작했다. 몇 명은 죽고, 또 몇 명은 크게 다쳤다. 그렇게 총을 맞고 쓰러진 이들 중에는 경찰에게 돌을 던지거나 야유를 보내지 않은, 그저 구경나온 이들도 있었지만, 경찰들은 미안해하지 않았다. 촌무지렁이라 여긴 이들이 감히 경찰을 조롱하고 업신여겼다며, 분명히 좌익세력이 뒤에서 이들을 조종한 거라고 말했다.

"지금 세상이 어느 세상입니까. 좌익세력이 끼어들었으면 발본색원해서 아주 본보기를 보여야지요."

그리고 경찰에 이어 서북청년단이 섬에 들어왔다. 월남한 이북 사람들이 만든 반공단체라고 하지만, 기실 멀쩡한 사람을 때리고 죽이고는 빨갱이다, 남로당이다 뒤집어씌우는 인간 백정 같은 놈들이었다. 좌익세력을 색출해서 본보기를 보이겠다며, 그들은 죄 없는 이들을 죽여댔다. 글 한 줄 읽을 줄 모르는 노인도, 이제 막 아장아장 걸어다니는 어린 아이도, 갓난아기를 업은 젊은 아낙도.

만신 송자의 아들도 그때 죽었다. 무당 아들이라고 박수무당이 될 거냐는 소리를 들으며 컸지만, 생긴 것도 멀끔하고 공부도 잘했던 이였다. 일본놈들 손에 징용 끌려갔다가도 운 좋게 살아 돌아왔다 했는데, 같은 민족이라는 놈들이 없는 죄를 뒤집어씌워 때려죽였다.

"오라버니를 그래놓고서 어머니께 굿을 청하다니. 그놈들은 인두겁을 쓰고서 어떻게 이럴 수가 있습니까."

"조용히 있거라. 누가 들으면 큰일난다."

"어머니."

"좌익이다, 빨갱이다, 그렇게 뒤집어씌울 수만 있으면 삼성혈의 세 신인이 살아서 돌아와도 돌로 쳐 죽일 무도한 놈들이다. 하물며 어린 무당 하나 해코지하는 것이야, 손가락으로 코를 파는 것보다 쉽다 여길 놈들이지 않느냐."

애끓는 슬픔과 고통 속에서도, 송자에게는 지켜야 할 것들이 있었다. 자식은 허망하게 앞세웠어도, 신딸들까지 잃을 수는 없었던 송자는, 경비사령부에서 굿을 청하는 것을 받아들일 수밖에 없었다.

"그렇게 억울한 사람들을 죽여놓고, 이제 와서 죽은 사람을 위해 굿판이라도 벌이겠다는 거야, 뭐야. 병을 주고 약을 주어도 분수가 있어야지."

"그런 것도 아니래."

"그럼 굿을 왜 하는 거래. 나라에서 굿은 미신이라고 그렇게 뭐라 할 때는 언제고, 경비사령부 놈들이 왜."

"서울에서 경무부장이 미군정청 장관을 모시고 온다잖아. 그 미국 사람이, 동양의 풍습에 그렇게 관심이 많다고. 그 코쟁이에게 잘 보이려고 그러는 거야."

"이놈들이, 탐라에서 제일 가는 큰 만신을 무슨 광대나 창기인 줄 알고…."

젊은 무당인 소화는 이를 갈았다. 하지만 송자에게 거역할 수는 없었다.

순희는 문득 생각한다. 큰 만신인 송자라면, 어쩌면 그런

굿으로 생때같은 아들을 해친 원수에게 복수를 할 수 있을지도 모른다고. 하지만 한편으로 순희는 믿고 있었다. 어머니는 남을 해치고 방자하는 일에 신의 힘을 쓰시는 분이 아니라고. 억울하고 가슴이 찢겨져도, 신을 모시는 사람에게는 지켜야 할 것이 있는 법이라고. 사실이 그랬다. 송자는 신을 달래는 것이 아닌 군정청 장관을 위한 그 굿판을, 아주 공을 들여 준비했다. 송자의 신당이 자리 잡은 서귀포며, 소화가 가 있던 표선, 다른 제자들이 제 신당을 차린 마을에서도 사람이 셀 수도 없이 죽어가던 때였다. 이런 일이라도 거들게 하면 목숨은 부지시킬 수 있을 것 같아, 송자는 그동안 가르친 제자들을 전부 불러들였다. 마치 커다란 어미닭이 제 병아리들을 날개 밑으로 품듯이, 송자는 그 혼란스러운 때에 제자들을 전부 다 품어 보듬고 있었다.

다행히도 굿은 성공적이었다. 굿이라면 미신이라며 고개를 저어댔다는 경무부장도 몇 번이나 감탄을 하고, 필름이 귀하던 시대였지만 군정청 장관은 사진을 몇 백 장이나 찍어대며, 이런 것이야말로 동양의 예술이라고 칭찬했다고 했다. 송자는 그제야 마음을 조금 놓았다. 서울에서 오신 높으신 분들 눈에 들었으니, 어떻게 이 신딸들이라도 지킬 수 있겠구나 싶었으리라.

하지만 일은 큰 만신 송자가 바라던 대로 흘러가주지 않았다.

"어머니, 어머니!"

소화가 굿을 마무리하고, 며칠 뒤 조카의 백일상에 올린다며 미역과 수수와 고기를 싸서 돌아간 그날 오후, 표선에서 소식이 왔다. 이야기를 듣자마자, 순희는 신발이 벗겨지는 줄도 모르고 송자를 찾아 매달렸다.

"어머니, 큰일이 났습니다. 소화 형님네 동네가 쑥대밭이 되었답니다."

그길로 송자는 표선으로 향했다. 굿의 마무리는 다른 제자들에게 맡기고, 막내인 순희 하나만을 데리고 소화를 뒤쫓았다.

순희는 지금도 잊을 수가 없었다. 막 동이 트는 아침 햇살 아래, 썩어가는 피비린내가 진동하던 그 마을을. 집이란 집은 전부 불타 무너지고, 길가 아무데나 사람들이 피와 내장을 쏟은 채 죽어 있었다. 그리고 그 마을 한복판에, 소화가 있었다. 작은 단지 하나를 품에 안은 채로.

"소화 형님!"

"여긴 왜 왔어. 어머니는 왜 모시고 오고."

소화는 목쉰 소리로 중얼거렸다. 송자가 떨리는 목소리로 물었다.

"소화야… 네 동생은. 네 조카는."

"…죽었어요. 보면 모르세요."

소화는 그 말을 하다가, 문득 히죽히죽 웃었다.

"형님….'

"열 달 배불러 있는 내내 흉년이었고, 본인도 입덧이 심해 애를 낳도록 대꼬챙이처럼 말라 있었어요. 해산하고 이제야 뭘 좀 먹을 수 있게 되어서, 이왕 얻어 온 잔치음식, 백일상도 차리고 산모도 모처럼 배불리 먹이려고 했는데…. 그 핏덩이를 안고 죽어 있었어요. 제 애기를 안은 채로, 그대로 총에 맞아서."

순희는 아무 말도 할 수 없었다. 그저 송자 어머니의 소맷자락을 붙잡은 채 덜덜 떨기만 했다. 하지만 송자는 소화를 향해 천천히 걸어갔다. 가장 아끼던 신딸을 이대로 내버려둘 수가 없었다.

"소화야, 그 단지는 어떻게 된 거냐. 응?"

"아시면서 왜 물으시는 겁니까."

"죽은 사람들의 손톱이며 손가락을, 네가 어디다 쓰려고!"

송자는 배 속에서부터 토해내듯이 소리쳤다. 하지만 소화는 단지를 꼭 끌어안으며 고개를 저었다.

"좌익이니 우익이니, 그런 걸 알아들을 만한 사람들이 아니었어요. 어린아이, 젊은 여자, 평생 제 식구 입에 들어갈 것을 심고 캐고 갈무리하며 평생 보낸 할머니들…. 자기가 왜 죽어야 하는지도 모르는 사람들."

"소화야."

"죽어 지당한 건 그놈들이야."

소화는 몸을 돌렸다. 그리고 단지를 안고 달리기 시작했다. 송자가 허우적거리며 소화를 뒤따라갔다. 어쩔 줄 몰라 하던 순희가 치마를 걷고 소화를 뒤쫓았다. 하지만 순희는 곧, 소화의 신당 앞에서 걸음을 멈추었다.

신당 툇마루에 삼신상이 차려져 있었다. 그렇게 아끼던 동생이며 사랑하던 조카를 위해, 삼신상을 차려주려 들고 간 제물들은, 죽어 저승에 간 아이의 영혼을 데려가는 저승할망을 위한 상에 놓여 있었다. 하지만 뭔가 이상했다. 삼신상은 삼신상인데, 저승할망에게 죽은 아이의 영혼을 잘 부탁한다는 상이 아니었다.

"죽여줍시오, 간담이 터지고 눈알이 빠지며 허우적거리다 개처럼 죽게 합시오. 새끼를 배면 석 달 열흘 백 일만에 경기청풍 열두 병을 주어 저승으로 데려갑시오."

소화의 동생이 어린 아기를 끌어안은 채 고꾸라져 죽은 바로 그 앞에 상을 차려놓고, 소화는 한 손에는 칼을 들고, 다른 손으로는 단지를 끌어안은 채 춤을 추고 있었다.

"소화 형님!"

"…손을 끊어버려도 시원치 않을 자들, 지은 업보대로 가게 합시오. 뭍에서 온 사내란 사내는 전부, 비명에 죽게 합시오. 그 더러운 놈들의 발자국이 더는 보이지 않도록, 탐라를 깨끗이 씻어 내립시오."

소화는 웃었다. 누군가에게 해코지를 하려 비방을 하는 것은 짐작하였으나, 이건 방자를 해도 보통 방자가 아니었다. 산이 움직이기 시작했다. 표선의 뒤로 병풍처럼 솟아 있던 한라산에 짙은 그늘이 드리워지나 싶더니, 산이 꿈틀거리며 몸을 일으키기 시작했다.

"저건…!"

뭔가 이상했다. 아침 해가 저렇게 떠 있는데, 한라산에 그늘이 진다니. 그때 송자가 비명을 질렀다.

"바다가… 바다가 일어나지 않느냐!"

그건 있을 수 없는 일이었다. 표선에서는 보일 리 없는 서귀포 앞바다가, 한라산과 마주할 만큼 높이 솟구쳐 하늘의 절반을 가리고 있었다. 그리고 용궁의 따님아기가, 하늘에 닿을 듯 뻗어 올라간 파도 너머에서 꿈틀거리고 있었다. 이승과 저승을 뒤섞어, 이번에야말로 품어 안기 위해서.

"저승할망…!"

순희가 비명을 질렀다. 송자는 달려가 소화를 끌어안고, 그 단지를 빼앗으려 했다. 하지만 소화는 몸을 돌렸다. 신어머니를 밀쳐내며 목이 터져라 소리쳤다.

"어머니는 언제까지 참고만 사실 거요! 오라버니가 그리되었는데도, 어머니는!"

"소화야!"

"서청 놈들은 모조리 죽여버릴 거요. 이 땅에, 탐라에, 그

놈들이 흘린 피가 얼마인데. 그런 인간백정들을 죽여버린들 이 분이 풀리겠소? 죽일 거요. 전부 죽여버릴 거요. 뭍에서 온 사내라면 전부 오관이 막히고 아홉 구멍에서 피를 쏟아 돼지게 할 거요. 그놈들의 씨앗들일랑 전부, 백일상도 못 받고 죽어 나자빠지라 할 거요. 씨를 말려버릴 것이오!"

"네가 감당할 일이 아니야!"

송자는 소화를 붙잡았다. 하지만 소화는 다시 단지를 끌어안고 도망치기 시작했다. 죽은 이들의 시체가 굴러다니는 도랑을 지나, 산기슭으로, 예전에는 용소가 있었으나 지금은 오랜 가뭄으로 말라붙어버린 돌웅덩이로.

"소화야!"

송자가 몸을 던지듯하여 소화를 붙잡았다. 하지만 소화는 제 신어미에게서 물려받은 신칼을 들어, 제 목을 찌르며 돌웅덩이로 몸을 던졌다. 소화의 피가, 그 원한이 돌웅덩이를 적시고, 품에 안고 있던 단지를 적셨다.

그리고 하늘에서 피의 비가 내리기 시작했다.

"어머니!"

순희가 송자를 붙잡았다. 송자는 망연한 얼굴로 조금 전까지 돌웅덩이였던 곳을 바라보았다. 하늘에서는 핏빛 비가 쏟아지고, 어디선가 갑자기 차오른 물이 돌웅덩이를 가득 채웠다. 하늘 끝까지 닿은 저 파도 끝에서 새하얀 가치노을이 부서져 내렸다. 제주가, 이대로 파도에 뒤덮이고 말 것 같았다.

그때 송자가 치마를 걷어 올리며, 그 깊지 않은 연못으로 걸어 들어갔다. 물이 차오르는데도 그대로 가라앉은 듯 보이지 않는 신딸을 건져내려, 신어미는 시뻘건 못물을 헤치며 손을 뻗었다. 그때 연못 속에서 수많은 손들이 솟아올라 송자의 머리카락이며 목덜미를 붙잡았다.

"어머니!"

"순… 희… 너는… 저리 비켜…."

송자는 다가오려는 순희를 만류하며 죽을힘을 다해 버텼다. 힘이 부족해 그대로 물속으로 끌려들어갈 것 같으면서도, 송자는 몸을 숙여 피 속을 저으며, 어떻게든 소화를 찾아내려 애썼다.

"소화야, 소화야. 그러면 안 된다. 네가… 신을 모시는 사람이 그러면 안 돼…."

울음처럼, 절규처럼, 송자는 중얼거렸다. 그리고 한참만에야, 송자는 물속으로 머리를 숙이며 소화의 팔을 제 어깨에 걸었다. 소화는 제 손으로 제 목에 칼을 꽂은 채, 피가 다 새어나가 창백한 얼굴을 하였으면서도, 한손으로는 그 단지를 단단히 붙잡고 있었다.

바위 위에 소화의 시신을 밀어 올리는 것을, 순희가 도왔다. 소화의 온몸에는, 누가 붙잡고 매달린 것처럼 수많은 크고 작은 손자국들이 선명했다. 순희는 울음을 터뜨렸다. 겨우 바위 위로 기어올라온 송자는 죽은 신딸을 끌어안고, 울음 섞인 목소리로 길게 영등굿의 소리를 부르기 시작했다.

저승할망이 불러일으킨 파도였다. 그 파도를 영등할망이 가라앉히도록, 그리하여 저 바닷물로 여기 제주의 눈물을 씻어내려, 산 자와 죽은 자의 세상이, 이승과 저승이 뒤섞이지 않도록. 죽은 자들은 죽은 자의 길로 떠나고, 산 자들은 다시 산 자의 길을 갈 수 있도록. 그 전날까지 큰 굿판을 벌였던 큰 만신은, 굿상도 북소리도 오색 무복도 없이, 그저 피를 토하는 듯한 목소리로 하늘을 우러러보며 낮과 밤을 꼬박 새워 노래를 불렀다. 소화가 억울히 죽은 이들의 원한과, 제 목숨을 다 바쳐 걸었던 이 방자를 깨뜨리고, 온 제주를 물로 뒤덮을 저 파도가 가라앉도록.

순희는 그 굿을, 처음부터 끝까지 지켜보았다. 하늘에서 핏줄기 대신 빗줄기가 떨어지도록, 한라산을 가리던 그 파도가 다시 바다로 내려앉도록, 죽은 뒤에도 그 손가락 담은 단지를 꼭 끌어안고 있던 소화가, 마침내 그 단지를 내려놓도록, 그의 신어머니는 홀로, 제 신인 영등신과 더불어 저승할망을 달래었다. 돌아가도록, 아무 일 없이 원래 있어야 할 곳으로 돌아가도록.

"어머니."

순희는, 이제 그 신어미와 소화 형님의 나이를 합친 것보다도 더 나이를 먹은 노만신은 문득 중얼거렸다.

"별 무녀리 같은 것들이 그걸 다 건져왔소. 뭍에서 온 아이들이."

그때, 송자는 그 굿거리를 홀로 전부 읊조리고는, 그대로 말을 잃었다. 더는 노래하고 춤출 수 없는 몸이 된 만신은, 그 몸에 갇혀 피안을 바라보는 듯 꼬박 일곱이레를 누워 있다가, 조용히 세상을 떠났다.

큰 만신 송자가 쓰러지고, 소화 형님은 세상을 떠난 그 상황에서, 순희가 할 수 있었던 일은 그저 그 단지를 단단히 봉해, 그 기운이 약해질 때까지 숨겨두는 것뿐이었다.

"그래, 그래서겠지. 이제는 나랏님도 그 일은 잘못되었다 말하는 세상에, 그 아이들이 왜 그 단지를 건져 왔겠소. 우리 세빈이 친구들이니까, 그 애들이 건지면, 세빈이가 그 단지를 내게 가져올 테니까. 그래서 건진 거겠지. 그 애들이 모자라서가 아니라, 그 역시도 내 일이었겠지. 어머니, 이제 와서 그 단지를 열고 피를 씻는 일은, 나밖에는 할 수 없는 것이었지요? 그런 것이었지요?"

자신도 그럴 것이다. 순희는 열네 살 때 신병을 앓은 이후로, 줄곧 자신의 곁에 있었던 신의 그림자가 흐릿해지는 것을 느꼈다. 부질없는 일인 줄 알면서도 손을 내밀어 잡아보려 했지만, 손가락 사이로 빠져나가는 그 힘을 느끼며 순희는 눈을 감았다.

찻잔 다섯 개는 이제 텅 비어 있었다. 꼭 하나, 산 사람이 입을 대지 않았던 찻잔에서, 희미하게 그 옛날의 코티분 향기가 났다.

후기

어떤 땅은 아무 연고가 없는데도 자꾸만 이야기를 불러들이기도 한다. 내게는 제주도가 그렇다. 제주도는 여성의 섬이고, 근현대사와 함께 사라진 많은 우리 신화의 원형을 찾을 수 있는 곳이며, 거대한 할망의 창세신화가 남아 있는 곳이다. 단편 혹은 긴 만화의 에피소드에서 나는 제주도의 이야기를 하려다가, 몇 번이나 다시 제주도의 역사적 비극, 국가폭력과 그 희생자들의 이야기를 하고 있었다. 마치 자꾸만 나를 끌어들이는 것처럼.

「단지」도 마찬가지다. 단지는 그 속에 감춰져 있던 비극이자, 그 안에 담긴 원념 어린 손가락이자, 단지 그것은 지나간 과거일 뿐이라고 말하는 이들에게 들려주고 싶은 이야기라는 뜻이 담긴 제목이었다.

빈 파일에 홀린 듯이 제목을 적고, 몇 시간 동안 그저 썼다. 그저 두렵고 괴이한 이야기가 아니라, 그 섬에 살았던 이들이 당한 부당한 죽음에 대해서, 피를 토하듯 복수를 바랐을 마음에 대해서. 불과 몇 십 년 전에 그런 일이 있었노라고. 국가가 국민을 보호하기는커녕, 잔혹하고 야만적으로 학살했던 시절이 있었노라고. 지금 이웃나라에서 벌어지는

일들에 대해 우리가 계속 이야기하고 연대해야 하는 이유
가 바로 그것이라고, 이야기하고 싶었다.

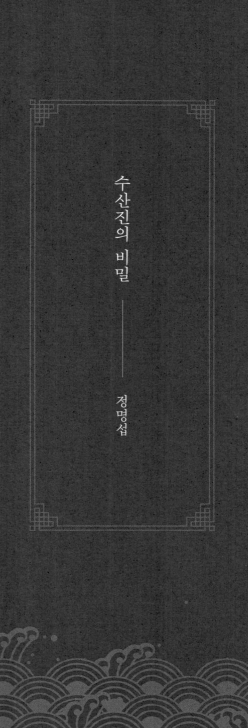

수산진의 비밀

정명섭

예문관 검열이었던 박시혁은 기묘년의 마지막 날을 목포에서 출발한 조운선에서 맞이했다. 말로만 듣던 제주도는 과연 멀고도 멀었다. 배를 타고 가다가 섬이 보여서 제주도인가 싶었지만 키를 잡은 타공이 비웃으면서 말했다.

"저긴 추자도입니다. 제주도는 며칠 더 남쪽으로 가야만 합니다."

바다는 정말 종잡을 수 없다는 생각이 들었다. 육지는 두 발로 걷거나 말을 타고 가면 목적지에 도달하지만 바다는 바람이 없으면 어디도 갈 수 없었다. 거기다 끊임없이 요동을 쳐서 사람의 심신을 지치게 만들었다. 가뜩이나 제주도로 유배를 가는 것 때문에 심기가 어지러웠던 박시혁은 체통도 잊고 뱃전 밖으로 삐져나온 멍에 뺄목의 난간에 기댄 채 구토를 했다. 그렇게 하루가 지났는데 갑자기 하늘이 어두워지면서 비바람이 몰아쳤다. 조운선을 움직이는 사공들을 책임지는 우두머리인 도사공이 사공들에게 소리쳤다.

"어서 마룻줄을 풀어서 돛을 내려!"

돛대 끝에 달린 도르래가 삐걱거리면서 줄을 풀어냈고, 제 무게에 못 이긴 돛이 아래로 내려왔다. 사공 몇 명이 가죽끈으로 돛을 묶어서 단단히 고정시켰다. 무슨 일인가 싶었던 박시혁은 배가 갑자기 좌우로 크게 요동치자 그 뜻을 깨달았다.

"폭풍이로구나."

폭풍은 반나절 가까이 휘몰아쳤다. 조운선은 미친듯이 삐걱거리면서 휘청거렸는데 몇 번이고 뒤집힐 뻔했다. 가까스로 균형을 잡기는 했지만 갑판으로 넘쳐온 바닷물에 사람들이 마치 가랑잎처럼 이리저리 쏠려갔다. 아래로 내려가고 싶었지만 그러다가 배가 가라앉으면 빠져나오지 못하고 죽는다는 말에 어쩔 수 없이 밖으로 나와서 돛대를 붙잡고 있어야만 했다. 그렇게 태풍이 그치고는 거짓말처럼 바람도 불지 않았다. 다들 기운이 빠진 나머지 꼼짝도 못하고 뱃전에 축 늘어져 있거나 박시혁처럼 돛대 앞에 앉아 있기만 할 뿐이었다. 그러다가 마치 메아리 같은 외침이 들렸다.

"육지다! 육지가 보인다!"

뱃머리의 닻줄을 감는 닻줄물레 옆에 축 늘어져 있던 의금부 나졸의 외침에 여기저기 시체처럼 누워 있던 뱃사람들이 하나둘씩 일어났다. 죽더라도 선비답게 죽겠다는 마음으로 돛대 앞에 가부좌를 튼 채 눈을 감고 앉은 박시혁 역시 그 말에 두 눈을 번쩍 떴다. 거센 바람에 풀린 갓끈을 황급히 고쳐 쓴 그는 체통도 잊은 채 뱃머리로 달려갔다. 방금 전까지 죽겠다고 하던 의금부 나졸이 앙상한 가지 같은 손을 뻗으며 외쳤다.

"저기 땅이 보입니다. 아이고, 우린 이제 살았습니다요."

박시혁은 자신에게 못되게 굴었던 나졸임에도 불구하고 그와 얼싸안고 기쁨을 나눴다. 유배형을 받은 그를 호송할 책임이 있던 금부도사와 다른 나졸이 뱃멀미를 이유로 추자도에서 내려버리는 바람에 그가 혼자서 박시혁과 함께 제주도로 건너와야만 했기 때문이다. 둘이 흐느껴 우는 사이, 기운을 차린 사공들이 돛을 풀고 마룻줄을 당겨서 올렸다. 그리고 노를 내려서 열심히 젓기 시작했다. 난간에 기댄 채 죽은 듯이 눈을 감고 있던 타공 역시 얼른 고물에 있는 키를 잡으러 뛰어갔다. 비로소 한숨을 돌린 박시혁이 조용히 말했다.

"저곳이 나의 유배지인 제주도로구나."

도사공이 어린 사공에게 손짓을 하자 어린 사공은 원숭이처럼 돛대 위로 기어 올라갔다. 그리고 전방을 주시하다가 외쳤다.

"오른쪽에 연북정이 보입니다."

어린 사공의 얘기를 들은 도사공이 고물에서 키를 잡은

타공에게 외쳤다.

"키를 왼쪽으로 바짝 당겨라!"

"알겠습니다요!"

길게 외친 타공이 온몸을 실어서 키를 당겼다. 그러자 뱃머리가 오른쪽으로 꿈틀거리며 움직였다. 도사공이 연거푸 명령을 내렸다.

"아딧줄을 풀어! 어서!"

사공들이 돛의 활대에 연결된 아딧줄을 풀었다. 짜디짠 바람이 불자 누런 돛이 잔뜩 부풀어 오르면서 배가 앞으로 나아갔다. 박시혁은 섬을 보기 위해 닻줄 물레를 한 손으로 잡고 몸을 일으켰다. 파도가 검은 바위에 부딪쳐 산산조각 나는 와중 수직으로 치솟은 성벽이 보였다. 우뚝 선 한옥 처마가 성벽 위로 튀어나와 있었다. 어느 틈엔가 옆에 온 도사공이 코를 훌쩍거리며 말했다.

"저기가 바로 연북정입니다요. 조천진의 객사지요."

"높은 곳에 있으니 멀리까지 보이겠군."

"유배에서 풀리거나 임기를 마치면 저곳에서 북쪽을 바라보면서 육지로 태워다 줄 배들을 기다리지요. 그래서 이름이 북쪽을 그리워한다고 해서 연북정 아니겠습니까?"

박시혁의 처지를 비웃는 것인지 그냥 웃는 것인지 알 수 없는 웃음을 남긴 도사공이 돌아섰다. 연북정을 말없이 바라보던 박시혁은 갓의 양태에 눈이 떨어지는 걸 느꼈다. 잠시 후, 하늘에서 잔뜩 눈이 쏟아졌다. 사공들 몇 명이 소의 털로 만든 벙거지인 털벌립이라는 걸 쓰는 가운데, 박시혁은 그 눈이 자신의 억울함을 위해 하늘이 흘린 눈물이라고 생각했다.

"무도한 연산군을 폐위시킨 다음에는 모든 것이 잘 풀릴 줄로만 알았지."

쏟아지는 눈을 올려다보던 박시혁이 중얼거렸다. 새로 왕위에 오른 진성대군이 정암靜庵 조광조 선생을 곁에 두고 바른 정치를 펼칠 줄로만 알았던 것이다. 하지만 간교한 간신과 외척들이 임금의 눈과 귀를 가리고 정신을 어지럽히고 말았다.

정암 선생은 흔들리지 않고 성리학의 뜻을 펼쳤다. 그는 가짜 공신들의 훈작을 박탈하고 수여한 노비와 토지들을 회수해야 한다고까지 주장했다. 그 얘기를 들었을 때 박시혁은 불안해했다.

"공신들이 가만히 있겠습니까? 자칫하다가는 주상전하의 어심도 흔들릴 수 있습니다."

박시혁의 말에 정암 선생은 내일 죽더라도 오늘 뜻을 세우는 게 군자의 도리라고 대답했다. 그 얘기를 듣고 부끄러워진 박시혁은 더 이상 반대하지 못했다. 이후, 폭풍이 몰아쳤다. 간신 남곤과 심정 등이 후궁을 통해 정암 선생이 역모를 꾸민다고 거짓으로 고한 것이다. 이에 놀란 임금이 급히 경복궁의 북문인 신무문으로 군사들과 함께 그들을 불러들여서 정암 선생을 비롯한 동료들을 체포하라는 밀명을 내렸다. 새벽에 소식을 들은 박시혁은 급히 입궐했다가 어명으로 인해 의금부에 갇히고 말았다. 정암 선생을 비롯한 많은 선비들이 유배를 떠났고, 현량과를 통해 급제해서 관직을 받은 박시혁 역시 제주도로 유배를 가라는 명령을 받았다. 서른의 나이에 이제 관운을 탄다고 생각했던 그의 실망감은 이만저만이 아니었지만 그나마 사약을 받지 않은 게 어디냐고 위안 삼았다. 그렇게 금부도사와 나졸들과 함께 남쪽으로 떠나게 되었다. 목포 출신의 젊은 금부도사는 추자도에서 내리기 전에 제주도에 대해 이것저것 알려줬다.

"그곳은 괴이한 곳입니다."

"어떤 의미에서 말인가?"

"수많은 신들이 있고, 아침에 달이 뜨고, 저녁 때 해를 볼 수 있답니다."

"어찌 그런 일이 있을 수 있단 말인가?"

"그뿐만이 아닙니다. 바다에는 사람의 얼굴을 한 물고기가 헤엄을 치고, 사람의 팔다리가 나온 뱀들이 살고 있습니다. 길거리의 거렁뱅이 노파에게 신이 깃들고, 돌담과 나무가 살아 움직이는 곳이죠. 그곳에서는 이상한 일이 밥 먹듯이 일어납니다. 그러니."

마른 침을 삼킨 금부도사가 퀭한 눈으로 그를 바라봤다.

"그곳에 가면 눈 감고 지내십시오. 살고 싶으시다면 말입니다."

농이 지나치다고 대꾸하고 싶었지만 금부도사의 표정에서 설명하기 힘든 두려움을 읽은 박시혁은 잠자코 고개를 끄덕였다.

섬 가까이 도착하자 사공들이 나무에 돌을 묶은 닻을 물속으로 내렸다. 군사들이 밧줄과 대나무 장대를 가지고 나와서 배가 조천진에 닿는 것을 도와줬다. 널빤지가 깔리자 도사공이 먼저 내려가라고 손짓했다. 박시혁은 고맙다는 눈인사를 남기고 땅에 발을 디뎠다. 며칠 만에 땅에 닿은 두 발이 적응하지 못했는지 크게 휘청거리고 말았다. 조천진 군사들의 부축으로 겨우 쓰러지지 않고 버텼다. 부축을 받으며 조천진 안으로 들어간 박시혁은 연북정에서 내려오는 푸른색 철릭 차림의 조방장과 마주쳤다. 의금부의 나졸이 건넨 두루마리를 읽은 조방장이 박시혁을 위아래로 훑어봤다.

"오느라 고생이 많았소. 유배지는 정의현으로 정해졌으니 오늘은 이곳에서 쉬고 내일 목사께서 있는 제주성으로 가시오."

알겠다고 고개를 끄덕거린 박시혁에게 조방장이 방금 내

려온 연북정을 눈짓으로 가리켰다. 그곳에는 박시혁처럼 도포와 갓을 쓴 늙은 선비 한 명이 내려다보고 있었다.

계단을 올라간 박시혁을 맞이한 것은 늙은 선비였다. 쏟아지는 눈을 피하기 위해 갓 위에 갈모를 쓴 선비는 박시혁을 보더니 더 없이 반가워했다. 알고 보니 이곳에 유배를 왔다가 해배령이 내려서 한양으로 올라가기 위해 배편을 기다리고 있었던 것이다. 두 사람의 얘기를 들은 박시혁은 더 없이 암울한 기분을 느꼈다. 그런 박시혁을 앞에 두고 자신을 한양 출신의 김유양이라고 소개한 늙은 선비는 경험담을 털어놓기 바빴다.

"여긴 정말 괴이한 섬이외다."

한숨을 쉰 그가 고개를 절레절레 저었다.

"사람들의 풍습은 기이하고, 말이 통하지 않소이다."

"같은 조선 사람인데 어찌 말이 통하지 않는단 말입니까?"

박시혁의 물음에 김유양이 혀를 찼다.

"직접 들어보면 알 거요. 사람이 내는 말소리가 아니라 따오기가 내는 소리나 바늘로 찌르는 소리 같다오."

박시혁이 못 미더워하자 김유양이 덧붙였다.

"거기다 말이오. 풍습이 어지러워서 미신을 숭배하는 걸 전혀 부끄러워하지 않소이다."

156

금부도사에게 비슷한 얘기를 들은 적이 있던 박시혁은 고개를 갸웃거렸다.

"아니, 이곳에도 향교가 있고, 선비들이 있을 것인데 어찌 미신을 숭상한단 말입니까?"

"이곳은 육지와는 여러모로 다르다오. 나도 사람들을 모아놓고 유학을 가르치고 미신을 믿지 말라고 했지만 전혀 먹히지 않았소. 보다 못해서 향당을 부수려고 했더니 글쎄, 나를 죽이려고 들었소이다."

"저런, 어찌 그런 일이 벌어진단 말입니까?"

"그러니 당신도 해배령이 내릴 때까지 경거망동하지 마시오. 이곳 사람들은 육지 사람들을 증오하니까 말이오."

"왜 싫어한단 말입니까?"

"본래 이곳에는 성주와 왕자라고 해서 자신들의 우두머리가 있었다오. 그러다가 고려 때 삼별초가 이곳에서 반란을 일으켰다가 평정되고, 몽골인들이 들어와서 자리 잡았지요. 그리고 공민왕 때 고려군이 토벌을 하러 와서 수많은 사람들이 죽었다고 하더이다. 간과 뇌가 들판에 뿌려지고 해안가에는 시신이 엄청나게 떠밀려 왔다고 노인들이 말했다오."

"그렇다고 해도 조선이 통치한 지 어언 백 년이 넘었습니다."

이해하기 힘들어하는 박시혁의 물음에 주변을 두리번거

리던 김유양이 손을 들어 산을 가리켰다.

"저기가 제주도 사람들이 한라산이나 영주산이라고 부르는 곳이오. 저 왼쪽으로 구름이 잔뜩 끼고 눈이 오는 게 보이시오?"

그쪽을 바라본 박시혁이 고개를 끄덕거리자 김유양이 그 옆을 가리켰다.

"산의 오른쪽은 햇볕이 내리쬐고 있소. 그러니까 산을 가운데 두고 한쪽은 눈이 쏟아지고, 다른 한쪽은 화창하다 이 말이오."

"괴이하군요."

"그 정도로는 설명할 수 없는 곳이오. 방금 전까지 바람이 불고 비가 내리다가도 갑자기 화창해지는 걸 보면 귀신의 장난이라고 생각될 거요. 거기다 섬이라서 그런지 괴담도 많고, 기이한 일도 벌어지고 말이오."

마침 연북정을 스쳐 지나가는 한 무리의 남자들이 말을 몰고 지나갔다. 김유양이 그들을 내려다보며 물었다.

"저들이 누군지 아시오?"

고개를 빼서 아래쪽을 내려다 본 박시혁이 고개를 저었다.

"바지 위에 이상한 걸 껴입었군요."

"말테우리라고 부르는 목자들이오. 조천진에 속한 자들인데 저들이 입는 건 가죽발레라고 하는 덧바지 같은 거요.

말을 타거나 쫓아서 가시덤불 같은 데 들어가는 경우가 많아서 꼭 껴 입는다오. 거기에 오소리 가죽으로 만든 감티라는 모자를 쓰고 소가죽으로 만든 버선을 신고 다닌다오. 요즘은 겨울이라 물질을 안 하지만 여름이 되면 여자들이 물질을 하는데 알몸으로 하거나 간신히 몸만 가릴 정도로 입을 따름이오."

"창피하지도 않답니까?"

떨떠름한 표정을 지은 박시혁의 물음에 김유양이 쓴웃음을 지었다.

"안 그래도 물어봤더니 물속에서 옷은 거추장스러울 뿐이라고 하더이다. 특히 당신이 가야 하는 정의현은 제주도의 동쪽 끝이라 이곳에서도 외진 곳이오. 그러니 쓸데없이 호기심을 부리거나 선비라는 자존심을 세우지 마시구려."

"장님으로 지내라 이 말입니까?"

금부도사에서 비슷한 얘기를 들었던 박시혁이 발끈해서 묻자 김유양이 바다를 보면서 한숨을 쉬었다.

"15년 전에 이곳에 유배를 왔을 때 네 명이 함께 왔소이다. 하지만 해배령이 떨어질 때까지 버틴 건 나 하나뿐이라오."

"무슨 일이 있었던 겁니까?"

"한 명은 잠자다가 눈을 뜨지 못했고, 다른 한명은 고향에 돌아간다고 무작정 바다에 뛰어들었다가 사라졌다오.

다른 한명은."

한숨을 쉰 김유양이 고개를 절레절레 흔들었다.

"흔적도 없이 사라졌소이다. 이 섬이 사람을 미치게 만든
것이지. 그러니 부디 조심하시구려. 이 섬에서는 조심하는
걸로는 부족하지만 말이오. 특히 여자를 조심하시구려."

"왜요?"

"예쁘거든."

복잡한 의미가 담긴 미소를 지은 김유양을 본 박시혁은
대답할 말을 찾지 못했다. 잠시 후, 계단을 올라온 조방장이
김유양에게 조운선에 말을 싣는 작업이 끝나면 타라고 말
했다. 김유양이 두 손을 싹싹 비비면서 환하게 웃었다. 기분
이 좋아졌는지 박시혁에게 반말로 속내를 털어놨다.

"이제 이 지긋지긋한 섬을 벗어나는군. 기운을 내게. 자네
도 언젠가 나처럼 돌아갈 날이 있을 테니까 말이야."

박시혁은 그날 밤, 악몽을 꾸었다. 한라산에서 거대한 괴
물이 나와서 제주도를 쑥대밭으로 만들고, 머리에 뿔이 달
린 귀신들이 사방에서 날뛰면서 사람들을 닥치는 대로 물
어뜯고 찢어버렸다. 놀란 박시혁이 비명을 지르며 눈을 뜨고
는 주변을 두리번거렸다.

"아, 연북정이지."

객사인 연북정 밖으로 나온 박시혁은 조천진이 소란스러

운 것을 깨달았다. 아침이라 쌀쌀한 바람이 부는 와중에 계단 아래로 조방장이 지나가는 걸 보고는 소리쳤다.

"무슨 일입니까?"

"새벽에 출발한 조운선이 갑자기 가라앉았소이다. 말이랑 귤을 잔뜩 실었는데 이를 어찌해야 할지…."

말을 잇지 못하는 조방장의 시선을 따라 조천진 앞바다를 바라봤다. 몇 리 앞에 어제 타고 온 조운선이 두 동강이 난 채 바다 속으로 가라앉는 게 보였다. 사람과 말이 머리만 내놓은 채 허우적거리고 있었다. 조천진에서 띄운 작은 배들이 다가가고 있었지만 파도가 높고 바람이 세서 쉽게 접근하지 못했다. 한겨울이라 바다가 얼음장같이 차가워 작은 배들이 겨우 도달할 무렵에는 상당수의 사람과 말이 물 속으로 가라앉은 뒤였다. 겨우 살아 돌아온 사람들 중 조운선을 타고 이 섬을 떠난다고 기뻐했던 김유양의 모습은 보이지 않았다.

"15년을 버티고 떠나는 길이었는데."

안타까움에 중얼거리던 박시혁은 얼른 출발 준비를 하라는 조방장의 호통에 움찔했다.

제주목에서 목사와 만난 박시혁은 곧바로 정의현으로 떠났다. 제주도의 동쪽을 관할하는 정의현 현령 역시 목사와 마찬가지로 박시혁에게 크게 관심이 없었다. 일관헌이라는 현판이 붙은 동헌의 대청에 앉아 있던 현령은 공문을 받고는 손에 턱을 괸 채 잠시 생각에 잠겼다. 그리고 아전과 몇 마디 얘기를 나누더니 그를 바라봤다.

"이곳은 올해 흉년도 들고 상황이 좋지 않으니 수산진으로 가서 머물도록 하라."

그곳이 어디인지는 물을 겨를도 없이 아전에게 떠밀려 밖으로 나와야만 했다. 다행히 근처라는 얘기에 한숨을 돌린 박시혁은 아전을 따라 발걸음을 재촉했다. 며칠 전 제주도에 도착했을 때 내린 눈이 아직 녹지 않은 탓에 바닥이 질퍽했다. 짚신을 신은 박시혁을 본 아전이 혀를 차면서 관노를 불러 지시를 내렸다. 무슨 내용인가 귀를 기울여봤는데 전혀 짐작을 할 수 없었다. 박시혁이 난감한 표정을 짓자 아전이 씩 웃었다. 잠시 후, 관노가 가져온 것은 두툼해 보이는 짚신 형태의 가죽신과 설피였다. 관노는 짚신처럼 생긴 가죽신을 넘겼다. 박시혁이 신기한 표정으로 만지작거리자 아전이 말했다.

"그건 노루가죽을 실처럼 잘라서 만든 짚신이외다. 이곳 말로 갑실신이라고 부른답니다."

"설피도 따로 부르는 말이 있는가?"

"태왈이라고 부릅니다. 어서 신으십시오."

갑신실과 태왈을 신고 관아를 나선 박시혁이 그나마 말이 통하겠다 싶은 아전에게 물었다.

"수산진은 어떤 곳이오?"

"세종대왕 때 만들어진 진성입니다. 둘레가 1,164척, 높이가 16척에 달하지요. 안에는 객사와 군기고 등이 있고, 샘도 하나 있답니다. 지미와 성산, 수산 봉수, 그리고 협자와 오소포, 종달 연대를 관할합니다. 거칠고 황량한 남쪽이 그나마 농사를 지을 만해서 진성 주변에 사람들이 제법 살고 있습니다."

정의현성을 나온 박시혁은 아전을 따라 길을 걸었다. 야트막한 감귤 나무들이 군데군데 자랐고, 구멍이 숭숭 뚫린 제주도 특유의 돌이 길 옆에 뒹굴었다. 오가다가 만난 목동들인 마테우리들은 개가죽으로 만든 두툼한 옷에 가죽발레라는 덧바지까지 입어서 마치 오랑캐처럼 보였다. 주고받는 말들도 전혀 알아들을 수가 없어 답답하기도 하고 두렵기도 했다. 그런 박시혁의 속마음을 눈치챘는지 앞장선 아전이 말했다.

"그래도 수산진은 말이 좀 통할 겁니다. 예전부터 유배 온 사람들에게 말을 좀 배운 편이라서요."

"다행이네그려."

박시혁의 얘기를 들은 아전이 뭔가 말을 하려다가 얼굴을 찌푸린 채 입을 닫았다. 머쓱해진 박시혁은 시선을 돌려 길옆의 오름을 바라봤다. 오름 중턱에는 무덤들이 있었는데 주변에 돌을 담장처럼 쌓아놨다. 그걸 본 박시혁이 혀를 찼다.

"봉분을 쓰지 않고 담장을 둘렀구만."

그의 중얼거림을 들은 아전이 대답했다.

"산담이라고 부릅니다. 말이나 소가 접근하는 걸 막고 바람에 흙이 날아가는 걸 피하기 위해서 쌓은 것이지요."

그렇게 20리쯤 걷자 수산진성이 보였다. 제주도 특유의 검은 돌을 쌓아 올린 진성의 성문은 작은 옹성이 둘려져 있고, 성문 위에는 초가를 올린 누각이 보였다. 한숨을 돌린 박시혁이 태왈을 벗는 동안 아전이 옹성의 군사와 얘기를 주고받았다. 억양이 전혀 다른 제주 사투리라서 전혀 알아들을 수가 없었다. 잠시 후 성문이 열렸다. 객사와 군기고 모두 초가로 되어 있었고, 남쪽에는 아전의 말대로 작은 우물이 하나 보였다. 아전은 곧장 군기고가 있는 쪽으로 갔는데 수산진성을 책임지는 조방장이 무기를 점검하는 중이었다. 공작 깃이 달린 전립을 쓴 조방장은 아전과 얘기를 주고받더니 군사를 불러 세웠다. 뭔가 지시를 내린 조방장이 박시혁에게 다가왔다.

"군사가 보수주인의 집으로 데려다 줄 것이다. 점고는 닷새에 한 번 이곳으로 와서 나에게 직접 받도록 하라."

"그리하지요."

조방장이 턱짓을 하자 군사가 박시혁의 팔을 잡았다. 아전과 작별인사를 한 박시혁은 군사를 따라 수산진성을 나왔다. 미처 사라지지 않은 눈이 때마침 불어오는 바람을 타고 성문을 나서는 박시혁에게 불어닥쳤다. 가볍게 기침을 쿨럭거린 박시혁은 군사를 따라 걸었다. 수산진 앞은 세 갈래 길이 교차했다. 보기만 해도 으스스한 팽나무 아래 제주도의 장승 돌하르방이 우두커니 서 있었다. 나무로 만든 장승과는 여러모로 다른 느낌인데 마치 살아 있는 사람을 그대로 잡아다가 돌하르방으로 만들어놓은 듯했다. 특히 두툼하게 파인 눈은 제주도가 괴이한 곳이라고 말하던 금부도사의 퀭한 눈과 너무나 닮았다. 불안해진 그는 다른 곳으로 눈길을 돌렸다. 바람이 많이 불어서 그런지 집들은 모두 돌로 담장을 높이 쌓았고, 초가집들은 지붕이 낮았다. 대문이랄 건 없었고 굵은 나무를 대신 걸쳐놓았다. 앞장선 군사는 그걸 정낭이라고 불렀다. 왜 대문을 달지 않았느냐는 말에 군사는 퉁명스럽게 대꾸했다.

"제주도 바람이 어떤지 모르시니 그런 말을 하는 거죠. 소도 날려 보내는 바람인데 대문을 뒀다가는 하룻밤이면 없어질 겁니다."

세 갈래 길 중 가운데로 쭉 걸어간 군사는 어느 집 앞에 멈췄다. 정낭 제일 아래쪽은 수평으로 걸어놓았고, 위쪽의 두 개는 한쪽을 비스듬하게 아래로 걸친 채였다. 그걸 본 군사가 금방 올 것 같다면서 잠깐 기다리자고 말했다.

"그걸 어찌 아는가?"

박시혁의 물음에 돌담에 기댄 군사는 정낭을 가리켰다.

"정낭 세 개가 모두 수평으로 걸려 있으면 멀리 간다는 뜻이고, 저렇게 하나만 수평으로 걸려 있으면 금방 온다는 뜻이죠. 두 개가 걸려 있으면 저녁 때쯤 온다는 얘기고, 세 개가 비스듬히 있으면 안에 사람이 있다는 뜻입니다."

그렇게 얘기를 주고받는데 인기척이 들렸다. 고개를 돌린 군사가 냉큼 인사를 하고 달려갔다. 나타난 상대방은 오소리 가죽 모자에 개가죽으로 만든 겉옷 차림새였다. 옆구리에는 짚으로 짠 망태기를 끼었고, 어깨에는 손잡이가 짧은 괭이를 걸치고 있었다.

제멋대로 자란 수염에 움푹 들어간 눈에서 예사롭지 않은 눈빛이 번뜩였다. 군사와 얘기를 나눈 집주인이 우두커니 선 박시혁에게 성큼성큼 다가왔다. 인사라도 나눌 줄 알고 마음의 준비를 하고 있던 박시혁은 상대방이 그냥 지나쳐 가자 무안했다. 정낭을 넘어간 집주인이 따라오라고 손짓했다. 안으로 들어가자 집주인은 정낭 세 개를 비스듬히 걸어서 집 안에 사람이 있다는 표시를 했다. 집 안은 생각보다 넓었다. 돌담장을 끼고 텃밭이 있었고, 큰 초가집이 한 채, 그리고 맞은편에 창고를 겸한 작은 초가집이 또 한 채 보였다. 지붕은 짚이 아니라 억새풀 같은 걸로 엮었고, 그 위에 굵은 새끼줄을 그물처럼 촘촘하게 덮었다. 돌을 쌓아서 벽을 지은 탓인지 집보다는 감옥이나 성채처럼 보였다.

집주인은 좁은 마루에 망태기를 던져놓고 걸터앉았다. 그가 발목까지 올라오는 두툼한 가죽버선을 벗으며 말했다.

"내 이름은 고양선이라고 하오. 거처는 저기 헛간 옆의 작은 방을 쓰시구려. 끼니때가 되면 부를 것이니 늦지 않게 오시구려."

"나는 예문관 검열을 지냈던 박시혁이라고 하네."

"여기서는 예전에 지낸 관직 같은 건 별 의미가 없소이다. 책이 밥 먹여주는 건 아니니까 말이오."

"아, 알겠네."

머쓱해진 그에게 고양선이 얘기했다.

"때가 되면 수산진으로 점고를 받으러 가시구려. 객주 일을 해서 보수주인이 되긴 했지만 군식구가 늘어나는 건 나에게 좋은 일은 아니외다. 무슨 말인지 아시겠지요?"

제주도의 찬바람 같이 싸늘한 고양선의 말에 박시혁은 저도 모르게 고개를 끄덕거렸다. 그러자 문득 생각이 났는지 고양선이 담장 모서리를 가리켰다.

"저기가 통시, 그러니까 뒷간이오. 돼지들이 있으니까 놀라지 마시구려."

고양선이 가리킨 곳은 담장에 붙여서 돌을 두른 공간이었다. 위에는 초가가 살짝 얹혀 있었는데 고양선의 말대로 돼지 울음소리가 들렸다. 고양선과 아내가 방으로 향하자 박시혁은 헛간에 딸린 작은 방으로 들어갔다. 헛간 옆의 좁은 툇마루에 걸터앉아 갑실신을 벗고 방문을 열었다. 좁은 방 안은 창문 하나 없이 어두컴컴했다. 그나마 제주도에 와서 처음 생긴 거처라는 사실에 안도감을 느낀 박시혁은 갓을 벗고 방바닥에 주저앉았다.

"온돌이 아니군."

서늘한 방바닥의 냉기에 서러움이 북받쳤다. 한양에서 태어나고 자라면서 이렇게 남쪽 바다 끝에 있는 낯선 섬으로 유배를 올 거라고는 한 번도 생각해본 적이 없었기 때문이다. 현량과로 급제하고 출사하던 영광스러운 순간을 떠올리던 박시혁은 저도 모르게 눈물을 흘렸다. 제주도는 너무나 낯설었다. 마을마다 있는 돌하르방도 그렇고, 마치 가시처럼 뻗은 팽나무도 으스스했다. 거기다 늘 보는 하얀색 바지저고리가 아니라 감즙으로 물들인 갈옷이라는 걸 입고 다니면서 알아들을 수 없는 말을 해대는 제주 사람들 역시 무섭기는 마찬가지였다.

두려움과 서글픔에 울고 있던 박시혁의 귀에 혀를 차는 소리가 들렸다. 고개를 들자 반쯤 열린 문으로 안쪽을 들여다보는 젊은 여자가 보였다. 갈옷으로 만든 치마저고리인데 한양처럼 긴 치마가 아니라 종아리가 살짝 드러날 정도로 짧아서 박시혁을 당황하게 만들었다.

"누, 누구냐?"

눈물을 그친 박시혁의 물음에 호기심 어린 눈길로 바라

보던 젊은 여자가 대답했다.

"은화예요. 은화."

"이 마을에 사느냐?"

"그럼 어디 살겠어요? 선비님이 이번에 새로 유배 오신 분이죠?"

"맞다. 방금 도착했단다."

"그런데 뭐가 서러워서 도착하자마자 울고 계셨을까나?"

걱정 같기도, 조롱 같기도 한 상대방의 말에 박시혁은 벗어났던 갓을 쓰면서 대답했다.

"죽을죄를 지었는데 특별히 용서해주셔서 이곳으로 유배를 와서 성은에 감격해서 울었던 것 뿐이다."

"정말이요? 뭍에서 유배 온 선비들은 죄다 오자마자 울고불고 난리도 아니었는데요."

"마음을 바르게 가지고 성현의 뜻을 잃지 않는다면 어느 곳에 있든지 무슨 상관이겠느냐."

"아, 그러시구나. 다행이네요."

"무엇이 말이냐?"

박시혁의 물음에 문고리를 잡고 있던 은화가 주저하다가 말했다.

"지난번에 유배 오셨던 선비님은 한 달 만에 없어졌거든요."

"없어지다니, 도망쳤단 말이냐?"

은화는 박시혁의 얘기를 듣고 씩 웃었다.

"사방이 바다인데 어떻게 도망쳐요. 성산일출봉에 올라가서 바다로 떨어졌어요. 육지까지 헤엄쳐서 가겠다고 말이죠."

박시혁은 은화의 얘기를 듣고는 평정심을 찾으려고 노력했다. 고향에서 수천 리 떨어진 제주도는 모든 것이 낯설었다. 정신을 바짝 차리지 않으면 한 달 만에 바다로 뛰어내렸다는 그 선비처럼 될 수 있다는 생각이 들었다. 바짝 긴장한 박시혁을 보면서 소리 없이 웃던 은화는 어디선가 들려오는 호통소리에 움찔했다. 소리를 친 것은 집주인 고양선이었다. 알아들을 수 없는 제주 사투리를 걸쭉하게 내뱉어서 은화를 쫓아낸 고양선은 문을 벌컥 열고는 박시혁에게 말했다.

"미친년이니까 너무 말 섞지 마시오."

"미쳤다고요?"

도망치는 은화의 뒷모습을 힐끔 본 박시혁의 물음에 고양선이 고개를 끄덕거렸다.

"반년쯤 전에 전복을 따러 물 밑으로 내려갔던 어머니가 못 올라왔소."

"저런⋯."

"원래도 오락가락했는데 그 사고 이후 정신 줄을 완전히 놓은 것 같아요. 그러니까 신경 쓰지 마시구려."

"아비는 없습니까?"

박시혁의 질문에 고양선이 씁쓸한 표정을 지었다.

"당신처럼 유배를 온 육지 사람이었소. 유배가 풀렸다는 소식을 듣자마자 바로 다음 날 배를 타러 떠났지요."

차마 대답하지 못했던 박시혁에게 고양선이 연거푸 말했다.

"저녁 먹어야 하니까 어서 건너오시구려."

헛기침과 함께 돌아선 고양선의 뒷모습을 멍하게 바라보던 박시혁은 허둥지둥 자리에서 일어났다. 양옆으로 넓은 한양집의 대청과는 달리, 제주도집의 대청은 안쪽으로 깊숙했다. 지붕도 낮아 어두컴컴해서 겨우 사람을 알아볼 정도였다. 대청 한쪽 끝은 부엌이랑 연결되어 있었다. 한양의 부엌과는 또 다르게 아궁이가 바깥쪽 벽에 붙어 있었다. 크고 작은 여러 개의 솥이 따로 걸려 있었다.

보리가 섞인 밥에 바다에서 뜯어온 것 같은 해초, 그리고 고양선이 딴 버섯이 반찬으로 나왔다. 두 사람이 앉은 밥상 끝에 부인의 수저가 놓여 있는 걸 본 박시혁은 여자와 겸상을 한다는 것에 대한 거부감이 살짝 들었지만 차마 입 밖으로는 내지 못했다. 빈자리에 앉아 수저를 드는데 멀리 우뚝 솟은 성산일출봉이 보였다. 유배를 온 선비가 집에 돌아가겠다면서 바다로 뛰어내린 곳이라는 얘기를 떠올린 박시혁은 고개를 돌렸다.

박시혁의 유배 생활은 더 없이 무료했다. 그를 감시하는 보수주인 고양선은 아침 일찍 나가서 해가 떨어진 다음에야 들어올 정도로 바빴고, 해녀인 부인 역시 제주 사투리로 텃밭을 뜻하는 우영을 가꾸거나 산에 나물을 캐고, 장작 대신 쓰는 소와 말의 똥을 모으러 다녔다. 그렇게 모아온 소와 말의 똥에 고시락이라고 부르는 보리 이삭 찌꺼기와 짚을 섞었다. 그런 모습을 보고 있기 민망해진 박시혁은 산책이라도 나갈까 했지만 팽나무와 돌담들로 가득한 마을은 거기가 거기 같아서 멀리 나가면 길을 잃기 쉬울 것 같았다. 거기다 낯설다는 느낌을 넘어선 섬뜩함을 느꼈다. 가시처럼 생긴 앙상한 가지를 사방으로 뻗은 팽나무가 갑자기 스르륵 움직여서 옭아매거나, 갑자기 밀어닥치는 안개 속에서 거대한 괴물이 튀어나와 그를 집어서 씹어 먹을지 모른다는 공포에 사로잡혔다.

"명색이 선비인데 이러면 안 되지."

스스로를 다독거린 그는 수산진성이나 성산일출봉을 보고 방향을 잡아갔다. 그렇게 조금씩 멀리 나가면서 시간을 보내던 박시혁은 어느 날, 방심하다가 길을 잃고 말았다. 수산진성을 보면서 아무리 걸어가도 보수주인 고양선의 집이 나오지 않은 것이다. 돌담에 둘러싸인 집들이 다 비슷비슷한 데다가 물어볼 만한 사람도 없었던 탓에 박시혁은 넋을 잃고 말았다.

"거참, 난감한 일이로군."

간혹 보이는 마을 사람들에게 말을 건네 보려고 했다. 하지만 마을 사람들은 알 수 없는 말을 내뱉으면서 돌아서버렸다. 송장 바라보듯 기분 나쁜 시선으로 바라보면서 말이다. 난감해진 박시혁이 발을 동동 구르는데 갈옷으로 된 짧은 치마저고리를 입고 등에 항아리를 맨 은화가 나타났다. 가까이하지 말라는 고양선의 말이 떠올랐지만 상황이 상황인지라 아는 척을 했다.

"무슨 일로 나온 거에요?"

은화가 물었다.

"사, 사실은 산책을 나왔다가 길을 잃었어."

그 얘기를 듣고 은화는 배를 잡고 웃었다.

"따라오세요."

싸늘한 바람이 불자 박시혁은 두 손을 도포의 겨드랑이 사이에 끼워 넣었다. 그러다가 은화가 든 짐이 항아리인 것을 알아차렸다.

"뭘 담아오는 거지?"

"물이요. 이걸 물허벅이라고 불러요. 여긴 물이 귀한 편이라 가장 먼저 하는 게 물을 퍼 오는 거지요. 그래서 물이 안 흘러 나가게 주둥이가 작잖아요."

"그렇군."

"지닐 만해요?"

박시혁이 대답 대신 고개를 끄덕거리자 은화가 한쪽 눈을 찡그린 채 바라봤다.

"다행이네요. 육지에서 오면 적응 못 하고 미치는 사람이 한둘이 아니거든요."

"낯선 곳이니 그럴 만도 하지."

은화를 따라 걷자 수산진이 코앞에 보일 정도로 가까이 다가왔다. 진성의 성벽 위에는 창을 든 군사가 주변을 살펴보는 중이었고, 그 아래에는 말 두 마리가 한가롭게 풀을 뜯었다. 갑자기 걸음을 멈춘 은화가 수산진의 성벽을 물끄러미 바라봤다.

"저기서 울음소리가 나는 거 알아요?"

유배 온 처지인 자신을 놀리는 것인지 아닌지 알 수 없던 박시혁은 걸음을 멈추고 수산진의 성벽을 바라봤다. 거무튀튀하고 구멍이 숭숭 뚫려 있는 제주도의 돌은 가만히 보고 있노라면 속이 울렁거렸다. 그 구멍에서 뭔가가 튀어나올지도 몰랐다. 하다못해 돌까지 살던 곳과 다르다는 사실은 박시혁을 더 지치고 힘들게 만들었다. 수산진의 성벽을 바라보던 박시혁은 숭숭 뚫려 있는 구멍으로 빨려 들어갈 것 같은 어지러움과 메스꺼움을 느꼈다. 은화의 말대로 살려달라는 말은 들리지 않았지만 휘파람 같은 바람 소리가 들렸다. 들을수록 마음이 무거워지고 소름이 돋아서 애써 고개를 돌렸다. 물허벅을 짊어진 채 자신을 바라보는 은화가 보였다. 박시혁은 은화가 자신을 비웃는 것 같아서 화가 났다.

"어찌 성벽에서 울음소리가 난다는 말이냐?"

"저 안에 사람이 있거든요."

은화의 대답을 들은 박시혁은 지긋지긋하다는 표정을 지었다.

"아니, 아무리 괴이한 풍습이 남아 있다고 해도 어찌 성벽 안에 사람이 있다는 말이냐! 선비를 욕되게 하면 천벌을 받을 것이야!"

"진짜라니까요."

헤벌쭉 웃는 은화의 모습에 박시혁은 기가 빨리는 것 같았다. 주먹을 쥔 채 화를 참는 박시혁에게 은화가 말했다.

"집은 이쪽이에요."

그 얘기를 들은 박시혁은 이곳이 한양에서 수천 리 떨어지고 바다로 가로막힌 제주도라는 사실과 자신이 유배 온 죄인이라는 신분을 깨달았다. 누군가의 도움이 없으면 집을 찾을 수조차 없는 어처구니없는 신세였다. 한숨을 쉰 박시혁은 걸음을 멈추고 고개를 돌렸다. 평상시라면 거들떠도 보지 않을 천한 여인의 말장난에 휘둘리는 상황에 가슴 속이 부글거렸지만 참아야 했다. 박시혁이 바라보자 은화는 까르르 웃으며 앞장섰다. 몇 걸음 걷던 박시혁은 고개를 돌려서 수산진을 바라봤다. 성벽에서 계속 바람 소리와 찌그러진 목소리 같은 괴성이 들려왔다. 수산진 성벽은 꼭 죽음을 가두는 비석처럼 보였다. 벽을 따라 뻗은 오래된 칡넝쿨은 마치 죽음을 옭아맨 그물 같았다. 온갖 불길한 상상에 식은땀을 흘린 박시혁은 멀어져가는 은화를 부리나케 따라가며 중얼거렸다.

"여긴 정말 알 수 없는 곳이로군. 마치 무덤 속 같아."

은화가 데리고 간 곳은 고양선이 아닌 그 자신의 집이었다. 낮기는 하지만 큼지막한 고양선의 집과는 달리 은화가 사는 집은 세 칸 정도밖에 안 되었다. 정낭을 지나 대청에 물허벅을 내려놓은 은화가 두 다리를 쭉 뻗었다. 박시혁은 말없이 약간 떨어진 곳에 앉았다. 무심코 치마 아래로 드러난 다리를 지켜보던 박시혁은 은화의 시선이 느껴지자 고개를 돌린 채 헛기침을 했다. 그런 박시혁을 재미있다는 표정으로 지켜보던 은화가 말했다.

"육지 얘기 좀 들려주세요."

"무엇이 궁금한 것이냐?"

"궁궐 앞에 있는 종로에 그렇게 사람들이 많이 다니나요?"

"그럼, 사람들이 구름처럼 몰려서 운종가라고 불린단다. 관리들과 상인, 그리고 물건들을 사는 사람들로 늘 북적거리지."

"어떻게 그렇게 사람들이 많은 거죠?"

엉뚱한 질문에 겨우 웃음을 참은 박시혁이 대답했다.

"땅이 넓고 도성이니까."

그 밖에도 한양에 관해서 이런저런 것을 묻던 은화가 마루에 비스듬하게 누웠다. 제주도의 여자들이 아름답다고 한 김유양의 말대로 은화의 외모는 거친 일을 하며 사는 것과는 달리 관기들만큼이나 예뻤다. 장난을 치는 건지 아닌지 모르지만 자신에게 스스럼없이 말을 붙이는 것도 은화가 유일했다. 복잡한 생각에 박시혁이 하늘을 올려다보면서 한숨을 쉬었다. 섣부르게 뜬 달이 성산일출봉에 걸린 게 보였다. 그걸 본 박시혁이 저도 모르게 웃었다. 은화가 왜 웃냐고 물었다.

"나를 이곳으로 끌고 온 금부도사가 그러더구나. 이 섬에서는 낮에 달이 뜨고 밤에 해를 볼 수 있다고 말이다."

"육지 사람들은 이곳이 괴이하다고 했어요. 아버지도요."

"그럴 만도 해."

은화가 벌떡 일어나더니 마루 앞에 차양처럼 걸쳐놓은 풍채를 닫아버렸다. 싸리를 엮어서 만든 풍채는 마루를 완전히 가려버릴 정도로 커서 하늘이 보이지 않았다.

"무슨 짓이냐?"

바짝 달라붙은 은화가 박시혁의 손을 잡았다.

"엄마는 육지 사람이 오면 꼭 아버지 소식을 물어보라고 했어요. 혹시 우리 아버지를 아시나요?"

"함자가 어떻게 되는가?"

이름을 얘기해주려는 듯 귓가에 입술을 갖다댄 은화가 갑자기 귓불을 살짝 깨물었다. 온몸에 찌릿해진 박시혁이 뿌리치고 일어나려고 했지만 은화가 손을 놓지 않았다.

"이곳은 괴이한 곳이랍니다."

"알고 있네."

벌건 대낮에 여자가 남자에게 추근대는 곳이 정상일 리 없다는 생각은 은화의 미끈한 혀가 목덜미에 닿으면서 사라졌다. 배시시 웃는 은화가 저고리의 끈을 풀었다.

"엄마가 그랬어요. 육지에서 온 사람에게서는 섬 냄새가 나지 않는다고요."

"섬 냄새라니?"

"어떤 냄새인지 궁금해요?"

박시혁이 미처 대답하기 전에 일어난 은화는 마치 뱀이 허물을 탈피하는 것처럼 끈을 푼 치마저고리를 벗었다. 그 안에 입은 단속곳까지 벗어서 알몸이 된 은화가 방으로 들었다. 주저하던 박시혁은 홀리기라도 한 것처럼 갓끈을 풀고 갑실신을 벗었다. 그리고 어두운 방으로 다가갔다. 안에서 은화가 어서 들어오라는 듯 까르르 웃었다.

은화와 몸을 섞고 난 이후 박시혁은 유배생활에 좀 더 적응해나갔다. 보수주인 고양선에게 부탁해서 글을 배울 만한 아이들을 모아 가르치기 시작했고, 그가 유배를 왔다는 소식을 들은 인근 마을의 선비가 교유를 위해 찾아왔다. 책과 학문에 대한 얘기를 마음껏 할 수 있다는 사실, 그리고 스스럼없이 도와주는 은화 덕분에 자신감을 찾았던 것이다. 글을 배운 아이들이 가져온 계란을 비롯한 갖가지 먹거리가 늘면서 밥을 먹을 때마다 눈치를 주던 고양선의 부인도 어느 순간부터 고개를 숙이며 선비님이라고 불렀다.

점고를 할 날짜가 되자 박시혁은 수산진으로 향했다. 박시혁이 다가오자 초가로 된 옹성 안쪽의 문루에 서 있던 군사가 문을 열라고 외쳤다. 반쯤 열린 성문으로 들어간 박시혁은 곧장 동헌 역할을 하는 객사로 향했다. 원래는 가운데를 가로질러 갔는데 점고 중인지 말과 말테우리들이 뒤섞여 있었다. 결국 박시혁은 성벽을 따라 객사로 나아갔다. 그때 성벽 쪽에서 이상한 소리가 들렸다. 물이 부글거리며 끓는 소리 같기도 하고, 아기가 옹알대는 소리와도 닮았다.

"무슨 소리지?"

걸음을 멈춘 박시혁은 군사가 내는 소리일까 싶어 성벽 위쪽을 바라봤다. 군사는 돌하르방처럼 꼼짝도 하지 않고 있었다. 하지만 귓가에는 계속 거슬리는 소리가 들려왔다.

"설마!"

은화가 얘기한 사람의 울음소리일지 모른다는 생각에 온몸에 가시가 돋는 기분이었다. 애써 잊고 지내려 했던 불길함이 땅구멍으로 기어 나왔다. 소리가 나는 곳을 찾아보려고 하다가 포기한 박시혁은 객사로 향했다. 세 칸 정도 되는 작은 객사의 좁은 마루에 앉아 있던 조방장은 문서를 들여다보고 있었다.

박시혁이 다가오는 소리에 고개를 든 조방장이 물었다.

"별일은 없으시오?"

"아이들과 인근 마을의 선비들에게 글을 가르쳐주고 있습니다."

"그 정도야 큰 문제는 없으니 알아서 하시오."

"한양에 있는 집에 서찰을 보내고 싶습니다만."

박시혁의 얘기를 들은 조방장이 잠시 생각하다가 고개를 끄덕거렸다.

"다음에 점고를 올 때 가지고 오시오. 제주목으로 보내는 공문 편에 같이 보내겠소이다."

"감사합니다."

얘기를 마치고 돌아서려던 박시혁이 문득 조방장에게 물었다.

"아까 오다가 이상한 소리를 들었습니다."

문서를 들여다보던 조방장이 고개를 들고 물었다.

"어디서 말이오?"

박시혁은 객사 옆의 성벽을 조심스럽게 가리켰다. 그러자 조방장이 굳은 표정을 지었다.

"쓸데없는 소리 하지 말고 썩 물러가거라!"

조방장의 격한 반응에 박시혁은 짜증이 났지만 유배를 온 아쉬운 처지일 뿐이었다. 미안하다는 말을 남긴 박시혁은 서둘러 수산진을 나왔다. 옹성 밖으로 나온 박시혁은 잠시 주저하다가 마을 쪽으로 가는 대신 성벽을 따라 걸었다. 한 손으로 성벽을 짚은 채 걷던 박시혁은 걸음을 멈췄다. 이상한 소리가 다시 들렸다. 온 신경을 집중한 채 소리를 듣던 박시혁이 어느 순간, 무슨 뜻인지 알아들었다.

"살려줘. 답답해."

놀란 박시혁은 그 자리에 주저앉고 말았다.

"자, 잘못 들었나?"

후들거리는 다리를 겨우 움직여 몸을 일으킨 박시혁은 조심스럽게 성벽에 귀를 갖다댔다. 소리가 작아서 신경을 곤두세운 채 귀를 기울여야 했다.

성벽에서 살려달라는 목소리가 흘러나왔다.

힘이 빠진 박시혁은 그대로 주저앉았다. 절규와 같은 울부짖음이 희미하게 성벽 속에서 메아리쳤다.

겨우 기운을 내 몸을 일으킨 박시혁은 은화의 집을 찾았다. 은화가 성벽에서 울음소리가 들린다는 얘기를 했던 게 떠올랐다. 몸에 열이 나고 발걸음이 무거웠다. 선비가 괴이한 일에 질 수 없다며 마음을 굳게 먹었다. 텃밭을 매고 있던 은화는 박시혁이 들어서자 하던 일을 멈추고 일어났다.

"소리가 들렸어."

"무슨 소리요?"

은화의 물음에 박시혁은 대답 대신 고개를 돌려서 수산 진을 바라봤다. 박시혁의 시선을 마주한 은화가 작게 한숨을 쉬며 마루에 걸터앉았다.

"이상한 소리가 들렸어. 가까이 가서 들어보니까 마치…."

마른침을 삼킨 박시혁이 덧붙였다.

"살려달라는 얘기 같았어."

"당신도 들으셨군요."

"어떻게 이런 일이 일어난 거지?"

박시혁이 떨리는 목소리로 묻자 은화가 긴 한숨을 쉬었다.

"직접 얘기를 듣는 게 좋을 거예요."

"그게 무슨 소리야?"

"따라오세요."

박시혁은 정낭 밖으로 나간 은화를 따라나섰다. 밖으로 나온 은화는 수산진에서 제법 멀리 떨어진 오름 자락으로 그를 데리고 갔다. 산담이라고 부르는 돌담장에 둘러싸인 무덤이 있었고, 추위에 얼어붙은 것처럼 우두커니 선 말들이 보였다. 오름 중간에는 은화의 집보다 더 작은 초가집이 세워졌다. 아주 작은 마루가 있는 두 칸짜리 작은 초가는 당장이라도 쓰러질 것처럼 허름했다. 문짝도 없어서 거적을 걸쳐놓았다. 돌로 쌓은 담장도 많이 허물어졌고, 이끼와 넝쿨로 지저분했다.

마당으로 들어선 은화가 사투리를 외쳤다. 잠시 후 거적을 들추고 아주 나이가 많은 노인이 모습을 드러냈다. 머리는 상투도 틀지 못할 정도로 빠져 있었고, 입은 움푹 들어가 성치 못했다. 몸은 가시처럼 앙상했는데 힘이 없어서 걸어 나오지 못하고, 마루까지 기어나왔다. 노인은 박시혁을 힐끔 바라본 뒤 제주 사투리로 은화에게 말을 건넸다. 노인과 얘기를 나누던 은화가 고개를 들었다.

"예전에 수산진성을 쌓을 때 일하신 분이에요."

"뭐라고? 그게 얼마 전인데?"

"거의 80년 전."

은화의 대답을 듣고 놀란 박시혁은 눈을 껌뻑거리는 노인을 바라봤다.

"나이가 많아 보이기는 하지만⋯."

"우리 섬은 겨울에도 따뜻하고, 노인성을 볼 수 있어서 장수하는 사람들이 많아요."

"노인성이 여기서 잘 보인다고?"

대답 대신 고개를 끄덕거린 은화가 노인을 바라봤다. 한숨을 쉰 노인이 한참을 떠들었는데 이번에도 제주 사투리라 전혀 알아들을 수 없었다. 고개를 끄덕거린 은화가 말을 옮겼다.

"한여름에 성을 쌓았는데 너무 힘들었대요."

"왜?"

"애써 쌓은 성벽이 자꾸 무너져서요. 그럴 때마다 다시 쌓느라 끌려온 사람들은 가을이 지나 겨울이 될 때까지 집에 돌아가지 못했다고 해요."

"안타까운 일이군."

"그래서 견디다 못한 일꾼들이 점을 잘 친다는 스님에게 성을 제대로 쌓을 수 있는 방법이 있는지 물어봤대요."

무지몽매하게 중에게 점을 처달라고 했다는 말에 박시혁은 저도 모르게 얼굴을 찡그렸다. 박시혁을 물끄러미 바라보던 은화가 말을 이어갔다.

"점을 친 스님이 제물이 필요하다고 했대요."

"제물?"

"네, 원숭이띠의 어린 여자아이를 산 채로 묻으면 성벽을 제대로 쌓을 수 있다고 말이죠."

"뭐라고! 설마 진짜로 묻은 건 아니겠지?"

놀란 박시혁이 저도 모르게 소리쳤다. 노인은 담담한 표정으로 말을 이어갔다. 은화의 표정에서 답을 읽어낸 박시혁이 분개했다.

"아니, 아무리 일이 힘들고 어렵다고 해도 산 사람을 제물로 삼는다는 말인가!"

"그만큼 일이 힘들고 어려웠다고 하셨어요. 가장이 요역을 나오면 나머지 가족들이 일을 해서 생계를 꾸려야 하는 건 물론이고, 요역을 나온 가장까지 돌봐야 하니까요."

"아무리 그렇다고 해도…."

"여긴 섬이에요. 농사도 제대로 못 짓고, 폭풍이 치면 물고기도 잡을 수 없어요. 거기다 조정에서는 이것저것 바치라고 해서 사람들은 허리도 제대로 못 펴고 일을 해야만 해요."

차가운 은화의 말에 조정의 관리였던 박시혁은 지지 않고 목소리를 높였다.

"육지에서는 그런 일이 있다고 산 사람을 제물로 바치지는 않아!"

그러자 은화가 노인에게 들었던 얘기를 마저 털어놨다.

"실제로 묻었는지는 모르겠다고 하셨어요."

"왜?"

박시혁의 물음에 은화가 할아버지를 바라보며 대답했다.

"할아버지처럼 반대하는 사람들이 많아서요. 그런데."

옷고름을 만지작거리며 은화가 덧붙였다.

"폭풍우가 치던 밤에 일꾼들 몇 명이 밖으로 나갔고, 여자아이의 울음소리가 들렸다고 했어요. 그날 이후 돌이 잘 쌓여서 성벽을 완성했다고 하더라고요."

"그럼?"

박시혁의 물음에 은화가 고개를 끄덕였다.

"할아버지 말로는 제주도 땅속 깊은 곳에 사는 신에게 시집을 보낸 것이라고 했어요."

"땅속의 신에게?"

"아주 무섭고, 잔인해서 설문대할망으로부터 지상으로 올라오지 못하는 형벌을 받았어요. 그래서 땅을 흔들리게 하고 해일을 일으켜서 사람들을 괴롭히죠. 신을 달래기 위해서는 처녀를 시집보내야만 해요."

"땅속에 산 채로 묻어서?"

은화는 이번에도 대답 대신 고개를 끄덕이기만 했다. 그리고 바닥에 떨어진 나뭇가지를 집어 마당에 무언가를 그렸다. 사람의 형체에 머리에는 팽나무 가지 같은 뿔이 뻗어나가는 그림이었다. 얼굴은 수산진의 성벽처럼 구멍이 숭숭 뚫린 채였다.

"이게 땅 속에 사는 신인가?"

"할머니가 그려준 그림이에요. 실제로 어떻게 생겼는지 본 사람은 없어요."

은화의 얘기를 들은 박시혁은 그림을 뚫어지게 바라봤다. 깊은 땅속에서 흉폭하고 거대한 신이 땅을 마구 흔들고 날뛰는 모습이 상상되었다. 제주도 땅속에 거대한 신이 산다면 섬에 사는 사람들은 그저 작은 벌레 같은 존재에 불과

할 거라는 역겹고 불길한 생각이 들었다.

"마치 우리가 개미 새끼 같군."

불안함을 이기지 못한 박시혁의 중얼거림에 은화가 대답하듯 말했다.

"그렇게 수산진이 완성된 후에 여자아이의 울음소리가 들렸다고 해요."

"내가 들었던?"

"네, 밤새 울음소리가 들렸던 적도 있어서 결국 할망당을 세웠어요."

"할망당?"

"여기서는 신을 할망이라고 불러요. 그 이후에는 울음소리가 많이 잦아들었다고 해요."

은화의 얘기를 들은 박시혁은 폭발해버리고 말았다. 성리학을 배우고, 과거에 합격한 빛나는 과거가 너무나 초라하게 느껴졌기 때문이다. 자존감이 허물어진 그는 벌떡 일어났다.

"아무리 무지몽매하고 배우지 못했다고 해도 어찌 사람을 산 채로 매장해버리는 짓거리를 한다는 말인가! 내가 유배가 풀리고 조정에 복권하면 반드시 이 섬에 다시 와서 잘못된 풍습들을 뿌리 뽑을 것이다."

"여긴 섬이에요. 태풍이 몰아치고 흉년이 들면 굶주림이 일상이 되죠. 여기서 당신이 말하는 학문은 아무짝에도 쓸모가 없어요. 말끝마다 그걸 들먹이는 사람들을 포함해서 말이죠."

비웃는 것 같은 은화의 말에 박시혁은 분노를 느꼈다.

"먹고 사는 것이 전부라면 사람이 짐승과 다를 게 뭐가 있겠는가? 무지몽매한 것도 모자라 잘못한 것도 모르다니, 어처구니가 없군."

"그래서 할망당을 세우고 제사를 지내요."

"제사를 지낸다고?"

"네, 땅속의 신은 변덕스럽고 화를 잘 내서 제물을 바쳐서 달래야 하거든요."

"산 사람을 제물로 바치는 것도 모자라서 말이냐?"

"실제로 바쳤는지 안 바쳤는지는 몰라요."

은화의 말에 박시혁은 고개를 절레절레 내저으며 그 집을 빠져나왔다. 한걸음에 고양선의 집에 도착한 그는 정낭을 지나 마당으로 들어섰다. 통시에 있는 돼지들을 살피던 고양선의 부인이 아는 척을 했지만 박시혁은 곧장 방으로 들어가서 문을 닫아버렸다. 그러고는 바닥에 누워 끓어오르는 분을 삭였다.

"조정에서 정암 선생을 내쫓고 간신들을 등용하니, 제주도에 왕화와 성리학의 도가 미치지 못하는구나. 이 일을 어찌할꼬?"

그러자 잘못된 일을 바로잡아야 한다는 생각이 들었다.

"그게 어쩌면 내가 이곳에 온 이유일지 모르겠구나."

해야 할 일이 생기자 박시혁은 기운을 낼 수 있었다.

"일단 조방장에게 고해서 할망당을 없애고, 인근 주민들에게 잘못된 점을 알려줘서 깨우치게 해야겠군."

자신의 사명을 되뇌인 박시혁은 문득 잠이 들었다. 팔을 베개 삼아 청한 잠 속에서 박시혁은 꿈을 꾸었다. 스님이 길을 걷다가 어느 집에 들어가자 굶주림과 병에 지친 여인이 텃밭에서 일하는 자신의 딸을 가리켰다. 딸은 아무것도 모르는 표정으로 스님의 손을 잡고 어디론가 향했다. 그곳은 공사가 한창인 수산진이었다. 파리한 얼굴로 돌을 쌓던 일꾼들이 스님이 데려온 여자아이를 복잡한 눈길로 바라봤다. 그날 밤, 횃불을 든 일꾼들이 둘러싼 가운데 여자아이는 작은 나무로 만든 새를 품은 채 돌 틈에 누웠다. 이를 지켜보던 일꾼들이 달려들어 여자아이가 누운 곳 위로 돌을 쌓았다. 그러자 삽시간에 수산진이 완성되었다. 일꾼들은 기쁜 표정으로 집으로 돌아가는데 그중 한명이 돌아봤다. 그리고 동료들에게 물었다.

"들려?"

"뭐가?"

지친 표정의 동료가 돌아보자 눈이 퀭해진 일꾼이 대답했다.

"울음소리."

잠시 귀를 기울인 동료가 고개를 저었다.

"그냥 바람 소리일 거야."

"그렇겠지."

주저하던 일꾼의 대답에 동료가 고개를 숙인 채 대답했다.

"아마 평생 들릴 거야. 그러니까 바람 소리라고 생각하게. 안 그러면 못 살지."

여자아이가 묻힌 수산진을 바라보며 일꾼들은 한숨을 쉬었다.

"못 살고말고."

꿈의 끝자락에 다다르자 은화가 나비처럼 방 안으로 날아들었다. 누워 있는 박시혁의 몸에 코를 대고 킁킁거리던 은화가 까르르 웃는 소리가 환청처럼 들렸다. 그 웃음소리를 듣던 박시혁은 땅속으로 빨려 들어갔다. 소용돌이에 휘말리듯 검고 어두운 땅에 집어삼켜진 박시혁은 땅속의 신을 만났다. 온몸이 붉고 머리가 엄청나게 큰 땅속의 신은 털이 잔뜩 달린 두 발을 번갈아가며 땅에 내디뎠다. 그때마다 엄청난 진동이 느껴졌다. 신의 뒤로는 엄청나게 넓은 공간이 펼쳐졌는데, 그곳에는 제물로 바쳐진 인간들이 열매처럼 매달려 있었다. 그 광활함에 질린 박시혁은 체통도 잃은 채 훌쩍거리며 울었다. 그리고 까무룩 잠에서 깨어났다.

옷도 제대로 입지 않고 밖으로 나온 박시혁은 비틀거리며 수산진으로 향했다.

"동쪽이라고 했지."

수산진을 빙 돌아서 동쪽 성벽에 도착한 박시혁은 여자아이가 묻혀 있을 만한 곳을 찾기 위해 이리저리 살폈다. 성벽 위에 있던 군사가 무슨 일이냐고 외쳤지만 박시혁은 들은 척도 하지 않고 중얼거렸다.

"어딜까? 어디에 묻혔을까?"

잠시 후, 보고를 받았는지 조방장이 직접 나와서 박시혁에게 다가왔다.

"지금 뭘 하고 있는 건가?"

허리를 편 박시혁이 퀭한 눈으로 조방장에게 얘기했다.

"이곳에 여자아이가 산 채로 묻혔다고 들었소이다. 조방장은 그 사실을 아시오?"

흠칫한 조방장이 헛기침과 함께 대답했다.

"그런 전설이 있다는 건 알고 있소이다."

"전설이 아니라 사실이외다. 어명으로 쌓은 성에 어찌 산 사람을 묻어버릴 수 있소. 거기다 할망당인지 사당인지 알 수 없는 것을 세웠다고 하더이다. 이게 무슨 해괴망측한 일이란 말이오. 조방장! 대답을 해보시오."

박시혁의 외침에 조방장이 얼굴을 찡그렸다.

"유배를 온 죄인 주제에 감히 조정의 관리를 겁박하는 것이냐?"

"겁박이 아니라 묻는 거요! 관리라면 마땅히 이런 일의
진상을 캐내서 잘못된 것을 바로잡아야 하는 것이 아니
요!"

박시혁이 목소리를 높이자 조방장이 콧방귀를 뀌었다.

"뭐라고! 이자를 끌고 가라! 몇 대 맞아야 정신을 차리겠
구나!"

조방장의 말이 떨어지기가 무섭게 군사들이 달려와서 박
시혁을 붙잡았다.

"이거 놔라! 내 마땅히 조정에 알려서 이런 악습을 없애
고 말 것이다!"

고래고래 소리를 지르던 박시혁은 군기고 앞으로 끌려가
서 곤장을 맞고, 점고를 받을 때 외에는 얼씬거리지 말라
는 조방장의 엄명을 들은 뒤 쫓겨났다. 보수주인 고양선이
수산진 밖으로 쫓겨난 그를 기다리고 있었다. 그의 부축을
받으며 집으로 가던 박시혁은 수산진을 돌아보며 중얼거
렸다.

"찾아야 해. 반드시 찾아서 바로잡아야지."

박시혁은 방에 가로누웠다. 고양선은 덕분에 자기도 잔소
리를 들었다면서 당분간 꼼짝하지 말라고 했다. 박시혁은
바닥에 바로 누운 뒤 고양선에게 물었다.

"수산진성을 쌓을 때 여자아이를 산 채로 묻었다는 게 사실이오?"

"말도 안 되는 헛소문이외다. 우리를 아주 야만인으로 보는 거요?"

고개를 절레절레 저은 고양선이 밖으로 나갔다. 은화와 함께 만난 노인도 여자아이를 산 채로 묻는 건 본 적이 없다고 했다. 갈피를 잡지 못한 채 누워 있던 박시혁은 인기척에 정신차렸다. 살짝 문을 열고 들어온 은화가 다가와 박시혁의 이마를 쓰다듬었다.

"여기는 섬이라고요. 당신이 할 수 없는 게 많단 말이에요."

닥치라고 말하고 싶었지만 곤장을 맞아서 기운이 없던 탓에 아무 말도 하지 못했다. 그때 몸을 기울인 은화가 귓가에 대고 속삭였다.

"수산진의 할망당에 가보세요. 거기에 가면….."

잠깐 말을 끊은 은화가 끈적거리는 한숨과 함께 말했다.

"그 여자아이를 만날 수 있을 거예요."

"수십 년 전에 죽은 아이를 어떻게?"

겨우 기운을 낸 박시혁의 물음에 은화가 가볍게 웃었다.

"제물을 바치면 여자아이에게 빙의할 수 있다는 소문이 있어요."

"그게 정말이야?"

"그렇다니까요. 할망당은 연리지 아래 있어요. 바깥에서는 잘 볼 수 없으니까 눈을 똑바로 뜨고 살펴봐야 해요."

은화는 배시시 웃고 몸을 일으켜 밖으로 나갔다. 어두운 방 안에 홀로 남겨진 박시혁이 중얼거렸다.

"확실한 증거를 찾아서 명명백백하게 밝혀내야 해. 그러면 이곳을 벗어날 수 있을 거야."

집착이 확신으로 변하는 순간, 알 수 없는 공허함이 찾아왔다.

깊은 밤, 고열과 통증에 시달리던 박시혁은 부스스 정신을 차렸다. 문을 살짝 열자 높이 뜬 보름달이 환하게 달빛을 비추고 있었다. 중간 중간 구름이 달을 가리면서 어두워지긴 했지만 길을 걷는 데는 별 문제가 없었다. 팽나무에 걸터앉은 부엉이가 인기척에 서서히 눈을 떴다. 밖으로 나온 박시혁은 가쁜 숨을 몰아쉬었다. 이제는 아무 생각도 나지 않았다. 오직 수산진을 쌓을 때 산 채로 묻혔다는 여자아이의 진실을 캐내는 게 중요했다. 비틀거리며 밖으로 나온 박시혁은 수산진으로 향했다. 휘영청 뜬 달빛 아래. 누각에서 감시하는 군사가 보였다. 그의 눈을 피해 조심스럽게 성벽 아래 달라붙었다.

박시혁은 숨 죽여 움직였다. 동쪽 성벽을 따라 한참을 걷던 박시혁은 두 개의 나무가 한데 엉겨 붙은 연리지를 발견했다. 사당이라곤 하나도 보이지 않았다. 대신 연리지 옆 성벽에 돌담장이 둘러진 게 눈에 띄었다. 검은색 돌이라 가까이 가서 보기 전까지는 눈치채지 못했다. 한 사람이 겨우 들어갈 만한 좁은 틈을 발견한 박시혁은 그곳으로 들어섰다.

안쪽 벽은 수산진의 성벽과 이어졌다. 하얀색 천이 군데군데를 드리웠다. 그 아래에는 넓적한 돌이 있었고, 위에 재물이 놓인 흔적이 보였다. 그 앞에 무릎을 꿇은 박시혁이 중얼거렸다.

"여기야. 여기 아래 묻혀 있는 게 틀림없어."

두 손으로 돌을 들어내고 맨손으로 땅을 파기 시작했다. 손끝이 순식간에 피범벅이 되었지만 박시혁은 통증도 잊은 채 땅을 파냈다. 땅속에는 크고 작은 돌들이 있었다. 손으로 하나씩 뽑아냈다.

얼마쯤 그랬을까. 박시혁은 손끝에 이물감을 느꼈다. 흙투성이 속을 헤집자 천 조각이 딸려 나왔다. 박시혁은 드디어 단서를 찾았다고 미친 사람처럼 웃어재꼈다. 그리고 낑낑거리며 돌과 흙을 퍼냈다. 마침내 굵은 나무뿌리와 맞닥뜨렸다. 돌은 힘을 주면 빼낼 수 있었지만 땅속에 뒤엉킨 나무뿌리는 그럴 수가 없었다. 뜻밖의 장애물과 마주친 박시혁은 낙담한 나머지 돌을 들어 나무뿌리를 내리찍었다.

"망할 놈의 나무뿌리 같으니, 네가 선비의 앞길을 가로막느냐?"

돌에 짓이겨진 나무뿌리에서 선혈이 흘러나왔다. 그걸 본 박시혁은 놀라서 돌을 집어던졌다. 연거푸 나타난 이상한 현상에 충격을 받은 그는 미친 듯이 웃으며 중얼거렸다.

"이, 무슨 괴이한 일인고. 정녕 이 섬에서 내가 할 수 있는 건 아무것도 없단 말인가?"

흐느껴 울다가 웃기를 반복하던 박시혁은 나무뿌리에서 흘러나온 선혈이 돌을 타고 흘러서 연리지로 흘러가는 걸 봤다. 연리지는 흘러온 피를 빨아들였다. 박시혁은 혹시나 하는 마음에 아까 던져버린 돌을 집었다. 그리고 연리지를 돌로 찍어서 껍질을 벗겼다. 연리지 안에는 돌 틈에서 찾은 천 조각이 들어 있었다. 박시혁은 돌을 내던지고 손으로 나무껍질을 우악스럽게 벗겨냈다. 그러자 반쯤 썩은 사람의 팔이 나오는 게 아닌가. 노인이 풍문으로 들었던 수산진에 산 채로 묻힌 여자아이의 팔이 분명하다고 믿은 박시혁은 터져 나오는 웃음을 주체하지 못했다.

"사실이었구나. 사실이야. 무지몽매한 것들이 진짜로 성을 쌓기 위해 사람을 산 채로 묻었구나."

성벽 아래 묻혔다고 하던 여자아이가 어떻게 연리지 안에 들어가 있는지는 중요하지 않았다. 박시혁은 이 사실을 조정에 알려 무지한 섬사람들을 처벌하고, 공을 세운 자신은 조정으로 돌아가는 것을 상상했다. 한없이 기뻐하던 그때, 연리지 안에 있던 팔이 갑자기 움직여서 박시혁을 움켜쥐었다. 박시혁은 깜짝 놀랐다.

"뭐, 뭐야!"

박시혁이 몸을 빼내려고 했지만 나무에서 나온 팔은 마치 족쇄처럼 그를 옥죄어버렸다. 박시혁은 두 다리로 버티면서 뿌리치려고 했지만 서서히 나무 안으로 끌려 들어갔다.

"안 돼!"

안간힘을 쓰던 박시혁은 나무에 닿은 자신의 몸이 나무 안으로 휩쓸려가는 걸 느꼈다. 살려달라고 외쳤지만 깊은 밤이라 그런지 아무런 인기척이 없었다. 마침내 머리까지 빨려 들어갔다.

그곳의 세상은 모든 것이 뒤집혀 있었다. 거대한 공간의 위쪽에 사람들이 나무뿌리에 한몸으로 엉켜 매달려 있었다. 그들 위로 거대한 송충이 같은 벌레가 기어 다녔다. 벌레들은 한껏 벌린 입이나 눈알이 사라진 눈구멍으로 들어가거나 빠져나왔다. 사람의 몸이 나무뿌리와 벌레에게 양분을 제공하는 역할을 하는 것 같았다. 간혹 아직 숨이 붙은 사람들이 가느다란 목소리로 살려달라고 애원했다. 나무뿌리가 뻗어 나와 박시혁을 휘감았다.

"나, 나는 한양으로 돌아가야 해!"

마지막 힘을 쥐어짜내며 박시혁은 몸부림쳤다. 평생 성리학을 배우고 익혔던 그로서는 받아들이기 힘든 상황이었다. 섬을 지배하는 신이 있고, 사람들이 그 신에 복종하면서 괴이한 현상을 그대로 받아들이고 있었다.

"어떻게 이런 세상이 있을 수 있단 말인가!"

머리가 뜯겨 나가는 것 같은 고통을 이겨내면서 고개를 들자 머리가 나무 밖으로 빠져나왔다. 미친 듯이 주변을 살펴보다가 수산진 성벽 위에 한 무리의 사람들이 서 있는 걸 봤다. 때마침 구름에서 빠져나온 달빛이 그들이 누군지 알 수 있게 해줬다.

"맙소사."

그에게 곤장을 친 조방장부터 수산진의 군사들은 물론이고, 오가다 마주친 마을 사람들이 전부 모여 있었다. 그중에서 보주주인 고양선과 은화가 나란히 서 있는 걸 본 박시혁은 비로소 깨달았다.

"내가 제물이었구나."

힘이 빠진 박시혁은 그대로 연리지 안으로 끌려 들어갔다. 나무뿌리가 온몸을 휘감는 가운데 벌레들이 스멀스멀 다가오는 게 보였다.

박시혁이 연리지 안으로 빨려 들어가는 모습을 지켜보던 고양선은 홀가분한 표정을 지었다.

"이제 당분간은 할망께서 만족하시겠네."

그러면서 은화를 돌아봤다.

"수고했다."

다음 해 봄, 수산진에 다른 유배인이 나타났다. 초췌한 표정의 그를 본 고양선과 은화는 의미심장한 눈빛을 주고받았다.

후기

지금은 초등학교가 된 수산진은 조선시대 제주도의 방어를 위해 쌓은 9진 중 하나입니다. 이 수산진에 관해서 괴이한 전설이 하나 전해져 내려옵니다. 수산진을 처음 만들 때 자꾸 무너지면서 좀처럼 공사가 끝나지 않았다는 겁니다. 그때, 지나가는 스님이 어린 여자아이를 산 채로 묻고 그 위에 돌을 쌓으면 무너지지 않을 거라고 이야기합니다. 그리고 실제로 그렇게 했더니 더 이상 무너지지 않고 무사히 쌓을 수 있었다고 합니다. 산제물을 바치는 인신공양 설화는 전 세계 어디에나 있는 얘기지만 우리나라, 특히 조선시대에는 굉장히 희귀한 일입니다. 그만큼 제주도라는 섬이 가지고 있는 특수한 상황을 보여주는 사례라고 할 수 있죠. 수산진은 무사히 축성되었지만 밤마다 희생된 여자아이의 울음소리가 들렸다고 합니다. 결국, 억울하게 죽은 아이의 원혼을 달래기 위해 신당인 할망당을 지어야 했답니다. 그게 바로 수산진 진안 할망당입니다.

그 얘기를 듣는 순간 반드시 찾아가보고 싶었고, 그곳을 배경으로 이야기를 만들어보고 싶었습니다. 푸른 바다로 둘러싸인 제주도는 아름다운 관광지로 알려져 있지만 그곳에서는 수백 년 동안 잔혹하고 괴이한 삶이 펼쳐졌습니다. 주민들에게는 지독한 삶의 굴레였고, 유배를 온 사람에게는 바다 끝 지옥 같은 곳이었으니까요. 우리가 걷는 제주도의 그 길과 바라보는 풍경 곳곳에는 오래전에 살았던 사람들의 고통과 한숨이 서려 있다는 걸 기억해주시길 바랍니다.

딱
한
번
의
삶
─────
황
모
과

∞

갑판 아래로 내려다보이는 밤바다는 검고 깊었다. 파도
는 형태를 급격하게 바꾸며 주위의 모든 것을 삼켰다. 어떤
형태로든 자신을 바꿀 수 있는 괴물 같았다. 나는 작은 방
에서 검색했던 남쪽 섬의 풍경을 떠올렸다. 손바닥 속 작은
화면에 비친 바다는 투명하고 평온했다. 그런 곳에 가고 싶
었다.

이 배에서 내리면 나는 이전에 살던 어둡고 작은 풍경 속
으로 돌아갈 것이다. 나의 전부인 한 뼘 세계로. 언제든 어
디로든 떠날 수 있다는 거짓말을 소중하게 품은 채 어디로
도 떠나지 못할 것이다. 나는 검은 파도를 직시했다. 화면
속 에메랄드색 잔잔한 풍경이 아니라 지금 눈앞의 검고 냉
혹한 심연이 현실이다. 나는 검은 괴물에게 나를 맡기기로
결심했다.

쏴아아, 바람 소리에 섞여 목소리가 들려왔다.

"사는 건 누구나 다 힘들어."

목소리에 철썩, 하며 파도 소리가 섞였다.

"제 발로 꾸역꾸역 되돌아왔으면서 누굴 탓해? 다 제 팔자야."

쯧쯧쯧, 혀를 차는 소리와 함께 무심한 비난의 목소리도 들려왔다.

"죽을힘이 있으면 그 힘으로 살아야지."

그 많은 소리 중에 내가 이해할 수 있는 이야기, 이해받을 수 있는 이야기는 하나도 없었다.

아침이 밝아 오기 전, 누가 보기 전에 끝내야 했다. 세상은 우리를 구원하지 못했다. 끝없는 고통을 견디는 동안 아무도 나와 엄마의 삶에 관심이 없었다. 깔끔한 마지막을 원했다. 구원은 영원히 없다는 사실을 나의 죽음으로 증언하리라. 죽을힘을 다해 기어이 죽으리라. 태어난 순간은 내가 정하지 못했지만 떠나는 순간은 오로지 내 결정이다. 처절한 죽음으로 나와 엄마를 구원할 것이다.

천천히 호흡을 가다듬고 나는 마지막 용기를 냈다. 꿈틀거리는 검은 물 위에 커다란 눈동자가 하나 떠오르는 것 같았다. 공중으로 몸을 던지자 검은 물이 입을 벌려 나를 삼켰다. 그 순간, 좁고 어두운 내 방에서 잠든 것처럼 편안했다.

1.

"흐윽⋯."

해변에 쓰러진 몸을 가시덤불 같은 바닷물이 매섭게 할 퀴어댔다. 눈과 코와 귀, 벌어진 입안으로 쓰디쓴 바닷물이 사정없이 파고들었다. 나는 캑캑거리며 간신히 눈을 떴다.

"이런⋯, 젠장⋯!"

세상에, 제대로 죽지도 못했다. 몸을 일으키지도 못한 상 태로 욕지기가 치밀어올랐다. 극심한 통증이 엄습했다. 상체 를 겨우 조금 일으켰다. 억지로 몸을 이끌어 한두 보폭 정 도 바닷물에서 벗어났다. 허리는 꺾였고 다리와 양어깨는 기이한 각도로 비틀려 있었다. 고개는 반쯤 돌아가 턱이 어 깨 끝에 닿았다.

"이게 무슨⋯!"

이렇게까지 몸이 부서졌으면 죽어야 정상 아닌가! 감각 이 마비되어야 하지 않나! 고통은 사라지지 않았다. 오히려 감당할 수 없는 무게가 되어 몸 안에서 격렬하게 넘실댔다. 온몸에 스며든 짜고 지독한 물이 살과 뼈를 함부로 휘저었 다. 사는 게 고난이라고? 죽지 못한 삶엔 끝없는 고통뿐이 다. 알고 싶지 않은 깨달음이었다.

'도대체⋯, 여긴 어디지?'

낯선 섬이었다. 죽어서 온 곳이라면 제발 통증이라도 멎 게 해주길! 나는 욱박지르듯 하늘을 향해 소리쳤다. 만약 죽지 못한 거라면? 이번엔 제대로 죽어야 했다. 이곳에서.

폭풍이 막 지나간 듯 하늘은 청명했고 햇살은 따사로웠다. 둘러보니 떠밀려 온 곳은 작은 섬이었다. 학교 운동장만 한 크기의 평평한 곳이었다. 숲도, 산도, 낮은 언덕조차도 보이지 않았다. 한눈에 보아도 무인도였다. 그리고 섬의 정가운데, 작은 지붕이 보였다. 시골에서 봤던 옛 사당처럼 고풍스러운 건물이었다. 그 외엔 아무것도 없었다. 시커먼 자갈과 모래뿐이었다. 육중한 파도만 박자 맞추듯 정확한 간격으로 밀려들었다. 파도가 담아 온 규칙적인 소리만이 사방에 번졌다 사라졌다. 어지러운 소음이 귓가에 잔향처럼 끈덕지게 매달렸다. 정신이 혼미해졌다.

나는 사당으로 향했다. 뱀이 앞으로 나아가듯 한참동안 엉금엉금 기었다. 쏟은 피로 점점이 긴 자취가 남았다. 몸안에 도무지 생기가 돌지 않는 것 같았다. 원하는 방향으로 나아갈 수 없었다. 배로 기는 것이 힘들어지자 몸을 조금 옆으로 기울여 옆구리로 기었다. 비정상적으로 꺾인 관절을 억지로 밀고 끌며 나아갔다. 기이한 일은, 곧 죽을 것 같은 아픔 속에서도 미약하나마 여전히 내 안에 생의 의지가 남아 있다는 사실이었다. 작은 기운이었지만 너무도 또렷했다. 죽음을 결심한 자 앞에 귀찮을 정도로 선명한 존재감을 빛냈다. 어쩔 수 없다. 미온일지언정 모든 온기가 완벽하게 사라질 때까지 나는 나아가보기로 했다.

짧게 소나기가 쏟아지더니 잠시 후 먹구름 속에서 해가 드러났다. 사당 주위에 무지개가 걸렸다. 며칠은 기어간 듯한 기분이었다. 호흡조차 제대로 가누지 못할 지경이었지만 나는 차마 죽지 못하고 사당에 도착했다. 그리고 무지개를 등지고 사당으로 들어섰다.

두 평이 채 되지 않는 작은 공간이었다. 무슨 신을 모시는 곳인지 알 수 없었다. 내부의 작은 제단이 정갈하고 단아한 풍경을 만들었다. 문은 활짝 열려 있었는데 바깥의 비바람과 뜨거운 햇빛에도 아무런 영향을 받지 않은 듯 깔끔했다. 누군가가 매일 닦고 쓴 것처럼 한없이 아늑하고 따사로워 보였다.

"계세요?"

나는 더러운 몸을 신중하게 털어내고 조심스레 문턱을 넘어 사당 안으로 들어섰다.

제단 위에는 투명하고 깨끗한 정안수와 함께 밥그릇이 놓여 있었다. 그릇 안에서는 작고 하얀 김이 모락모락 올라가고 있었다. 누군가 방금 지은 밥을 제사상에 올려놓은 것처럼 따끈한 흰 쌀밥 한 공기가.

"아…."

일말의 망설임도 거리낌도 없었다. 나는 손을 뻗어 밥공기를 두 손으로 감쌌다. 따끈한 밥 한 공기가 몹시 뜨겁게 느껴졌다. 눈물이 솟구쳤다.

"흑흑, 감사합니다…."

내게 허락된 밥인지 알 수 없었다. 하지만 밥을 먹은 게 나라는 걸 보고 비난할 사람이 있을까. 그러자 허락받은 기분이 들었다. 나는 감사한 마음으로 하얀 쌀밥을 입안에 밀어 넣었다. 더러운 손을 연신 쓱쓱 닦으며 깨끗이 밥그릇을 훑었다. 밥은 찰졌고 달콤했다. 목구멍으로 음식이 넘어가자 몸이 조금 따뜻해졌다. 밥그릇까지 씹어 삼킬 기세로 먹어치우고 나니 한숨이 터졌다. 아주 옅게 심장이 다시 고동치는 걸 느꼈다. 입안에 남은 쌀알을 천천히 목구멍으로 넘기며 나는 뻗어버렸다. 그리곤 그 자세 그대로 잠들었다.

달이 떠올랐다. 밤바다의 파도가 고요하게 숨을 죽였다. 통증이 천천히 잦아들었다.

나는 고통스러운 삶을 타인에게 설명하는 일에 질려버리고 말았다. 그래서 언제나 일반화 속에 나를 감추었다.

"사는 건 누구에게나 다 힘든 일이지요."

그러면 나를 온전히 이해할 수 없는 사람도 적당히 고개를 끄덕였다. 미화할 수 있으면 좋다. 드라마틱한 전개와 감동적인 결론이 있으면 더욱 좋다. 상대에게 적당한 동조를 불러일으킬 적절한 묘사는 중요하다. 지나치게 솔직해질 필요는 없다. 어느 순간, 상대는 정말이냐고 물을 것이고, 어떻게 그렇게 살아왔냐고 의아해할 것이다. 거짓말을 한다고 느낄지도 모른다. 말도 안 된다고 부정할 수도 있다.

그러므로 딱 적절한 수준의 연민을 불러일으키는 것이 중요하다. 당신이 조금만 손을 내밀면 가여운 내가 갑자기 고난을 극복하는 것이 좋다. 당신 덕에 내가 의연히 일어섰다고 당신이 느낄 수 있다면 더욱 좋다. 나는 당신의 연대를 칭송하고 당신은 선한 삶을 뿌듯하게 이어갈 것이다. 나는 당신에게 확신을 심어줘야 한다. 나의 고난 따위 가뿐히 극복될 수 있다고.

그러니 반드시 일반론으로 설명해야 한다.

저는 한때 불우했지만 이미 극복했습니다. 나는 당신의 관심과 선의가 필요하지만 당신이 선의를 보이지 않더라도 당신을 물어뜯을 이빨도 의지도 없습니다. 이미 세상에 항복했음을 나는 당신 앞에서 선언하겠습니다. 그러니 안심하고 저를 동정해주십시오.

나는 거울을 보며 평범해 보일 미소를 짓는다. 매일 연습했다. 무구해 보이고 아름다워 보일 미소를. 양심적인 당신을 불편하고 불안하게 만들지 않을 미소를.

제길…. 그러다 나는 당신에게 분노가 치솟고 만다. 그렇게 적당함을 유지할 수 있는 당신이 부럽다. 꿈속의 나는 당신을 높은 곳에서 밀었다. 당신은 조금 떠밀렸지만 아무런 해를 입지 않는다. 마치 번지점프를 하듯 안전하게 가상 추락을 즐길 뿐이다. 반면 나는 당신을 함부로 밀었던 바람에 제힘에 이끌려 추락하고 만다. 당신과 달리 내겐 아무런 보호 장치가 없다. 바닥에 처박혀 냉혹하고 검푸른 괴물의 먹이가 될 뿐이다.

내가 세상에 악의를 보일 때 최종적으로 그게 누구에게 더 위험한 것일지 나는 잘 알고 있다.

2.

"아무도 안 계세요!"

멀리서 누군가의 목소리가 들려 눈을 떴다. 간밤의 폭풍은 흔적도 없이 사라졌고 사당 안은 깨끗하게 정돈되어 있었다. 제단에는 따끈한 밥 한 공기가 새로 올려져 있었다. 누군가 다녀간 것일까?

나는 뻣뻣한 몸을 일으켰다. 통증은 여전했지만 제단의 밥을 먹은 덕인지 어제보단 참을 만했다. 일어설 수 있었고 조금 걸을 수 있었다. 제대로 죽을 일을 궁리하기보단 이 순간 누군가가 가까운 곳에 있다는 사실에 기뻐할 만큼 나는 고통을 잊고 있었다. 서둘러 목소리 쪽을 향해 걸어 나가며 나는 외쳤다.

"도와주세요! 여기 사람 있어요!"

구원의 손길이 찾아온 것이라 확신했다. 누군가 가까이 있다는 사실에 마냥 반가웠다. 해변에 작은 조각배가 보였고 배에 탄 사람 그림자가 보였다. 기뻐서 눈물이 날 지경이었다.

"여기예요! 감사합니다! 감사합니다! 절 구하러 와주신 거죠!"

나는 그림자를 물끄러미 바라보았다. 스무 살 정도 되었을까, 몸집이 작은 여자가 남산만 한 배를 받쳐 안고 천천히 배에서 내려섰다. 여자가 내 쪽을 향해 목청껏 소리쳤다.

"살려주세요!"

나의 구원자는 나를 구하기는커녕 자신을 구원할 수 있을지 심히 염려되는 모습이었다. 가까이 다가가자 몸이 작고 깡마른 여자는 나를 발견하고 주저앉아 울기 시작했다.

"아이고, 나 좀 살려주세요!"

"괜찮아요?"

만삭의 여자가 외쳤다.

"언니, 물 좀 주세요. 제발요! 목이 말라 죽을 것 같아요!"

"저기 사당까지 걸어갈 수 있겠어요?"

나는 여자를 부축했다. 여자가 울면서 내게 몸을 기댔다. 혼자 서 있기도 어려운 몸으로 만삭의 여자를 부축하는 건 무리였다. 채 한 걸음을 떼기도 전에 나는 휘청거렸고 여자와 함께 나뒹굴었다. 여자가 내 몸을 바라보았다. 자기 몸을 의탁하기 힘든 형국이란 걸 알아채고 여자가 거칠게 나를 뿌리쳤다. 그녀는 혼자 사당을 향해 달려갔다.

나는 어기적어기적 걸었고 여자보다 한참 늦게 사당에 도착했다. 먼저 도착한 여자는 사당의 밥을 허겁지겁 먹어치웠다. 여자는 밥을 비운 뒤 주저앉아 울기 시작했다.

"아이고, 여보! 어디로 간 거요! 여보!"

나는 여자에게 물었다.

"남편분이랑 어디서 헤어진 건가요? 배가 난파당했나요?"

"우리 남편은 뱃사람이에요. 돌아오지 않은 지 반년이 넘었어요. 그가 이어도에 갔을 거란 이야기를 듣고 찾아 나섰어요."

"이어도…."

어렴풋이 기억났다. 제주 사람들이 남쪽 바다 어딘가에 있다고 믿고 있다는 전설의 섬. 한번 간 사람은 돌아오지 못한다는 상상의 섬. 모두의 이상향이자, 이승과 저승의 중간 지점이라는 환상의 섬. 뱃일을 나갔다 실종된 남편을 찾아 나선 아내가 이어도에서 다른 여자와 행복하게 지내고 있는 남편을 발견했다는 전설도 들어본 적이 있었다.

"어제 이곳에 도착했지만 아무도 만나지 못했어요. 여기엔 아무도 없어요."

"언니가 뭘 알아요! 여기 있어요! 꼭 찾아서 돌아갈 거예요!"

여자는 나를 언니라고 부르면서도 적의를 보였다. 마치 내가 그의 남편을 숨긴 사람이라도 되는 듯 대했다.

나는 내가 누군가를 구할 처지가 못 된다는 사실이 부끄러웠다. 그녀는 도와달라고 외쳤지만, 나를 보고 의지하지 않았다. 내가 남을 도울 여유가 있는 사람이었다면 인생을 끝내려 하지도 않았을 것이다. 이 섬에 떠내려 올 일도 없었을 것이다. 그녀가 나의 무능함을 공인한 듯한 기분이 들었다. 자격지심이었지만 그녀의 차가운 태도가 나를 더욱 초라하게 만들었다.

그녀는 사당 벽에 머리를 기대어 잠시 숨을 골랐다. 그러더니 불편해 보이는 자세 그대로 잠에 빠져들고 말았다. 무방비한 모습으로 잠든 어린 임산부는 상처받은 야생 짐승처럼 가르랑거렸다. 그녀가 잠결에 큰소리로 욕지기를 해 나까지 여러 번 깨고 말았다.

다음 날 해가 뜨자 여자가 제단에 있는 밥을 혼자 먹어치웠다.

"언니, 일어났어요? 이 밥, 언니가 준비해준 거죠? 고마워요."

나는 고개를 저었다. 다행히 그녀가 어제 보였던 싸늘한 적의는 잦아들어 있었다.

허기졌고 기운이 나지 않았다. 몸의 통증은 어제보다 더했다. 아니 반복되는 바람에 점점 쌓여간다고 느끼는지도 몰랐다. 여자는 제 몫으로만 알고 밥공기를 깔끔하게 해치운 뒤, 남편을 찾겠다며 기운차게 섬을 탐험했다. 그러다 금방 지쳐버려 사당으로 돌아와 잠들었다. 나는 꼼짝할 기운도 없이 그녀를 물끄러미 바라보았고 자다 깨다 했다. 다음 날도 나는 그녀보다 늦게 일어났는데 여자는 새로 제단에 올라온 밥을 독차지했다. 내게 나눠줄 이유를 떠올리지 못하는 것 같았다. 며칠째 그녀의 독점이 이어졌다. 제대로 죽기 위해서라도 나는 기운을 차려야 했다. 나는 그녀에게 밥을 나누자고 말했다.

"그 밥은 내가 준비한 게 아니에요. 하루에 한 번 그 상 위에 놓이는 것 같은데 나랑 나눠 먹어요."

그러자 여자가 매서운 눈으로 나를 노려봤다.

"언니, 내 배 안 보여요? 나는 두 사람분이라고요. 한 그릇으로도 모자라요."

죽으려는 마당에 섬에 도착한 순서 따위를 주장할 생각은 아니었다. 하지만 한 치도 공존을 생각하지 않는 사람과 마지막 여정을 동행하려니 맥이 빠졌다. 비바람과 햇빛을 피할 수 있는 섬의 유일한 공간을 그녀 같은 사람과 나눠 쓰는 일은 괴로웠다.

주변을 둘러봤지만 아무도 없었다. 사당 바깥 외벽에 벽화가 보였다. 바깥에 오래 노출되어서인지 흙벽 일부는 떨어져 나갔고 색채는 흐렸지만 벽면 가득 그려진 벽화가 또렷했다. 그림의 뜻을 다 헤아릴 순 없었지만, 천상도 아니고 지상도 아닌 곳에 수많은 사람이 서 있었다. 그림의 한가운데에는 인자하면서도 날카로운 표정의 보살 같은 존재가 배치되어 있었다. 선녀 같기도 하고 할머니 같기도 한 존재를 나는 물끄러미 바라보았다.

사당의 밥은 도대체 어디서 오는 걸까? 밥은 예측 불가능한 시간에 나타났다. 결국 밥을 먼저 발견하는 사람이 먹었다. 우리는 뜬눈으로 아침을 기다렸다. 내게는 규칙이 있었다. 내가 밥을 먹은 다음 날에는 늦게까지 잤다. 그녀에게 기회를 주었다. 그래서 그녀도 다음 날에는 내게 기회를 넘겨주길 기다렸다. 암묵적인 약속을 만들고 싶었다. 하지만 내가 양보한 밥을 먹고 난 다음 날에도 여자는 눈을 부릅떴다. 임신한 몸으로 온종일 꾸벅꾸벅 졸면서도 항상 제단을 끌어안고 잠들었다. '네가 허락한 내 몫은 가져가겠지만 나는 절대로 내 몫을 나누지 않겠다'는 의지가 분명했다. 나는 그녀가 어리고 임신 중이고 남편을 잃었다는 사실을 떠올리며 그녀를 이해하려 애썼다. 밥을 반 공기씩 나누는 일도, 하루씩 번갈아 분배하는 일도 그녀와는 도저히 합의할 수 없었다. 쟁탈하는 길밖에 없었다. 아니면 둘 중 하나가 사라지거나, 아예 내가 전부를 포기하거나.

하루나 이틀 걸러 한 번씩 먹는 밥이었지만 사당의 제삿밥은 죽지 않을 만큼의 힘을 주었다. 나는 며칠에 한 번씩이나마 밥을 먹었고 어쨌든 죽지 않았다. 기운을 차리자 마지막 순간을 꿈꿀 수 있었다. 죽을 각오를 다지기 위해 필사적으로 여자와 밥을 두고 경쟁했다.

사당에 아예 밥이 없었다면 어땠을까? 함께 죽어가며 그녀와 나는 이야기를 주고받을 수 있었을까? 처지가 같아 동지가 될 수 있었을까? 나는 한숨을 쉬었다.

다음 날 아침, 나는 그녀보다 먼저 눈을 떴다. 제단에 정갈하게 놓인 밥을 발견했다. 서글펐다. 모든 게 허망했다.

어쩌면 그녀도 나도 이미 죽어서 이곳에 온 것은 아닐까? 겨우 밥 한 공기를 두고 영원히 긴장하며 사는 지옥에 떨어진 것은 아닐까? 그러자 쌀밥이 희망인지 절망인지 헷갈리고 말았다. 눈물이 뚝 떨어졌다.

나는 제단을 발로 차 뒤엎어버렸다. 제단 아래서 꾸벅꾸벅 졸던 여자가 놀라서 깼다. 나는 울었고 여자는 바닥에 흩어진 밥을 주워 입안에 허겁지겁 밀어 넣었다.

나는 눈물을 닦고 제단을 노려보았다.

"이걸 봐요."

배를 보이며 쓰러진 제단 상 안쪽에 이렇게 적혀 있었다.

누군가가 죽으면 남은 자가 이 섬에서 나갈 수 있다.

그제야 나는 나와 그녀가 동시에 구원받을 방법을 깨달았다. 내가 완전히 죽어야 한다고. 어중간하게 살아남아서는 안 된다고.

그녀도 구원받을 방법을 깨달은 모양이었다. 상대를 완전히 죽여야 한다고. 자신은 필사적으로 살아남을 거라고.

3.

"내가 죽으면 당신이 이 섬에서 나갈 수 있나 봐요."

복순은 반대의 경우를 떠올리며 옷깃을 여몄다. 나는 그녀에게 고백했다.

"복순 씨, 걱정하지 말아요. 난 어차피 죽으려고 했어요."

그러자 복순의 얼굴이 환해졌다. 매정하도록 환한 그 얼굴을, 행복할 복福 자를 쓸 친근한 그 이름을, 나는 지긋이 바라보았다.

"언니, 고마워요. 그런데 언니는 왜 죽으려고 했나요?"

나는 간단하게 설명했다. 사는 게 만만치 않았다고. 죽으려고 했는데 이 섬에 오게 됐다고. 긴장을 누그러뜨린 복순도 자기 이야기를 시작했다.

"언니, 저는 남편 시체를 찾아가려고 했어요. 사람들이 내가 남편을 죽였다고 했어요. 폭풍에 쓸려갔다고 말했지만 아무도 믿지 않았거든요."

달관한 그림자가 내려앉은 그녀의 앳된 얼굴을 보며 나는 조용히 고개를 끄덕였다. 사정 이야기를 자세히 들어주고 싶었다. 과장이나 미화 없이 말해도 괜찮아요. 내가 다 들어줄게요.

사당 바닥에 흩어진 밥을 주워 먹은 복순은 안정을 찾았다. 복순이 바깥을 내다보며 세상 다 산 사람처럼 탄식했다.

"언니, 여긴 어딜까요? 뱃사람이 사고를 당하면 아름다운 섬에 도착한다던데 여긴 아니겠죠? 우리 남편은 여기보다 더 따뜻하고 살기 좋은 곳으로 갔을까요?"

"텔레비전에서 봤어요. 제주 여자들이 거친 물질도 하고 온갖 집안일도 다 감당하는 동안 섬의 남자들은 무능했대요. 그래서 고달픈 섬의 여자들이 남자들 없는 이상향을 노래로 만들어 불렀대요. 그런데 어느 때부터 남자들이 행복하게 사는 섬으로 이야기가 바뀌었대요. 신세 한탄 속에서나마 이상향을 꿈꾸던 여자들의 이야기마저 뺏기고 만 거예요."

복순은 멍한 표정으로 바다만 바라보았다.

복순이 안쓰러웠다. 임신한 몸으로 죽은 남편을 찾아온 여자. 풍랑을 각오하고 배를 탔건만, 시체를 찾아 가져간들 복순이 남편을 죽이지 않았다는 게 증명될까? 숨겨두었던 시체를 가져왔다고 수군대는 소리를 듣진 않을까? 남자들이 비틀어버린 이야기 속에서 허우적거리는 복순. 다른 여자들도 동정하지 않는 불쌍한 복순.

"언니, 내가 제정신이 아닐 때가 있어요. 여기 와서 며칠 내가 이성을 잃었어요."

드디어 이 여자와 합리적인 대화를 할 수 있겠구나. 이제 우리는 밥을 나눠 먹을 수 있을 거다. 어쩌면 노 젓는 순서를 정해 배를 타고 육지까지 갈 계획을 세울 수도 있다. 나는 안도하며 사당 벽에 머리를 기댔다. 묘한 기분이었다. 마지막 힘을 다해 죽으려던 생각뿐이었는데 복순과 함께 지내며 나는 버티고 싸웠다. 밥을 두고 투쟁하다 살고 싶다는 마음이 싹튼 건지도 몰랐다. 그녀는 기묘한 방식으로 나를 살게 했는지도 몰랐다.

복순이 꿈꾸듯 말했다.

"나한테도 언니가 있었으면 좋았을 텐데."

복순은 금세 자기 말을 부정했다.

"아니, 아니, 가족 따위 아예 없는 게 좋았어."

나는 복순의 살아온 이야기를 들었다. 어디선가 많이 들었던 이야기 같았다.

"엄마가 어려서 도망간 뒤 아버지가 나를 팔았어요. 강간을 당했는데 나를 가둔 사람에게 가해자들이 돈을 주니 그게 내 직업이 되더군요. 거기서 고향 애들도 여러 번 마주쳤는데 내 신세가 어찌나 처량하던지. 어릴 때부터 내색도 못하고 좋아했던 동네 오빠를 어느 날 손님으로 받았는데, 세상에 그렇게 개차반 같은 새끼는 처음 봤네. 그날 내 안의 복순이는 완전히 죽었지요. 나만큼 지랄 맞은 팔자는 또 없을 거예요."

복순이 헛웃음을 보이다 다시 차가운 표정으로 돌아갔다.

"벗어나야 했어요. 숙식을 해결하고 빠른 기간 안에 돈을 많이 벌 수 있는 일이 필요했어요. 뭔 말인지 알죠? 처음엔 팔려 갔지만 나중엔 내 발로 갔어요. 그러다 임신을 했어요. 포주 할망구가 다 자기들 팔자라고 하더라고요. 쫓겨나게 생긴 즈음에, 가게에 손님으로 와서 매일 술만 먹고 가던 늙은 뱃사람이 나와 아기를 거둬주겠다고 했어요. 빚도 갚아준다길래 아버지보다 나이든 그 늙은이를 남편 삼았어요. 그런데 동네 사람들은 다 알고 있었어요. 늙은 남자가 아이를 만들 능력이 없다는 것을. 나를 보호할 능력이 없다는 것도. 그러자 그 동네 사람들이 모두 나를 험하게 대했어요. 남편이 뱃일 가서 못 돌아온 건지 안 돌아온 건지 저도 이젠 모르겠어요."

나는 옅게 고개를 끄덕이며 복순의 이야기를 들었다. 안타까운 사연을 들으며 주제넘게도 충고하고 싶은 마음에 사로잡혔다. 내가 항상 들어온 말 때문이었다.

"복순 씨. 세상 사람들에게 당신이 살아온 삶을 다 말할 필요는 없어요. 할 수 있는 일이 없어 몸 파는 일을 제 발로 선택했다는 이야기는 동정받을 수 없어요. 주위 사람들이 모두 당신을 험하게 대했다는 말도 하지 않는 게 좋아요. 솔직하게 말할수록 사람들은 당신을 더욱 불편해할 거예요. 이야기를 듣는 사람까지 당신의 불행을 완성시킨 가해자로 몰린 기분이 들 테니까요. 그러니 앞으론 이렇게 말하세요. 그동안 고생하면서 살았지만 앞으로는 착실히 아이 키우면서 궂은일 마다하지 않고 성실하게 살겠다고…."

말이 끝나기도 전에 복순이 소리쳤다.

"야! 네가 뭘 알아!"

복순이 이글거리는 눈빛으로 적의를 보였다. 그녀는 입에 담기 힘든 폭언을 쏟으며 당장에라도 나를 죽일 듯 날뛰었다.

"네깟 게 알기나 해? 개새끼들이 몇 명이었는지 알아?"

복순이 차가운 기색을 보였다. 적의가 살의로 바뀌어 있었다.

"넌 뭐야? 내 입을 막으려는 거야? 너, 우리 마을 사람들과 한패지? 다들 어딘가에 숨어서 지금 나 보면서 웃고 있는 거지? 복순이 뱃속 애가 누구 앤지, 태어날 아기의 코가 누구랑 닮았을지 내기하면서? 다들 나와!"

"복순 씨, 그런 게 아니에요. 미안해요. 그냥 내 경험 때문에 쓸데없는 말을 했어요."

복순은 내 사과를 받지 않았다. 그녀가 통제할 수 없을 정도로 광기를 드러냈다. 복순은 사당의 나무문을 발로 차 부러뜨려 문살을 뽑았다. 점점 무서워졌다. 그녀가 날카롭게 부서진 각목을 높이 쳐들더니 천천히 뒤를 돌아봤다. 각목 끝에는 칼끝처럼 예리하게 쪼개진 경첩이 매달려 있었다. 나는 주춤거리며 뒤로 물러서다 중심을 잃고 주저앉았다.

"네가 죽으면 나랑 우리 아기는 여기서 나갈 수 있어!"

당장에라도 죽고 싶었지만 이건 아니었다. 나는 고개를 저었다. 복순과 천천히 이야기를 나눌 수 있는 상황이었다면 이야기는 달랐을 것이다. 나를 죽이고 너라도 아기와 함께 이 섬에서 도망치라고 말하고 싶었지만, 이런 식으로 복순의 손에 마지막 순간을 맞고 싶진 않았다. 복순이 날뛰기 시작했다. 바람도 없는 사당 주변이 후들후들 떨렸다.

복순이 괴성을 지르며 닥치는 대로 주변을 부숴댔다. 나는 한발 물러섰다. 밖에선 갑자기 폭풍우가 몰아치더니 번개가 내리쳤다. 나는 사당을 빠져나와 폭풍 속으로 들어섰다. 어긋난 팔다리를 크게 휘저으며 바닷가 쪽을 향해 절뚝절뚝 걸었다. 날카로운 괴성과 함께 복순이 뛰어왔다. 그녀가 달려들었고 그녀의 각목이 공중에 떠올랐다가 빗물 고인 바닥으로 내리꽂혔다. 나는 가까스로 피했다. 그녀는 중심을 잃고 쓰러진 뒤 짐승 같은 비명을 내질렀다. 그 순간 그녀의 치마 아래로 붉은 물이 흘렀다.

"너, 양수가 터졌어!"

갑자기 엄습한 산통 때문에 그녀가 배를 잡고 꼬꾸라졌다. 그녀로부터 도망치던 나는 몸을 돌려 그녀에게 달려갔다. 겨드랑이 아래를 붙잡아 그녀를 질질 끌고 다시 사당으로 향했다. 그녀는 나 죽네, 살려줘, 라며 연신 비명을 지르면서도 각목을 손에서 놓지 않았다.

나는 그녀를 끌고 사당 안으로 들어섰다.

"널 도와주겠다는 사람을 향해 무기를 보이지 말란 말이야! 미친년아!"

나는 그녀가 꽉 쥐고 있던 각목을 발로 찼다.

방금 뒤집었던 제단은 단정하게 정돈되어 있었다. 제단 위에는 김이 모락모락 나는 쌀밥이 다시 놓여 있었다.

"내 밥! 내 밥!"

복순은 이 와중에도 밥을 원했다. 나는 쌀밥을 발로 차버렸다.

열두 시간쯤 산통이 이어졌다. 빛이 번쩍였다. 가까운 곳에 번개가 내리꽂힌 것 같았다. 그 순간, 짐승처럼 그녀가 울부짖었다. 그때 그녀의 다리 사이로 검붉은 핏덩이가 쏟아졌다. 핏덩어리는 제 어머니 몸에서 빠져나와 함부로 사당 바닥을 뒹굴었다. 나는 웃옷을 벗어 아이를 감쌌다. 탯줄을 끊고 아이의 호흡을 도와 첫울음을 터트리게 도왔다. 따듯한 물이 있으면 씻어줄 텐데. 따듯하게, 깨끗하게 해줘야 할 텐데. 엄마 젖을 물려야 할 텐데. 핏덩어리를 품에 안았다. 따듯한 울림이 품 안에서 작게 전해왔다. 죽으려던 삶이었는데 엉겁결에 새 생명의 탄생에 입회했다. 나는 서툰 산파였지만 무척 경건한 마음이 되어 아이를 축복했다. 건강하렴. 행복하게 살아가렴.

기절한 듯 누워 있는 복순을 흔들어 깨웠다. 복순이 눈을 떴다. 나는 복순의 품에 아이를 건넸다.

"딸이에요."

복순은 아이를 받아 안더니 나를 올려다보았다. 그러곤 몸을 일으켜 엉금엉금 움직였다. 그녀가 움직일 때마다 달팽이 점액처럼 검붉고 진득한 핏자국이 번졌다. 그녀는 내가 아까 발로 찼던 각목을 집어 들어 수직으로 세웠다. 그러곤 칼날처럼 예리하게 쪼개진 경첩을 내 목 아래에 단숨에 꽂아 넣었다. 그토록 원했던 마지막 순간이 완성되었다. 내 의지가 아니라 누군가의 의지로. 쿨럭, 피를 뿜었다. 그녀가 흘린 생명의 핏자국 위에 내가 흘린 죽음의 핏물이 쏟아져 섞였다. 비록 미온이었지만 몸 안에 남았던 생의 기운이 완전히 식어가는 것을 느꼈다. 나는 주위를 둘러봤다. 투명하게 그녀의 모습이 사라져갔다. 제단에 적혀 있던 말 그대로였다.

그런데 그녀의 모습이 사라진 순간, 그녀의 품 안에 있던 핏덩어리 아이가 사당 바닥으로 툭 떨어졌다.

누군가가 죽으면 남은 자가 이 섬에서 나갈 수 있다.

아…. 남은 자가 모두 떠날 수 있는 건 아닌 것 같았다. 나는 섬의 기이한 규칙을 이해했다.

파도 소리조차 들리지 않는 적막 속에서 어디선가 노랫소리가 들려왔다.

이어도 사나 이어도 사나

우리 어머니 무슨 날에 날 낳아

전생 궂게 낳아서 이 물속에…

이어도 사나 이어도 사나…

어느 누구 어느 남편 먹여 살리자고…

…이어도 사나 이어도 사나

노랫소리와 함께 점점 크게 웃음소리가 들려왔다. 나는 무겁게 감기는 눈을 부릅뜨고 섬에서 벌어지는 환영을 노려봤다. 구슬픈 노래를 배경 삼았지만 노래와는 전혀 어울리지 않게 흥겨운 연회가 벌어진 것 같았다. 사람들의 웃음소리가 섬에 울려 퍼졌다. 벽화에 그려진 모습과 똑같은 복장이었다. 축하할 일이 있는 걸까. 잔칫집처럼 모두 흥겨웠다. 사람들이 큰 솥에 하얀 쌀밥을 지어내고 있었다. 밥을 나누는 사람들의 표정이 온화했다. 사람들 한가운데, 몸집이 큰 할멈이 커다란 소매 폭을 펼친 채 서 있었다. 어린아이들이 할멈의 옷 속으로 파고들었다.

나는 잔칫집에 초대받지 못한 사람처럼 묵묵히 흥겨운 풍경을 지켜봤다. 노랫소리가 점점 더 크게 울려 퍼졌다.

점점 엷어지는 의식 속에서 아기 울음소리만 또렷했다.

그렇게 모든 것이 끝났다고 생각했다.

4.

핏덩이 아이는 그곳에서 이틀을 더 버텼다. 사당 안에서 울음소리가 점점 작아지며 생명이 사그라들고 있었다. 그즈음 작은 조각배를 타고 섬에 도착한 두 남자가 있었다. 그들은 사당으로 들어오자마자 쌀밥을 발견했다. 사당 구석에 함부로 뒹군 채 잠들어 있는 아이를 발견하기도 전이었다. 그들은 짧은 순간, 서로를 폭행했고 난도질했다. 쌀밥만 덩그러니 남긴 채 두 명의 목숨이 사그라들었다. 그 순간, 핏덩이 아이에게 섬의 법칙이 적용되었다. 누군가의 죽음을 이유로 남은 자가 섬 밖으로 빠져나갔다.

아이는 육지의 어느 병원 앞에 놓였다. 더러운 옷으로 작디작은 생의 온기를 간신히 감싼 채 지상에 갑자기 나타났다. 어미에게 버려진 짐승처럼 누군가의 손길이 전혀 닿지 않은 핏덩어리 그대로였다. 그리고 아이에게 처음으로 보호의 손길이 닿았다. 간신히. 드디어.

육지에서도 아이에게는 딱 밥 한 공기만큼의 삶의 이유가 허락됐다. 아이는 사람들의 편견 속에서 삶을 시작했다. 보호자가 없으므로 결핍 혹은 결함이 있을 것이라는 식의 편견이었다. 실제로 아이의 키와 몸집은 평균 이하였다. 유전적 이유인지 후천적 이유인지 아이도 구분할 수 없었다. 아이는 어려서부터 책을 좋아하고 공부를 즐겼지만 진학할 수 없었다. 보호 처분이 끝난 직후 곧바로 독립해야 했다.

생존이 가장 큰 문제였다. 일찌감치 일을 시작했다. 비료조차 없는 척박한 땅에서 갑자기 열매가 주렁주렁 열리는 식의 비과학적 기적은 일어나지 않았다. 노력한 시간과 보상은 비례하지 않았다. 비효율적인 인생이었다. 열심히 벌어서 모은 돈은 이상한 곳으로 샜고 누군가에게 뺏겼다. 뺏기지 않았을 땐 보육원에서 알았던 다른 아이들에게 건넸다. 늘 사람이 그리웠다. 만난 적 없는 엄마가 그리웠다.

아이는 숙식을 제공하는 일자리를 찾았다. 다른 이들이 차마 선택하지 않는 일들, 남들이 회피해야 할 이유가 있는 일들을 골라서 했다. 매 순간 필사적이었고 필사적일 수밖에 없는 아이의 사정을 아는 사람에게 번번이 이용당했다.

주위엔 늘 비슷한 사람들이 있었다. 열심히 살아왔지만 도통 운이 따르지 않는 사람들, 들인 노력과 시간이 무색할 정도로 보상받지 못하는 사람들, 그저 남들 같은 평범한 일은 항상 제 삶을 비껴가던 사람들, 자기 삶이 늘 그 모양인 이유를 죽도록 알고 싶은 사람들, 자신을 경멸하다 타인을 증오하게 된 사람들, 타인이 동정하기엔 지나치게 폭력적인 사람들, 살아갈 힘이 있다면 그 힘으로 죽고 싶단 사람들….

아이는 험한 일을 하며 거친 환경을 배회하다 그 막다른 골목에 들어섰다. 낮에도 햇빛이 들지 않는 방들이 빽빽이 늘어서 있는 곳이었다. 방 밖에 커다란 자물쇠가 걸려 있었다. 열쇠가 손에 있다 해도 달리 갈 곳이 없었다. 숙식을 해결하고 빠른 기간 안에 돈을 많이 벌 수 있는 일이라 믿을 뿐이었다.

막다른 골목 안에 머무는 사람들 속에서 아이는 어쩐지 낯익은 늙은 여자를 발견했다. 그녀는 자신이 불행했다는 이유로 타인의 불행을 동정하지 않았다. 실제 나이보다 한참 늙어 보이는 포주 할멈은 아이와 다른 여자들의 가파른 삶을 두고 다 자기들 팔자라고 말했다. 많은 사람이 자신을 함부로 대했다는 자기 과거를 말했다. 자신이 거느리고 있는 여자들에게 남자들이 나쁜 짓을 하는 것을 보고도 모른 체했다.

어느 날, 그 골목에서 화재가 발생했고 여러 사람이 죽었다. 아이는 일그러진 문틈 사이로 코를 내밀고 버티다 쓰러졌고 간신히 살아남았다. 100미터 거리에는 꽤 큰 파출소가 있었다. 성실해 보이는 파출소장이 포주 할망구를 취조했다. 그때 그녀의 이름이 김복순이라는 걸 들었다. 아이는 자기 삶이 지옥의 굴레 속에서 함부로 뒹굴고 있다는 것을 알아차렸다.

감금 때문에 피해가 더 컸다는 사실이 알려지고 사람들의 목소리가 자주 들려왔다.

"여긴 곧 철거될 겁니다. 자립 지원 센터 연락처 알지요?"

"드디어 자유로워져서 다행이야. 문을 자물쇠로 잠가뒀다지 뭐야."

"어디든 가십시오. 여기 머물지 말고."

아이는 목소리 속에서 먹먹했다. 그 많은 소리 중에 아이가 이해할 수 있는 이야기, 이해받을 수 있는 이야기는 하나도 없었다.

아이는 자기 엄마를 구할 방법을 떠올리다 제단에 쓰여 있던 말을 기억해냈다.

누군가가 죽으면 남은 자가 이 섬에서 나갈 수 있다.

복순이 먼저 떠난 직후 그 섬에서 빠져나온 사람은 자신이다. 육지도 저 하늘에서 내려다보면 커다란 섬일 것이다. 만약 여기서 자신이 죽는다면 어떻게 될까? 이 커다란 섬에 저보다 먼저 온 자가 이 지옥에서 벗어날 수 있는 것은 아닐까? 아이는 신도 동정하지 않을 것 같은 자신의 엄마를 위해, 복순의 구원을 위해 죽음을 선택하기로 했다. 아니, 자신의 지옥을 확실하게 끝내고 싶은 마음을 두고 복순을 핑계 삼은 걸지도 몰랐다. 어느 쪽이든 좋았다. 끝내야 했다.

이 잔혹한 섬에선 둘 중 하나가 사라지거나. 아니면 자신이 전부를 포기해야 했다.

아이는 배를 탔다. 영원히 구원이 없다는 사실을 죽음으로 증언하고 싶었다. 살아 있는 동안 아무도 아이와 엄마의 삶에 관심이 없었다. 태어난 순간은 정하지 못했지만 떠나는 순간은 오로지 자기 자신의 결정이다. 아이는 처절한 죽음으로 자신과 엄마를 구원할 터였다. 아이는 한 줌 남은 힘을 쥐어짜 한 번 더 갑판에 올랐다. 이번엔 제대로 죽어야 했다. 자신을 위해, 그리고 엄마를 위해. 커다란 눈동자가 하나 떠오른 검푸른 괴물의 입을 향해 투신했다. 그리고 잠시 후, 온몸이 부서진 것 같은 통증과 함께 눈을 떴다. 죽을 듯 아팠지만 죽지 않았다. 이전에 한 번 겪었던 이야기가 다시 시작되었다.

아이는 커서 내가 되었다.

나는 두 번째로 섬에서 눈을 떴다. 그리고 사당에서 홀로 흰 밥을 먹으며 고통을 삭였다. 앞으로 일어날 일을 조용히 기다렸다.

며칠 후 임산부 복순이 섬으로 들어왔다. 이전에 경험했던 일이 반복되었다. 나는 한 번 겪었던 장면들이 하나씩 하나씩 반복되는 것을 무력하게 바라보았다. 제단의 문구를 둘이 함께 확인했다.

나는 복순에게 제안했다.

"복순 씨, 적더라도 밥을 나눠 먹읍시다. 노 젓는 순서를 정해 육지까지 같이 나가요. 같이 살아남자고요."

복순은 나의 제안을 싸늘하게 외면했다. 세상 누구도 믿지 않았다. 상대를 완전히 죽이는 것만이 살아남을 유일한 방법이라고 믿었다. 기어이 혼자만 살아남겠다는 악착같은 희망이 공멸을 가져온다는 걸 이해하지 못했다. 아니, 이해하려 들지 않았다.

　두 번째에도 복순은 출산 직후 나를 살해했다. 핏덩어리 아이는 홀로 남겨진 뒤 다음으로 들어온 두 사람의 죽음 후 육지로 돌아가 성장했다. 힘겹게 거친 삶을 이어갔지만 아이는 결국 복순과 마주쳤다. 자신과 타인에게 적의를 내보이는 거친 눈빛의 늙은 복순을 만나고 아이는 좌절했다. 감금 상태로 화재를 당했다. 간신히 살아남았지만 모든 것을 끝내고 싶었다. 배에서 투신했다. 세 번째로 다시 섬에서 눈을 떴다. 다시, 임산부 복순이 섬으로 들어왔다. 제단의 문구를 둘이 함께 확인했다. 복순은 출산 직후 나를 살해했다….

　지옥의 윤회가 반복되고 있었다. 생이 반복되는 것을 깨닫자 나는 각오를 다졌다.

　'이번에는 반드시 다른 결말을 만들어내겠어!'

　내 세계를 바꿔낼 새로운 기회를 하늘이 허락했다고 여겼다. 네 번째 삶, 핏덩어리였던 나는 섬에 들어온 두 사람의 죽음 후 육지로 돌아가 성장했다. 나는 필사적으로 이전의 기억과 다른 선택을 이어갔다. 감금과 화재를 막기 위해 뛰어다녔다. 그 골목 앞 100미터 거리에 있는 파출소를 찾았다. 성실해 보이는 파출소장을 만나 설득했다. 파출소장이 복순에게서 매달 꼬박꼬박 돈을 상납받고 있다는 걸 알았을 때, 감금되었다는 것보다 더 큰 폐쇄공포를 느꼈다. 내가 간힌 곳은 작은 방 안이 아니라 이 세상이었다.

그럼에도 불구하고 나는 계속했다. 계속할 수밖에 없었다. 죽지 못하는 삶에 끝없는 고통뿐임을 깨닫고도 처음부터 다시 시작했다. 조금씩 선택을 바꿨다. 비록 미온이었지만 몸 안에 남아 있던 생의 기운을 느낄 때면 벼랑 끝인 줄 알고도 달렸다. 여러 번, 수십 번, 세는 것을 포기하고 말 정도로 반복했다.

정신을 차릴 때마다 복순이 변함없이 적의에 가득 찬 얼굴로 내 앞에 나타났다.

여섯 번째 삶에서 나는 작게 평안했다. 대체로 실패한 삶이었지만 골목 밖에서 살았다. 사랑하는 사람을 만났고 아주 조금 내 인생을 긍정했다. 여덟 번째 삶, 사랑도 잃고 삶은 실패했지만 아쉬운 순간까지 내 삶으로 받아들였다. 모든 삶은 내 삶이었다. 나는 아홉 번째 삶 이후, 육지로 돌아온 뒤엔 복순을 만나지 않으려 필사적으로 애썼다. 먼 도시에 가서 살았고 이민을 떠나기도 했다. 그런데 우연이 여러 겹 겹쳐 만들어낸 필연 속에서 반드시 복순을 만났다. 복순은 세상의 어떤 변화에도 상관없이 지독한 파멸 속에 있었다.

열두 번째 삶에서 복순을 만났을 때 나는 애원하며 말했다.

"엄마, 나야. 섬에서 나를 낳았잖아."

복순은 차가운 표정으로 말했다.

"내겐 자식이 없어."

나는 그녀의 삶에 변화를 가져다주기 위해 노력했다. 열세 번째 삶에선 돈을 주었고 열여섯 번째 삶에선 다양한 사람을 가까이 두게 했다. 그녀는 돈이 있어도 파멸했고, 없어도 파멸했다. 사람이 곁에 있어도, 없어도 그녀는 파멸했다.

스물두 번째 삶, 복순을 만났을 때 나는 절규했다.

"네가 섬에서 날 죽였잖아! 화재 났을 때 우릴 다 죽였잖아!"

복순은 더욱 차가운 표정으로 나를 외면했다.

"제 발로 꾸역꾸역 되돌아왔으면서 누굴 탓해? 다 제 팔자야."

"네가 빚어낸 저주라고!"

"나도 힘들어. 사는 건 누구나 다 힘들어."

지독하게도, 고집스럽게도, 그녀는 매번 파국 속에 머물렀다. 내가 하느님이 되어도 그녀만은 구원할 수 없을 것 같았다. 나를 세상에 태어나게 한 유일한 피붙이. 세상과 이어지게 한 끈. 늘 엄마가 그리웠던 내게 그녀 같은 사람과 이어져 있다는 사실은 절망스러웠다.

복순을 연민했고 모든 것을 끝내고 싶었다. 배에서 투신했다. 다시 섬에서 눈을 떴다. 다시, 임산부 복순이 섬으로 들어왔다. 제단의 문구를 둘이 함께 확인했다. 복순은 출산 직후 나를 살해했다….

수십 번, 수백 번 반복했지만 결말은 바뀌지 않았다.

"이게 뭐야, 도대체! 하느님, 제발!"

나는 섬에서 눈을 뜰 때마다 서럽게 울었다.

나는 영겁처럼 계속되는 삶에 지치고 말았다. 끝나지 않는 삶은 지옥이다. 모두가 이해할 수 있으리라고는 생각하지 않는다. 그래도 살아야 한다고 말하는 사람 앞에선 그저 입을 닫았다.

나는 섬에서 복순을 기다리며 사당 뒤편의 벽화를 들여다보았다. 다른 사람보다 두세 배 키가 커 보이는 할멈의 소매 품으로 아이들이 파고드는 그림이었다. 나는 벽화 속 할멈에게 기도했다.

"할망, 우리를 숨겨주세요. 도저히 피할 수 없다면, 아무것도 바꿀 수 없다면 여기서 끝내게 해주세요."

나는 시간을 들여 사당을 맨손으로 허물어뜨렸다. 손톱이 빠졌고 온몸이 상처로 너덜너덜했다. 폐허가 된 사당 구석에 따끈한 김이 올라오는 하얀 쌀밥이 나타났다. 나는 쌀밥을 발로 차 흙과 오물과 함께 밟아 뭉갰다. 아무리 배가 고파도 도저히 주워 먹을 수 없도록, 아무도 그걸 주워 먹고 다시 한 번 살아갈 힘을 얻었다고 말하지 못하도록. 그리곤 폐허가 된 사당에 앉아 바닷가에서 들려올 목소리를 조용히 기다렸다. 이번이 진짜 마지막이길 바랐다.

"아무도 없어요?"

젊은 임산부가 만삭의 배를 부여잡고 사당 근처로 다가왔다. 이 작은 섬에서 수백 번 만났던 여자, 복순이. 우리 엄마…. 조용히 그녀의 뒤에 다가갔다.

"복순아. 여기서 끝내자."

나는 심장을 관통하도록 그녀의 등 뒤에서 힘껏 경첩을 꽂았다.

"으헉!"

복순이 쓰러졌다. 지체할 시간이 없었다. 나는 복순의 배에서 팔삭둥이 딸을 꺼냈다. 나는 빠르게 각목을 세워 그 위에 쓰러졌다. 이 섬에서 나가는 유일한 자는 팔삭둥이 딸이 되어야 했다.

나는 아이를 위해 기도했다. 이번에는 복순을 만나지 않길. 어디에 있는지 알 수 없는 엄마를 마음껏 그리워하길. 아이의 새로운 삶에 사람의 따뜻한 손길이 더해지길. 누군가에게 함부로 삶의 무게를 평가받지 않길. 지옥의 영겁을 반복하지 않길. 평범하기에 엄청나게 행운인 삶을 만나길. 딱 한 번의 삶만 허락되길….

"미안해. 엄마…."

나는 복순 위에 몸을 기대며 쓰러졌다.

핏덩어리 아이가 투명해지며 천천히 사라졌다. 그 모습을 바라보며 나는 눈을 감았다.

어디선가 낮게 노랫소리가 들려왔다.

이어도 사나 이어도 사나
우리 어머니 무슨 날에 날 낳아
전생 궂게 낳아서 이 물속에…
이어도 사나 이어도 사나…

나와 복순의 몸 위에 커다란 옷자락이 덮였다. 주위엔 무수한 여자들이 우리를 둘러싸고 있었다. 벽화 속 여자들이, 사연을 담은 눈빛들이 우리를 내려다보며 손을 내밀었다.

구슬픈 노래를 배경 삼아 흥겨운 연회가 시작되었다. 사람들이 큰 솥에 하얀 쌀밥을 지어내기 시작했다. 밥을 나누는 사람들의 표정이 온화했다. 하늘을 올려다보니 커다란 옷자락이 하늘을 뒤덮고 있었다. 나는 안도했다.

그 순간, 육지에서 마침내 나의 죽음이 확정되었다. 배에서 나의 부재를 알아차린 사람은 없었다. 하선하는 사람들의 귓가에 어디선가 날카로운 파도 소리가 들려왔다. 검은 바다 위의 눈동자가 누군가를 찾는 듯 이리저리 눈을 굴렸다.

∞

사당의 제단 위에 작고 하얀 김이 모락모락 올라갔다. 누
군가 방금 밥을 지어 제사상에 올려놓은 것처럼 따끈한 흰
쌀밥 한 공기가.

후기

「딱 한 번의 삶」은 각별한 애착을 갖고 써내려간 작품이다. 전혀 수영을 할 줄 모르는 사람이 아득한 고통의 바다를 헤엄치는 마음으로 썼다.

언젠가 이 소설에 담은 묘사와 표현이 무척 낡아 보이는 날이 오면 좋겠다. 먼 훗날 사람들이 '정말 그렇게 사람을 외롭게 내버려둔 시대가 있었단 말이야?'라며 흠칫 공포를 느끼면 좋겠다. 미래의 사람들이 역사책에서 우리 시대를 공부하다 소스라치면 좋겠다. 가난하고 불행한 자가 시혜를 얻기 위해 적절한 애티튜드를 강요받았다고? 떠밀린 사람들이 막다른 골목을 마주했을 때 제 발로 들어갔다는 말을 들었다고? 사람의 안전을 지켜야 할 자가 안전을 위협하는 자의 편에 서서 책임을 방기했다고? 끔찍하다고 떨면 좋겠다. 다양한 타자에 대한 최소한의 인지 감수성도 없는 암흑시대였다고 모두가 혀를 내두르는 시대로 평가받으면 좋겠다.

이야기의 본질은 자신의 맥락과 다른 타자를 읽는 일이라 믿는다. 타자의 맥락을 사회가 충분히 상상할 수 있게 되는 날, 이 작품도 구시대의 공포를 반영한 낡은 것이 되어 사라지면 좋겠다.

그리하여 그때가 되면, 그 누구도 지옥의 영겁을 반복하지 않길, 누구에게나 평범하고 온전한 '딱 한 번의 삶'만 허락되길.

개인적으로는 처음 도전하는 장르 문법 속에서 가장 쓰고 싶었던 이야기에 도전하도록 기회를 주신 괴이학회와 들녘 편집부 여러분께 감사드린다. 인간의 무력함과 미지의 존재에 대한 우주적 공포를 통해 본질적인 이야기를 찾으시는 독자들께 가장 감사드린다.

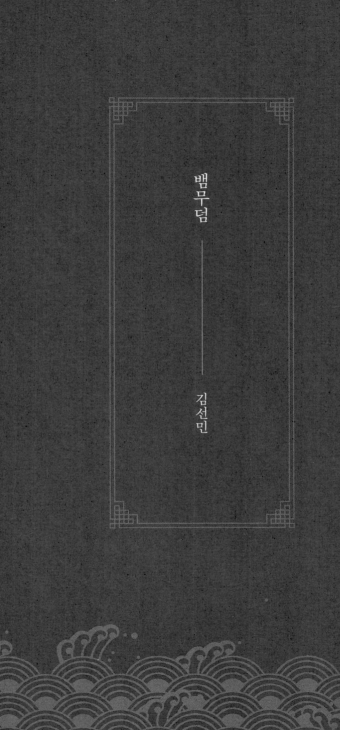

뱀무덤

김선민

세계는 불가해不可解의 연속으로 이루어져 있다. 인간들은 조잡하고 빈약한 지성으로 마치 이 세상의 모든 것을 이해하고 자신들이 지배하고 있다는 착각 속에 빠져 있다. 당장이라도 지구라는 행성의 궤도에서 벗어나 저 먼 우주의 비밀을 풀 수 있을 것 같다는 오만함을 보이지만 실상은 우리 발밑에 무엇이 존재하는지 모르는, 이를 탐사할 수 있는 기술조차 가지지 못한 저열한 영장류일 뿐이다.

내가 이런 생각을 가지게 된 것은 인간들이 가진 맹목적인 낙관주의와 오로지 인간만이 가치 있고, 이 세상의 지배자인 양 행동하는 안일함에 지쳐버렸기 때문이다. 만약 인간이 그렇게 위대하며 우주에서 가장 힘이 있는 존재라면 내가 이렇게 두려움 속에서 하루하루를 보내야 할 일도 없었을 것이다.

나는 끝없이 펼쳐진, 도무지 끝이 보이지 않는 암흑의 바다 위에 내던져진 조난자나 다름없었다. 언제 부서질지 모르는 약하디약한 현실이라는 조각배 위에서, 언제 저 바다에 내던져질지 모르는 불안정함 속에서 하루하루를 살아가고 있다. 그 기괴한 공포와 숨 막힘을 다른 이들에게 설명하는 것은 불가능하다.

안쪽이 비춰지지 않는 불가해의 바다 속에 무엇이 숨어 있고, 나를 두려움에 떨게 하는지 나는 여태껏 단 한 번도 입 밖에 내어본 적이 없었다. 그것에 대해 말하는 순간 내가 겪었던 끔찍한 순간들이 다시 한 번 현실이 되어 내 앞에 나타날 것 같은 섬뜩한 위험을 내 유리잔 같은 나약한 영혼이 느끼고 있기 때문이다.

이 끔찍하고 오싹한, 한편으로는 장엄하고 경이롭기까지 한 모든 일은 10년 전 지도 교수의 갑작스러운 호출로 시작됐다. 그날은 제주도 근처 해역에 큰 지진이 일어났다는 소식으로 온통 떠들썩했다. 지도 교수는 다음 날 곧바로 제주도 출장이 있으니 준비를 하라고 말했다. 지진이 일어난 다음 날 급작스럽게 제주도 출장을 가겠다는 말에 당황스럽기는 했지만 일단 알겠다고 했다. 당시 나는 논문 심사를 앞둔 대학원생이었고, 지도 교수의 말을 거부한다는 선택지 따위는 처음부터 없었다.

내 지도 교수였던 안 교수는 오십이 되기 전 세 개의 박사학위를 가지고 있을 만큼 뛰어난 지성을 가진 학자였다. 그는 일본의 도쿄대와 중국의 칭화대를 거쳐 미국의 미스 캐토닉 대학에서 교수를 하다가 돌연 한국으로 돌아와 내가 있는 학교의 민속학과 교수를 맡았다. 해당 분야의 최고 권위를 가진 미스캐토닉 대학의 교수 자리를 저버리고 왜 굳이 한국으로 다시 돌아왔는지는 그 누구도 알지 못했다.

안 교수를 모시며 옆에서 그의 연구를 도왔던 나는 그의 비범한 천재성에 감탄하고는 했다. 그는 민속학과에 적을 두고 있긴 했지만 분야에 한계가 없었다. 때로는 오랜 고문서를 탐독하다가 어떤 날에는 최신 과학기술에 대한 논문을 놓고 다섯 개 국어로 논의하기도 했다.

보통 사람의 지성을 한참 넘어선 안 교수의 기준을 채우기에 내 역량은 충분치 않았다. 나는 안 교수의 학생이라기보다는 그의 연구가 원활하게 진행되도록 도와주는 조수의 역할에 가까웠다. 학자로서 대단한 명성을 지닌 안 교수에게 사사받고 싶어 하는 제자들은 넘쳐났다. 하지만 그들 중 한 달 이상을 버틴 이는 거의 없었다. 갑작스레 잠수를 타고 종적을 감추는 경우가 대부분이었다. 그런 상황을 감안해볼 때 안 교수의 곁에서 2년 동안 버텼던 나는 그의 지성 언저리만큼은 닿아 있지 않을까 스스로 착각하고는 했다.

가끔은 사람일까 싶을 정도로 철저하고 흐트러짐 없었던 그가 제주도 출장에 관한 전화를 받았을 즈음에는 다른 사람인가 싶을 정도로 평소와 달랐다. 항상 깔끔하게 다듬어져 있던 수염은 지저분하게 잔털들이 뻗쳐 있었고, 그의 중후함을 돋보이게 하는 더블 수트 역시 이리저리 구겨져 신사다운 매력을 전혀 느낄 수 없었다.

얼굴도 평소와 다르게 노랗게 떴고, 눈알은 충혈되어 있었으며, 목소리는 가래가 낀 듯 거칠었다. 그는 나한테 출장 얘기를 하기 전에도 한참 동안 누군가와 통화를 했다. 마치 교수 자신의 운명을 쥐고 흔드는 절대자와 통화를 하는 것처럼 식은땀을 삐질삐질 흘리며 '예'와 '알겠습니다'만을 반복했다. 그때 나는 이 출장이 뭔가 이상하다는 낌새를 눈치챘어야 했다.

제주도로 가기 위해 김포 공항에 도착했을 때만 해도 사실 별다른 생각은 없었다. 교수와 함께 출장 가는 일은 조수로서 일상다반이었고, 제주도 역시 여러 번 가봤던 장소이기 때문이다. 그의 명성 때문인지 몰라도 우리 연구실은 항상 돈이 많았기에 출장 갈 때 때 돈이 부족했던 적은 없었다. 항상 제일 좋은 호텔에서 묵고, 밥도 안 교수의 취향에 따라 고급 레스토랑에서만 먹었다.

안 교수와 함께 제주 공항에 도착하니 그 앞에 처음 보는 사람들이 모여 있었다. 그들은 안 교수와 구면인지 다가와 공손한 자세로 인사하고 악수를 청했다. 교수는 평소대로 차가운 얼굴로 미소조차 띠지 않고 손을 내밀어 그들의 악수에 응할 뿐이었다. 대부분이 낯선 얼굴들인 것을 보니 학계 쪽 사람들은 아닌 듯했다. 나는 뒤에서 조용히 교수와 이들의 대화를 들었다. 오고 가는 대화를 들어보니 제주도 답사 지역에 함께 들어갈 스태프들임을 추정할 수 있었다. 평소보다 스태프들의 인원이 많았을 뿐 아니라 처음 보는 장비들을 차에 싣는 것으로 볼 때 이번 답사가 상당히 어렵겠구나 싶었다.

학과의 특성상 출장을 가는 목적은 대부분 이야기가 기록된 고문서나 비석을 찾거나, 혹은 오래된 전설과 떠내려오는 이야기를 채록하는 일이었다. 나는 안 교수의 지시에 따라 완전 시골 깡촌으로 들어가 90세가 넘어가는 노인들의 얘기를 채록하거나, 산속에 쓰러진 폐가 혹은 오래된 건물 터를 살피고 사진으로 기록을 남기는 등의 일을 주로 맡았다. 제주도 역시 자주 오는 출장지 중 하나였는데 안 교수는 이곳에 잊히거나 본토에서 추방된 옛 신들이 많다고 했다. 나는 그때만 해도 단순히 비유적인 이야기일 거라고 생각했다.

우리는 탐사 스태프 쪽에서 미리 준비한 차를 타고 호텔로 이동했다. 오성급 호텔 한 층을 통째로 빌려서 외부인은 들어오지 못하도록 통제하고 있었다. 안 교수가 세계적인 학자인 것은 맞지만 한국에서 민속학과는 비인기 학과였다. 그럼에도 이런 비인기 학과의 연구에 누가 이렇게 돈을 많이 쓰는지 항상 궁금했다. 안 교수는 그냥 학교 재단 쪽에서 자신의 연구에 관심이 많아 지원해주는 거라고 했지만 사실 잘 믿기지는 않았다.

안 교수와 탐사 팀은 스위트룸 하나에 회의실을 만들어두고 여러 가지 장비들을 펼친 채 뭔가를 논의했다. 벽 하나를 꽉 채울 만큼 큰 전자칠판 위에는 제주도 전도가 띄워져 있었는데 탐사 팀이 여러 군데를 집어서 표기를 해놓았다. 나는 안 교수 옆에서 수발을 들면서 눈치껏 이번 탐사의 주제가 뭔지를 알아내려 했다. 컴퓨터 화면에 떠 있는 자료를 살펴보니 이번에 일어난 지진 때문에 드러난 새로운 동굴을 탐사하는 듯싶었다. 탐사 팀과의 회의가 끝나고 안 교수가 나를 따로 불렀다.

그는 나에게 고문서 하나를 주더니 내용을 알고 있냐고 물었다. 내용을 쭉 살펴보니 이전에 내가 채록했던 내용과 연관 있는 '뱀신' 전설에 관한 내용이었다. 뱀신은 악신이기도 하고 풍요의 신이기도 하다. 제주도에도 뱀신과 관련된 전설이 있는 동굴들이 몇 군데 있었다. 그 전설에서 공통적으로 나타나는 내용은 두 가지 정도였는데 하나는 뱀신이 핏빛 안개를 몰고 온다는 것, 다른 하나는 인신공양 제물을 원한다는 것이다. 마을 사람들은 뱀신에게 처녀를 제물로 바쳐서 농사가 잘되도록 기원했다.

나는 안 교수가 뜬금없이 뱀신에 관련된 문서를 건네자 이번 탐사가 이와 연관된 것일까 추측했다. 하지만 교수는 별다른 설명 없이 나에게 문서와 함께 단단하게 봉인되어 있는 금속 가방 하나를 쥐여주더니 내일 동굴에 들어갈 때 이걸 들고 자신을 꼭 잘 따라오라고 신신당부했다. 일반 서류가방 정도의 크기였는데 엄청나게 단단한 외피로 감싸여 있었고 보안장치가 네 개는 걸려 있었다. 이게 무엇인지 물어봐도 교수는 대답해주지 않았다. 나는 평소처럼 더 질문하지 않고 가방과 고문서를 들고 방으로 돌아갔다.

다음 날 일찍부터 탐사 팀이 분주하게 움직였다. 고가의 장비를 실은 차만 네 대가 넘게 움직였다. 나와 지도 교수는 탐사 팀장의 차를 타고 함께 움직였다. 내 품에는 지도 교수가 준 가방이 꼭 안겨 있었다. 우리는 제주시에서 멀지 않은 김녕리로 움직였는데, 시내가 아닌 옆으로 빠져서 작은 선착장 쪽에 도착했다. 선착장에는 이미 준비해둔 배가 있었는데 우리는 장비를 실은 차에 탄 채로 배에 올라탔다. 탐사대가 모두 배에 오르자 곧 배가 출발했다. 섬으로 들어가는 줄 몰랐던 내가 불안한 표정으로 이리저리 돌아보니 탐사 팀장은 섬까지 금방 도착하니까 걱정 말라고 했다.

제주도도 섬이지만 사실 그 주변에 크고 작은 섬들이 꽤 있었다. 그중에는 지도에 표기되지 않았을 정도로 작은 섬도 있었는데 우리가 가는 곳이 바로 그런 섬들 중 하나였다. 어제 교수가 나에게 줬던 고문서를 발견했던 곳이 바로 이 섬 중 하나였다. 이름은 따로 없고 '뱀무덤'이라 불린다는 것 정도만 알려져 있었다. 이전에 채록하러 왔을 때 뱀무덤이라는 말을 듣고 섬에 뱀이 많아서 그렇게 불리나 했는데 주변에서 뱀의 흔적은 찾아볼 수 없었다.

이장의 말로는 과거 뱀신을 추종했던 무리들이 이곳에서 제사를 지냈다고 했다. 정성껏 제사를 올리고 나면 그해 농사는 풍년이 들었는데 본토가 아무리 흉년이라도 이곳만큼은 무엇을 키워도 작물이 잘 자랐다고 말했다. 덕분에 이곳 섬사람들은 한 번도 배를 곯아본 적이 없다 했다.

곧 배가 섬에 도착했다. 나무로 급하게 만들어놓은 것 같은 선착장이 불안하기는 했지만 다행히 차의 무게를 견디는 정도는 되었다. 이름 없는 섬이기에 아주 작은 무인도 정도일 거라고 생각했는데 의외로 목적지까지 차로 꽤 달려야 했다. 도로가 제대로 포장되어 있지 않아서 차체가 엄청나게 흔들렸다. 거친 흙길을 지나 산속으로 한참을 더 들어가서야 차가 멈췄다. 나는 안 교수가 맡긴 가방을 들고 차에서 내렸다. 옆을 보니 곧바로 바닷가가 보이고, 그 맞은편에는 규모가 큰 동굴이 하나 있었다. 뒤이어 도착한 탐사 팀은 동굴 쪽 가까이에 차를 대고 장비를 내리기 시작했다.

안 교수는 평소와 달리 뱃멀미를 심하게 했는지 계속 얼굴이 창백한 상태였다. 내가 다가가서 챙겨 온 멀미약을 내밀었지만 신경질적으로 손을 내저었다. 머쓱해진 나는 탐사 팀이 장비를 설치하는 걸 구경하며 동굴을 둘러봤다.

동굴은 제주도 본섬에 있는 만장굴과 비슷했다. 한 가지 다른 점은 굴에 들어가는 입구에 오색 끈을 달아놓은 금줄이 처져 있었다는 점이었다. 나는 금줄에 달려 있는 오색끈을 살펴봤는데 그 끈에 처음 보는 기묘한 문자들이 빼곡히 적혀 있는 것을 발견했다. 채록하러 왔을 때는 이런 동굴의 존재를 전혀 인지하지 못했다. 고개를 돌려 금줄 안쪽의 동굴을 바라봤을 때 그 안에 잠긴 어둠이 너무 깊어서 마치 깊은 우주 속으로 빨려 들어가는 듯한 느낌마저 들었다.

교수는 탐사 팀장과 동굴 앞에 서서 이곳저곳을 짚으며 심각한 대화를 나누더니 곧 고개를 끄덕이고는 어딘가로 전화를 했다. 이전에 연구실에서 통화를 했을 때보다 심각한 표정을 짓고 있었다. 그러더니 그는 아까보다 더 창백해진 얼굴로 탐사 팀장과 얘기를 나눴다. 옆에서 엿들은 내용으로는 아무래도 저 안에 들어갈 수밖에 없을 것 같다는 듯싶었다.

나는 교수와 함께 동굴에 들어가야 한다는 내 운명을 직감했다. 탐사대가 건넨 탐사복으로 갈아입은 뒤 교수가 잘 챙기라던 가방을 배낭 안에 집어넣었다. 상당히 두터운 탐사복은 일종의 방호복 같았는데 스태프들에게 왜 이런 걸 입어야 하냐고 물었더니 안쪽에 유해물질이 섞인 가스가 검출돼서 중독을 막기 위해 지급되는 것이라는 답을 들었다. 탐사복뿐만 아니라 유리로 된 헬멧까지 쓰니 동굴 탐사대가 아닌 외계의 우주인 같은 모습이었다.

탐사대 스태프들은 동굴 안에 들어가기 위해 방호복을 입은 사람들의 몸에 카메라를 비롯해 여러 가지 장치를 부착했다. 이런 장비들을 처음 써본 것은 아니었지만 평소의 답사와는 확실히 다른 느낌이 들었다. 나는 애써 긴장을 감추고 안 교수와 다른 탐사대원들과 함께 랜턴 빛에 의지해 동굴 안으로 들어갔다.

동굴 안에 들어가니 처음 느꼈던 것처럼 내부 역시 만장굴과 비슷했다. 전형적인 용암동굴의 형태였는데 놀라운 점은 세계적으로 규모가 크다 알려진 만장굴보다 훨씬 천장이 높고 폭이 넓다는 것이다. 만장굴 역시 현재 천연기념물로 지정되어 있는데 그보다 더 규모가 큰 이런 동굴이 아직 이름도 알려지지 않았다는 건 놀라운 일이었다.

처음에는 이 탐사의 목적이 새롭게 발견된 천연용암동굴

을 조사하기 위해 온 것인가 싶었다. 하지만 잘 생각해보니 그렇다면 지질학자를 불러서 조사해야지 민속학자를 부를 필요가 있을까 싶었다. 이런 동굴에 얽힌 유래 등을 찾는 것은 동굴 조사가 끝나고 여러 고문서들이나 주변 마을 사람들의 채록을 통해 맞춰가는 것이지 처음부터 현장 답사를 하는 경우는 거의 없었다. 더군다나 안쪽에 유해 가스가 나와 안전을 보장할 수 없다면 더더욱 관련 전문가에게 의뢰를 하는 게 맞는 수순이었다.

여러 의문을 안고 나는 탐사대원들을 따라 동굴 안쪽으로 계속 들어갔다. 동굴이 워낙 넓고 길어서 들어가면 갈수록 내가 다른 세계 속으로 빨려 들어가는 기분이 들었다. 거기에 유해 가스 때문인지 바람 새는 소리가 동굴 안쪽에서 들려왔다. 그 소리가 마치 뱀이 내는 소리와 비슷하게 들려서 등 뒤에 소름이 돋았다. 두터운 방호복을 입었음에도 등과 어깨 쪽에서 서늘한 냉기가 느껴질 정도였다.

긴 동굴은 끝없이 아래로 이어졌다. 나는 꽤 무게가 나가는 보안 가방을 배낭에 넣은 채 머리를 비우고 탐사대의 뒤를 따랐다. 귓가에 계속 뱀이 내는 듯한 소리가 맴돌았다. 어느 정도 동굴 안쪽으로 들어가다 보니 만장굴 같은 용암 동굴의 풍경이 아닌 전혀 다른 풍경이 나타났다. 재질이 무엇인지 알 수 없는 돌에 붉은 기가 도는 이끼들이 잔뜩 끼어 있었는데 그 안에 끈적한 점액질이 흘러나오다가 굳어서 단단한 돌이 되는 듯싶었다. 점액질이 흘러나오는 각도 때문인지 벽에 마귀의 형상과 닮은 무늬가 새겨져 있었다.

귓가를 맴도는 기묘한 바람 소리와 기괴한 모습으로 굳어버린 벽을 보며 제주도의 외딴섬이 아닌 전혀 다른 행성의 동굴 안에 들어온 것 같다는 생각이 들 정도였다. 그러던 중 탐사 팀장이 멈추라는 듯 손을 들었다. 왜 그러나 했더니 동굴 끝에 밑으로 통하는 구멍이 하나가 보였다.

탐사대원들은 가져온 장비들을 구멍 주변에 설치하기 시작했다. 아무래도 저 구멍 아래로 내려가야 하는 듯했다. 그런데 문제가 생겼다. 이곳까지 전파가 닿지 않는지 우리가 차고 온 통신 장비가 먹통이 된 것이다. 거기에 장착한 카메라 화면도 바깥으로 전송되지가 않았고, 탐사용 드론 역시 전혀 작동하지 않았다.

잠시 탐사를 멈추고 탐사 팀장과 교수가 따로 가서 얘기를 나눴다. 중간 중간 탐사 팀장의 언성이 좀 높아지는가 싶더니 돌아와 곧 탐사를 재개하겠다는 말을 전달했다. 드론으로 관찰을 할 수 없는 상황이라 동굴 밑으로 내려가 직접 조사해야 했다. 탐사대원들은 밑으로 내려갈 수 있는 로프를 설치하고 방호복 위에 로프를 연결할 수 있는 보조 장치를 걸쳤다. 나 역시 교수와 함께 내려가야 했기 때문에 울며 겨자 먹기로 보조 장치를 걸치고 로프를 타야 했다. 그래도 군대에서 훈련받을 때 로프를 타본 경험이 있어서 어렵지 않게 동굴 벽을 짚으며 밑으로 내려갈 수 있었다. 만약 과거의 나를 다시 만난다면 절대로 그곳에 내려가지 말라고 경고했을 텐데 지금에 와서는 부질없는 일이 되어버렸다.

밑으로 연결된 수직 동굴은 생각보다 길었다. 동굴 밑은 빛이 전혀 들어오지 않아 얼마나 더 내려가야 닿을지 감을 잡을 수가 없었다. 언젠가는 끝이 있겠지 하는 생각으로 조금씩 밑으로 내려갔다. 나는 동굴 밑으로 내려가면 갈수록 뭔가 기묘한 냄새를 맡았다. 유황 냄새 같기도 하고 꽃향기 같기도 한 처음 맡아보는 냄새였다. 방호복을 입었음에도 그 냄새는 계속 내 코끝을 맴돌았다.

한참을 내려간 뒤에야 우리는 바닥에 닿을 수 있었다. 랜턴을 켜고 동굴 주변을 둘러보는데 놀랍게도 위의 동굴과는 다른 풍경이 펼쳐져 있었다. 재질을 알 수 없는 흑색의 단단한 벽에 붉은 색 나무뿌리가 잔뜩 붙어 있었다. 탐사대원들과 지도 교수는 벽에 붙은 나무뿌리를 이리저리 비춰봤다. 놀랍게도 나무뿌리는 마치 살아 있는 생물처럼 맥동했다. 탐사 팀장은 주머니칼을 꺼내서 맥이 뛰는 뿌리를 찔렀다. 그러자 뿌리에서 붉은 수액이 주르륵 흘러나왔다. 탐사대원 중 하나가 채취통을 꺼내 그 수액을 담은 뒤 봉인해서 가방에 챙겨 넣었다.

나는 피처럼 붉은 수액이 흐르는 나무뿌리를 보며 미지의 존재와 마주했을 때 느끼는 공포심에 사로잡혔다. 사방에서 불어오는 뱀의 숨소리 같은 바람 소리와 기묘한 냄새에 악마의 몸속에 들어온 듯한 혈관처럼 이리저리 뻗은 불길한 광경은 내 몸을 굳게 만들기 충분했다. 그런 내 심정을 교수가 알아챈 듯 나를 향해 따라오라며 손짓했다. 그에 대한 복종심이 미지의 풍경에 대한 공포심보다 컸기에 나는 배낭을 짊어지고 묵묵히 앞으로 걸었다.

탐사대는 동굴 이곳저곳의 사진을 찍고 풀이나 수액들을 채취하면서 안쪽으로 들어갔다. 그 와중에 교수는 나에게 가방이 잘 있는지를 여러 번 확인했다. 나는 그때마다 배낭을 열고 교수에게 가방이 제대로 담겨 있음을 확인시켜줘야 했다. 평소에도 결벽증이 있는 사람이기는 했지만 이번 답사에서는 유독 강박적인 증상을 보이는 것이 이상하기는 했다. 보안 헬멧 너머로 그의 얼굴을 보니 마치 악몽에 시달린 사람처럼 식은땀이 가득하고 하얗게 질려 있었다.

동굴 안쪽을 살펴보던 중 탐사 팀장이 손을 들어 대원들에게 멈추라고 지시했다. 그는 손짓을 해서 대원 몇 명을 앞으로 보냈다. 그리고 조금 뒤에 다시 이동한다는 수신호를 보냈다. 나는 지도 교수 뒤를 쫓아 앞으로 걷기만 할 뿐이었다. 그리고 동굴 끝에 뭔가가 나타났다. 나를 비롯한 탐사대원들은 그 자리에 얼어붙은 듯 멈춰 설 수밖에 없었다. 동굴 앞에 거대한 문이 나타났기 때문이다.

제주도에 가까이 붙어 있는 무인도의 동굴 아래 언제, 누가 만들었는지 알 수 없는 거대한 문이 버티고 있다는 것을 믿을 사람이 있을까. 하지만 이것은 맹세코 거짓이 아닌 진실이었다. 탐사 팀장이 안 교수를 불렀다. 교수는 얕은 숨을 반복해서 몰아쉰 뒤 문 쪽으로 다가갔다.

교수는 가방에서 솔을 꺼내 문에 두텁게 쌓여 있는 흙먼지들을 치우고 새겨져 있는 문양을 살폈다. 문 표면에는 한자가 아닌 처음 보는 형태의 문자가 마치 그림처럼 쭉 새겨져 있었다. 내가 전 세계의 모든 문자를 다 아는 것은 아니지만 그래도 보면 어느 국가의 어느 계열 쪽 문자구나 하는 것 정도는 구분할 수 있다. 그런데 이 문에 적혀 있는 상형 문자는 아예 처음 보는 형태였다. 자세히 살펴보니 동굴 앞에 걸린 금줄에 감긴 오색 끈에 새겨져 있던 문자와 비슷한 모양이었다.

문에 적힌 문양과 문자를 해석하던 교수가 탐사대 팀장과 또 얘기를 나누더니 다시 언성을 높였다. 교수는 들어가야 한다고 하고, 탐사 팀장은 위험하다고 반대하며 실랑이를 벌이는 모양이었다. 하지만 결국 안 교수의 말대로 들어가는 것으로 결론이 났다. 이곳을 조사하는 조건으로 재단에서 상당히 거액을 받고 계약한 모양이었다. 제대로 계약을 이행하지 않으면 몇 배의 위약금을 물어줘야 했기 때문에 탐사 팀장은 어쩔 수 없이 안으로 들어가기로 했다.

탐사 팀장이 고갯짓하자 팀원 중 몇몇이 배낭에서 가져온 장비를 꺼냈다. 청진기처럼 생긴 것을 문에 턱턱 붙이더니 계기판과 단추가 잔뜩 붙어 있는 장치에 연결했다. 팀원이 계기판을 살피면서 스위치를 누르고 동그란 레버를 돌리며 조종했다. 그러자 문에 붙어 있던 장치가 파동을 실어 보냈고, 동시에 문 전체가 진동을 일으켰다.

교수는 팀원 뒤에 붙어서 이것저것 지시를 했다. 뭘 올려라, 뭘 줄여라. 장비를 만지는 팀원의 손놀림이 빨라졌다. 그때 팀장이 손짓하자 팀원들이 가지고 내려온 박스를 열더니 그 안에서 총을 꺼냈다. 나는 문에서 울려 퍼지는 진동보다도 예비군 이후로 처음 보는 총에 더 깜짝 놀랐다. 기종을 보니 한국군이 쓰는 K2나 K1도 아니고 미군들이 쓰는 총기였다. 나는 그때서야 이 스텝들이 단순한 탐사대가 아니라는 걸 깨달았다. 그때 굳게 닫혀 있던 문이 서서히 열렸다.

문이 갈라지며 단단한 쇠를 긁는 끔찍한 소리가 메아리쳤다. 문틈 안쪽에서 오래 묵은 공기가 밀려 나오는 것이 눈에 보일 정도였다. 나는 아까부터 희미하게 나던 기묘한 냄새가 문 안쪽에서 더 짙게 나는 것을 느꼈다. 교수는 문이 열리자 뭔가에 홀린 사람처럼 먼저 안으로 들어갔다. 그러자 탐사 팀장이 놀라서 다른 팀원들을 이끌고 교수의 뒤를 따랐다. 나는 솔직히 들어가고 싶지 않았지만 여기서 나 혼자 다시 돌아갈 길도 없었기에 어쩔 수 없이 따라 들어갔다.

문 안쪽에 나타난, 내 눈앞에 펼쳐진 가공할 만한 위협적인 풍경에 입을 다물 수가 없었다. 그 안에 있는 것은 도시였다. 아니, 오래전 도시였던 것의 흔적이었다. 도시의 중앙에는 검은 금속으로 건축된 뾰족한 첨탑이 기괴하게 뒤틀린 형태로 놓여 있었다. 그 첨탑의 주변에 역시나 검은색으로 만들어진 피라미드 네 개가 있었는데 표면에 상형문자들과 함께 불경스러운 광경을 자아내는 부조 석상들이 새겨져 있었다. 가운데 있는 첨탑과 피라미드 바깥에는 끝이 잘린 원추형의 구조물과 오벨리스크를 닮은 기둥들이 곳곳에 서 있었다. 그 구조물과 구조물 사이가 길게 이어진 다리로 연결되어 있었는데 현대 건축물의 기술 그 이상으로 정밀하고 단단하게 만들어져 있었다.

언제 건설되었는지 알 수 없는 정체불명의 건축물과 오싹할 만큼 뒤틀린 흔적들이 늘어서 있는 지하 도시를 보며 나는 혼란에 빠졌다. 아무리 봐도 동아시아 문화권의 유적지 같은 느낌이 들지 않는 것을 떠나 인류 문명권에서 만든 건축물 같지 않았다. 도시를 구성하는 건축물들의 이질감에 불길한 기분을 느꼈다. 상상조차 할 수 없을 만큼 아득하게 먼 고대의 존재가 만들어낸 불경한 신비의 한 단면을 들여다봄으로써 도저히 빠져나갈 수 없는 늪으로 발을 내딛은 것 같은 절망에 사로잡혔다.

그때 내 옆에서 말없이 도시를 바라보던 안 교수는 갑자기 온몸을 부르르 떨며 지하 도시의 흔적을 향해 무릎을 꿇고 기도하기 시작했다. 내가 알기로 그에게는 종교가 없었기에 알 수 없는 말을 웅얼거리며 기도하는 모습은 매우 낯설게 다가왔다.

나를 비롯한 탐사대원들은 이 장엄한 위엄이 서린 고대 미지의 도시, 한편으로는 너무 낯설어서 불길한 느낌마저 주는 이 도시를 어떻게 받아들여야 할지 모르겠다는 표정으로 주변을 둘러봤다. 탐사 팀장은 교수에게 확인했으니 우선 나가서 재정비를 하고 조사를 재개하자는 의견을 냈다. 하지만 교수는 탐사 팀장의 말을 일언지하에 거절하며 조사를 속행하도록 했다. 옆에서 바라본 교수의 눈동자에는 일종의 광기가 서려 있었다. 누구도 발견하지 못한 새로운 문명의 흔적을 처음으로 발견했다는 희열과 이곳을 만든 미지의 존재들에 대한 두려움이 합쳐져서 오히려 경계심이 마비된 흥분 상태가 된 듯싶었다.

탐사 팀장 역시 교수를 말리기는 늦었다고 생각했는지 탐사를 속행하기로 했다. 그는 탐사대원들에게 말해서 채취한 샘플을 통해 이곳이 언제 만들어졌는지를 먼저 추정하도록 했다. 몇몇 대원들이 주변을 둘러보면서 건축물에서 샘플을 가져왔다. 연구원처럼 보이는 팀원이 해당 샘플들을 안정동위원소 질량측정기계에 넣고 분석하기 시작했다. 여기서 내가 놀랐던 것은 이 탐사 팀이 가지고 있는 장비들이 내가 알고 있는 기술적 상식을 넘어선 것이 너무 많았다는 점이었다.

연대를 측정할 수 있는 안정동위원소 질량측정기만 해도 이렇게 작은 것은 본 적이 없었다. 큰 규모의 연구소에 한 대나 두 대 있을까 말까 한 대형 장비들인데 서류가방 정도의 크기로 들고 다닐 수 있도록 만들어져 있었다. 명백히 현재의 과학기술을 넘어서는 장비들이었다. 나는 점차 이 탐사대의 정체가 궁금해졌다. 그리고 몇 시간 뒤 이 유적지의 연대 분석 결과가 나왔다. 처음에는 이 기계가 고장난 줄 알았다. 무려 2만 년 전에 만들어진 곳이라는 말을 듣고 말이다.

하지만 나를 제외하고 이 탐사 팀의 누구도 그 시설에 놀라지 않았다. 그 반응으로 추정컨대 이들은 적어도 이곳에 그 정도 오래된 고대 문명이 있을 수도 있다는 사실 자체는 알고 있었다는 말이었다. 평범한 대학원생일 뿐인 내가 왜 이런 곳에 끼어 있는지 도통 이해가 가지 않았다. 교수는 이리저리 돌아다니며 건축물의 사진을 찍는데 여념이 없었다. 문제는 이 다음부터 일어났다.

샘플을 채취하기 위해 나간 탐사 인원 중 몇 명이 시간이 지나도 돌아오지 않는 것이었다. 탐사 팀장은 다른 팀원을 데리고 이들의 흔적을 찾아보기로 했다. 워낙 오래된 유적지라서 바닥이 꺼지거나, 무너진 유물에 깔려 고립됐을 가능성도 있었기 때문이다. 그런데 탐사 팀장이 주변에서 이상한 흔적을 발견했다. 팀원들의 것과는 확연하게 다른 종(種)의 생명체가 분명한 발자국이 선명하게 바닥에 찍혀 있었던 것이다.

사람의 발자국과 유사하지만 분명히 아닌 흔적에 나는 소름이 돋았다. 팀장은 팀원들의 구출을 포기하고 당장 이곳에서 나가야 한다고 말했다. 하지만 안 교수는 강경하게 조사를 계속해야 한다고 고집을 피웠다. 여기까지 와서 그냥 돌아갈 수는 없다는 것이었다. 나는 교수가 이곳에서 무엇을 해야 하는지 그때까지도 여전히 이해하지 못했다. 그런데 우리가 돌아가네 마네 하며 실랑이를 벌이고 있을 때 그 종의 무리가 이미 우리를 옭아매고 있는 중이라는 걸 눈치채지 못했다.

나는 아까보다 주변에서 풍기는 꽃향기가 더 강해진 것을 느꼈다. 그리고 정신을 차렸을 때는 이미 주변에 붉은 안개가 깔려 있었다는 걸 알아챘다. 피처럼 붉은 안개. 유적지의 바닥과 벽에 엉켜 있는 맥동하는 나무뿌리가 붉은 안개를 계속 내뿜고 있었다. 붉은 안개는 우리 주변을 가득 메우고 시야를 가렸다. 한번 피어오른 붉은 안개는 거침없이 우리를 휘감았다. 동시에 주변에서 총소리가 났다.

나는 갑작스러운 총소리에 놀라 몸을 굴려서 유적지의 건물 벽 아래에 몸을 웅크리고 숨었다. 총소리와 함께 언뜻 언뜻 누군가의 비명이 들렸고, 어른거리는 검은 그림자도 보였다. 평범한 대학원생인 나는 어떻게 도망을 가볼 생각조차 하지 못하고 본능적으로 귀를 막은 채 최대한 몸을 웅크리며 이 순간이 지나가기만을 기다릴 뿐이었다. 그때 누군가가 휙 하고 다가와 내 어깨를 잡았다.

화들짝 놀라 고개를 돌려보니 어느새 방호복을 벗어 던진 안 교수가 시뻘겋게 충혈된 눈으로 내 멱살을 잡았다. 그리고 가방을 내놓으라고 소리쳤다. 나는 재빨리 배낭에 넣어둔 가방을 꺼냈다. 교수는 철저하게 잠가놓고 가방을 부들부들 떨리는 손으로 열었다. 네 개의 보안 장치가 풀리고 가방이 열리자 드디어 그 안에 든 것이 모습을 드러냈다. 놀랍게도 그것은 낡은 석판이었다.

교수는 그 석판을 보며 광기에 찬 눈으로 뭔가를 계속 웅얼거리기 시작했다. 그 기원을 예측할 수 없는 처음 들어보는 언어였다. 아니, 애초에 언어인지조차 알 수가 없었다. 그러더니 교수가 나에게 다가오라고 외쳤다. 나는 불길함을 느끼면서도 교수의 권위에 이끌려 그를 향해 다가갔다. 교수가 품에서 오래된 의식용 단검 하나를 꺼내더니 순간 덥석 내 손을 잡았다. 나는 놀라서 교수의 손을 뿌리치고 뒤로 물러났다. 인자하다고까지는 못해도 나름 신사적인 사람이었는데 단검을 들고 내 앞에 서 있던 모습은 악귀 그 자체였다.

나는 교수에게서 벗어나기 위해 엉금엉금 기면서 뒤로 물러났다. 하지만 광기에 빠진 교수는 끝까지 단검을 들고 나를 쫓아왔다. 그러고는 내 등 뒤에 매달려서 단검으로 내 목을 찌르려고 했다. 나를 제물로 바쳐 이곳의 주인을 잠재울 수 있는 옛신을 깨워야 한다는 말을 반복했다. 그러지 않으면 이곳에 잠들어 있던 끔찍한 존재가 깨어나 우리를 모두 죽인다며 말이다.

나는 완전히 미쳐버린 교수를 흔들어서 떨쳐냈다. 교수가 들고 있던 단검을 놓치고 바닥을 굴렀다. 그가 핏발 선 눈으로 나를 노려보다가 다시 몸을 일으켰다. 그런데 순간 안개 속에서 뭔가가 날아왔다. 퍽 소리와 함께 거대한 갈고리가 교수의 등을 꿰뚫고 배 위로 튀어나왔다. 그가 믿을 수 없다는 표정으로 자신의 배에 비어져 나온 갈고리를 보았다. 그는 나를 향해 손을 내밀었다. 하지만 곧 축 늘어진 채 갈고리에 끌려 안개 속으로 사라졌다.

교수가 사라진 곳을 응시하며 나는 몸을 덜덜 떨다가 겨우 정신을 차렸다. 나는 아까 교수가 떨어뜨린 단검을 주워 들고 석판이 담긴 가방 쪽으로 기어갔다. 다행히 아직 석판은 그대로 있었다. 석판을 살펴보니 놀랍게도 아까 이곳에 들어오기 전 문에 적힌 상형 문자와 비슷한 것이 적혀 있었다. 적어도 2만 년 전에 만들어진 문명과 비슷한 연대의 유물이라는 뜻이었다. 나는 교수가 이 석판을 끝까지 지키려 했던 것을 떠올리고 우선 챙겨 들었다.

교수와 실랑이를 하느라 방호복도 이미 찢어졌다. 나는 거추장스러운 방호복을 벗어 던지고 겉옷을 벗어 코와 입만 막았다. 짙은 꽃향기가 더욱 강렬하게 콧속을 맴돌았다. 붉은 안개를 벗어나기 위해 자세를 낮추고 기어가던 나는 저 멀리서 뭔가 음산한 소리가 울려 퍼지는 것을 느꼈다. 마치 수십 마리의 뱀들이 쉭쉭거리는 소리처럼 느껴졌다. 그때 붉은 안개가 서서히 흩어지는 것이 느껴졌다.

붉은 안개가 걷히자 놀랍게도 아까 우리가 봤던 고대 유적지의 모습은 온데간데 없었다. 거대한 공동 가운데 밑이 뻥 뚫린 거대한 구멍이 있었고, 그 주변에 마치 도깨비불 같은 보랏빛 불꽃이 일렁이고 있었다. 불꽃에서 나오는 빛이 공동 전체를 비추고 있었다. 그 주변에 처음 보는 그림자들이 서성이고 있었다. 나는 숨을 죽인 채 그들을 살폈다. 아까 들었던 쉭쉭 소리는 다름 아닌 그들이 내는 소리였다.

지금도 그 끔찍한 존재들의 생김새가 눈에 선하게 그려진다. 뇌 속에 파편처럼 박힌 그 기억을 떠올릴 때면 현기

증에 몸을 가누기가 힘들다. 그 종의 생김새를 떠올리는 것만으로도 내 영혼이 마모되는 것 같다. 아득히 먼 오래된 권능의 주인을 따르는 그 생명체들은 직립보행을 하는 것은 인간과 같았지만 생김새는 흉측하기 짝이 없었다. 온몸의 피부가 소름끼치는 축축한 비늘로 덮여 있었고, 팔다리가 길고 가늘었으며 마치 뼈가 없는 듯 유연하게 움직였다. 눈은 파충류의 그것처럼 길게 갈라져 있었고, 입에서는 검붉은 혀를 쉴 새 없이 날름거렸다. 그 안에서 불길한 소리가 끊임없이 흘러나왔다.

단순한 괴물이라고 치부해버리고 말 괴생명체들을 인간과 같은 지성체라 느낀 이유는 그들이 의복을 걸치고 있었기 때문이었다. 정확히 말해 의복이라기보다는 말린 가죽 쪼가리를 길게 묶어서 몸을 휘감아 국소부위를 가리고 있는 형태였다.

뱀을 닮은 고대의 생명체들은 불길한 소리를 내면서 갈고리에 꿴 탐사대원들을 제단 쪽으로 끌고 갔다. 갈고리에 꿰인 이들은 아직 숨이 끊이지 않았는지 비명을 질러댔다. 이 흉측한 존재들은 희생양이 된 탐사대원들을 사슬에 묶어 제단 가운데 뚫린 구멍 위에 매달았다. 십수 명의 대원들이 공중에 대롱대롱 매달렸다. 나는 숨을 죽이며 이들이 하는 모습을 숨어서 지켜봐야만 했다. 그때였다. 제단 쪽으로 누군가가 나타났다.

다른 놈들보다 머리 두 개는 더 큰 거체의 괴물이 모습을 드러냈다. 가죽 쪼가리가 아닌 마치 그리스 시대의 복장처럼 치렁치렁한 옷을 걸치고 머리에는 왕관 비슷한 것을 쓰고 있었다. 다른 괴물들이 모두 무릎을 꿇으며 아까보다 더 크게 쉭쉭거리는 소리를 냈다. 아무래도 가장 마지막에 나타난 괴물이 제단을 관장하는 제사장인 듯싶었다.

제사장은 제물로 바쳐지는 대원들을 올려다보며 손을 높게 뻗어 올렸다. 다른 이들과 달리 쉭쉭거리는 소리가 아닌 기묘한 음을 끊임없이 냈다. 나는 그 음을 듣는 것만으로도 구역질이 날 것 같았다. 머릿속에 온갖 사악한 생각들과 광기 어린 충동이 솟구쳐 올라왔다. 최대한 귀를 막으며 이곳을 벗어나기 위해 몸을 돌렸는데 뭔가가 내 몸을 확 낚아챘다.

갑작스러운 손길에 놀라서 비명을 지를 뻔했다가 겨우 삼키고 덜덜 떨며 옆을 봤다. 얼굴은 피투성이에다가 다리 한 쪽이 완전히 돌아간 채 너덜거리고 있는 탐사대원이었다. 가슴에 달고 있던 이름표를 확인하니 다름 아닌 탐사 팀장이었다. 그는 나를 향해 권총을 겨누며 협박했다. 자신을 데리고 이곳에서 나가라고. 총구의 차가운 감촉이 목 뒤에 닿았다. 어쩔 수 없이 그를 끌고 천천히 기어서 이곳을 빠져나가려 했다. 처음 이곳에 들어왔을 때 내려온 계단을 찾아 기고 또 기었다. 하지만 아무리 기어가도 계단이 보이지가 않았다.

탐사 팀장은 핏발선 눈으로 나를 향해 욕을 지껄였다. 빨리 계단을 찾지 않으면 내 머리통을 날려버리겠다며 윽박질렀다. 나는 급하게 탐사 팀장을 옮기려다가 그만 돌부리에 걸려 넘어지고 말았다. 동시에 쿵 하는 소리가 공동에 크게 울려 퍼졌다. 나와 탐사 팀장은 숨을 죽였다. 그런데 제단 쪽에서 다시 쉭쉭거리는 소리가 들리기 시작했다. 제단 근처에 있던 뱀을 닮은 존재들이 우리가 있는 쪽으로 다가오기 시작했다. 탐사 팀장이 총을 들이밀며 다시 윽박질렀다. 하지만 나라고 없는 계단을 만들 수는 없는 노릇이었다. 갈고리가 달린 사슬이 바닥을 긁으며 다가오는 게 들렸다.

광기에 찬 눈으로 나에게 총구를 들이밀던 탐사 팀장이 몸을 돌리더니 그 흉측한 존재들을 향해 총을 마구 쏘아댔다. 공동 전체에 요란한 총성이 울려 퍼졌다. 나는 그를 버리고 혼자 도망가려 했지만 이 미친놈이 혼자는 죽지 않는다며 두터운 팔로 내 목을 붙잡고 잡아끌었다. 나는 탐사 팀장의 팔 안에서 버둥거리다가 품 안에서 의식용 단검을 꺼냈다. 그리고는 곧장 그 단검으로 탐사 팀장의 배를 찔렀다. 악을 쓰는 탐사 팀장이 내 목을 더 강하게 조였다. 나는 단검을 뽑아 팔도 찌르고 허벅지도 찌르고 배도 찔렀다. 겨우 나를 잡아끄는 팔에 힘이 풀렸다. 나는 그대로 검을 들고 놈의 목을 찔렀다. 목에서 검은 피가 울컥울컥 솟구치더니 놈이 몸을 파르르 떨었다. 죽은 탐사 팀장을 보자 살인을 했다는 두려움과 묘한 흥분에 몸이 부르르 떨렸다. 그때 버둥거리다가 열린 가방에서 튀어나온 석판이 눈에 들어왔다.

그 석판에서 흘러나오는 부름에 무의식적으로 이끌려 다가갔다. 석판을 죽은 탐사 팀장의 배 위에 올렸다. 어느새 내 입에서 한 번도 들어본 적 없는 언어가 저절로 흘러나왔다. 나는 검에 묻은 탐사 팀장의 피를 석판 위에 뚝뚝 흘렸다. 그러자 석판이 진동을 일으키기 시작했다. 그곳에서 나는 깊고 어두운 심연 속에 잠긴 어떠한 존재의 목소리를 들었다. 그 존재는 나와 같은 하찮은 미물이 판단하는 것 자체가 불경스러울 정도로 위대한 힘을 지닌 무언가였다. 나는 점점 그 존재의 부름에 동조하며 그를 찬미하는 알 수 없는 언어를 중얼거렸다. 어느새 석판이 서서히 부서지기 시작했다. 그때 내 뒤로 뱀을 닮은 고대의 종들이 다가왔다.

그들은 나와 죽은 팀장의 시신을 제단으로 끌고 왔다. 제사장은 다시 아까의 그 사악하고 불경한 음을 내기 시작했다. 동시에 갈고리에 걸려 있는 대원들을 구덩이 안으로 서서히 내렸다. 제사장의 기괴한 음과 대원들의 광기에 찬 비명 소리가 합쳐져 마치 지옥에서나 날 법한 끔찍한 소리가 되었다. 나는 멍하니 대원들이 구멍 안으로 사라지는 것을 바라봤다. 제사장의 주문이 점차 절정에 이르렀다. 동시에 제단의 구멍에서 무엇인가가 스멀스멀 기어 나왔다. 처음에는 거대한 뱀인 줄 알았다. 나는 그때서야 깨달았다. 오래된 신화 속에서 나왔던 뱀신. 그 신화 속 존재의 실체를 두 눈으로 보게 된 것이었다.

뭉툭한 머리에는 눈은 붙어 있지 않았지만 톱날 같은 이빨이 박혀 있는 동그란 입이 뻥 뚫려 있었다. 끈적한 체액으로 뒤덮인 검은 표피에는 갈고리 같은 돌기들이 가득 붙어 있었기에 벽을 타고 자유롭게 올라오는 것이 가능했다. 안 교수가 말했던 이곳의 주인은 다름 아닌 저 불길하고 흉측한 존재를 뜻한 것이었다. 전설과 민담 속에서 뱀신의 이름으로 나타났던 그 흔적은 단순히 선조들이 꾸며낸 것이 아니었다. 아득히 먼 옛날부터 이 땅, 깊고 깊은 해저 지하에 잠들어 있던 존재, 까마득히 먼 옛날 인류가 존재하기 이전의 시대에 그 경이로운 권능을 휘두르던 신화적 존재가 몸을 일으킬 때를 기다렸던 것이다.

이 끔찍한 악몽 같은 존재가 저 흉측한 신봉자들과 육지로 올라오게 된다면 인류가 만들어낸 문명은 한순간에 사라질 것이 분명했다. 인류에게 멸망을 예고하고 이를 실행할 끔찍한 권능의 존재는 끝도 없이 구멍에서 몸을 일으켰다. 이 존재를 불러낸 흉측한 종들은 여전히 쉭쉭거리는 소리를 내며 경외의 자세를 취했다.

나는 이 비현실적인 모습을 내 눈으로 생생하게 바라보며 아무것도 생각할 수가 없었다. 그때였다. 내 옆에 부서진

장난감처럼 구겨진 채로 죽어 있던 탐사 팀장의 몸이 덜덜덜 떨리기 시작했다. 동시에 팀장이 몸을 기괴하게 꺾으며 서서히 일어났다. 그의 눈동자가 검게 물들더니 비뚤어진 입에서 끽끽거리며 요상한 소리를 토해냈다. 죽은 팀장의 입에서 아까 내가 읊었던 불가해한 언어가 흘러나오기 시작했다.

안 교수가 뱀신을 막기 위해 나를 제물로 바쳐서 소환하려던 불길한 권능을 지닌 옛신. 그 존재가 팀장의 몸에 강림한 것이었다. 시커멓게 물든 두 눈에서 검은 눈물을 줄줄 흘리며 몸을 기괴하게 비트는 팀장은 옛신의 화신이 되어 그 부정한 힘을 이 고대의 지하 도시로 불러왔다. 옛신의 힘이 담긴 그 기괴한 울림을 나를 비롯해 뱀신의 권속들조차 견디지 못하고 머리를 붙잡은 채 몸을 떨며 비틀거렸다.

제사장이 이에 맞서서 불온한 음을 내며 가장 오래된 부정한 존재에게 맞서려 했지만 역부족이었다. 어느새 제사장의 눈과 코와 귀에서 푸른 체액이 흘러나오고 있었다. 제사장이 피를 흘리며 쓰러지자 다른 존재들 역시 두려움에 떨었다. 구멍에서 기어 나오려던 뱀신은 길게 울부짖더니 괴로운 듯 전신을 뒤흔들었다. 아직 힘을 되찾지 못한 상태에서 옛신의 힘에 눌려 저 끝을 알 수 없는 무저갱 속으로 다시 밀려 내려갔다. 그러자 제단 전체가 크게 흔들리기 시작했다. 나는 어떻게든 정신을 다잡고 제단을 기어서 내려왔다. 기괴한 울부짖음이 더 커지자 뱀인간들 역시 푸른 체액을 내뿜으며 하나둘씩 쓰러지기 시작했다.

어떻게든 구멍 밖으로 빠져나오려던 뱀신이 갈고리를 닮은 돌기를 길게 뻗어 죽은 뱀인간들을 휘감아 자신의 입안으로 집어넣었다. 하지만 옛신의 힘은 그런 뱀신의 저항조차 허락하지 않았다. 인간의 귀로 들을 수 없는 영역에서 기이한 음파가 울려 퍼지며 뱀신을 다시 어둠 속으로 집어넣으려 했다. 나는 뇌가 타버릴 듯한 고통을 견뎌내며, 귀에서 피를 줄줄 흘리면서도 앞으로 끝까지 기어갔다.

제단을 비추던 보랏빛 불꽃이 닿지 않는 곳으로 향하자 어느새 눈앞은 완전한 어둠에 휩싸였다. 의식과 무의식의 경계 속에서 내 머릿속에 어떠한 의지가 전해졌다.

뒤를 돌아보지 말라.

저 먼 심연 속에서 위대한 권능을 펼치는 옛신이 전달한 그 강렬한 의지가 내 머릿속을 온통 휘저었다. 나는 뒤를 돌아볼 생각조차 하지 못하고 그 어둠 속을 계속 기어갔다. 그리고 눈을 떴을 때 나는 내가 들어갔던 무인도의 동굴이 아닌 제주도 만장굴 앞에서 발견됐다.

어떻게 내가 다시 제주도로, 거기에 해안가도 아닌 만장굴 앞에서 발견됐는지는 여전히 알 수가 없다. 더 놀라운 것은 분명 죽었을 것이라 생각했던 안 교수가 멀쩡한 모습으로 호텔에 있었다는 것이었다. 안 교수는 사전 조사를 진행하던 탐사 팀이 타고 있던 배가 침몰해 이를 신고하고 사건을 수습하는 중이었다고 말했다.

평소와 같이 신사적이고 차분한 표정을 짓고 있던 그와 동굴 안에서 나를 죽이기 위해 단검을 들고 휘두르던 그의 얼굴이 겹쳐 보였다. 나는 교수를 피해 경찰에게 내가 본 것들을 최대한 정리해 말했지만 아무도 내 말을 믿지 않았다. 경찰은 내 피에서 환각 물질이 발견되었다고 하면서 내가 본 것들은 모두 환각이라고 치부했다. 내가 본 것들이 환상일 리 없다고 생각해 경찰들을 이끌고 탐사대원들과 함께 갔던 섬을 다시 찾았지만 그때 들어갔던 동굴을 그 어디서도 찾을 수 없었다. 결국 탐사 팀원은 사고사로, 나는 제주도 관광 중 낯선 이가 건넨 음료를 먹고 나도 모르는 사이에 길을 헤매다가 실족해서 동굴 근처에 떨어진 후 깨어났다가 기억상실증에 걸린 것으로 결론이 났다.

말이 안 되는 내용이었지만 그렇게 결론이 났다. 이 모든 비밀을 쥐고 있는 안 교수는 별다른 말이 없었다. 제주도에서 서울로 돌아오는 비행기 안에서도 그는 평소와 마찬가지로 한쪽 다리를 꼰 채 논문을 읽는 데 집중했다. 서울로 돌아온 나는 평소와 같은 일상에 잠겼다. 그 당시의 기억도 점차 희미해졌다. 그러다가도 가끔 꿈속에서 나타나는 흉측한 뱀 인간들의 울음소리와 뱀신의 흉측한 모습, 옛신이 내질렀던 기이한 괴성 때문에 비명을 지르며 깨어나고는 했다.

며칠 동안 쉬고 다시 연구실로 돌아가자 놀랍게도 안 교수는 학교에 없었다. 다시 미스토캐닉 대학으로 돌아갔다는 것이었다. 그리고 얼마 후 내 계좌로 거액의 돈이 입금됐다. 평생 아무것도 하지 않아도 살 수 있을 법한 돈이었다. 누가 이런 거금을 보냈는지는 알 수 없었다. 그 돈이 왜 나에게 왔는지는 알 것 같았다. 내가 겪었던 일들에 대해 밝히지 말라는 무언의 압박이 느껴졌다.

그때로부터 10년이 지난 지금 내가 당시의 이야기를 꺼낸 이유는 다름 아닌 적어도 내가 죽고 난 뒤 누군가는 이 사실을 기억해줬으면 하기 때문이다. 그 일을 겪은 뒤 나는 대학에서 나와 강원도의 산 하나를 통째로 매입한 뒤 그곳에 집을 짓고 여태껏 홀로 살아왔다. 내가 봤던 그 끔찍한 일들이 시간이 지날수록 더 생생하게 다가왔다. 우리가 발을 딛고 살고 있는 이 땅 아래 잠들어 있는 불길한 권능을 지닌 부정한 신과 그들의 추종자들을 떠올리면 도저히 불안해 잠을 이룰 수가 없다. 내 삶은 마치 살얼음판을 걷는 것과 같이 불안하기 짝이 없었다. 언제고 그 지하에 잠들어 있던 뒤틀린 도시가 지상에 나타나 오만한 인간의 종을 모두 말살할지도 모른다는 공포가 내 영혼을 침식했기 때문이다.

이 모든 것을 끝내기 위해서는 한 가지 방법 밖에 없다. 나는 이 불안정한 세계를 떠나 다시금 자유를 얻을 것이다. 위대한 권능의 옛신이 말했던 것처럼 뒤를 돌아보지 않고 나아가고자 한다. 내가 쓴 이 모든 것은 진실이기에 나약하고 조악한 인간들아, 이 땅에 잠들어 있는 초월적 존재들이 부디 깨어나지 않기만을 기도하라. 그 영속되는 불안함 속에서 비루한 삶을 이어갈 수 있기를 바란다.

뱀무덤은 제주도의 뱀신 신화를 코스믹 호러로 재해석해본 작품이다. 이전부터 제주도 신화에 관심이 많았기에 이와 같은 작업을 꼭 한 번 해보고 싶었는데 운이 좋게 들녘과 함께 앤솔로지를 만들 기회를 갖게 되었다.

제주도에는 천지왕본풀이부터 설문대할망, 가믄장 아기 등 굉장히 많은 신화들이 존재한다. 모두 흥미롭고 현대적인 시각으로 재해석할 만한 소재들로 구성되어 있다. 내가 이번 프로젝트를 진행하며 관심 있게 본 신화는 두 가지였는데 하나는 위에서 언급한 '가믄장 아기'와 '감녕사굴'이었다.

가믄장 아기는 처음에는 복을 불러왔다가 후에 아이를 쫓아내고 결국에는 저주를 받게 되는 가족의 이야기다. 이를 호러적으로 해석하여 초자연적인 아이를 잉태한 뒤 벌어질 내용으로 한국식 오멘을 만들어보는 것도 재밌겠다 싶었다. 하지만 결국 이번 프로젝트의 소재가 코스믹 호러였기에 좀 더 근원적인 공포를 다루는 것이 어울리겠다 생각하여 가믄장 아기보다는 감녕사굴의 뱀신을 선택하게 됐다.

감녕사굴의 뱀신 설화는 굴에 살고 있는 큰 뱀을 새로 부임한 판관이 퇴치하는 내용을 담고 있다. 감녕사굴과 같은 뱀신 설화에서는 크게 두 가지의 특징이 있는데 바로 인신공양과 뒤를 돌아보지 말라는 금기 사항이다.

섬에 사는 마을 사람들이 해마다 큰 뱀이 사는 굴에 처녀를 바쳐서 굿을 올렸는데 처녀를 바치면 풍년이 들고, 바치지 않으면 흉년이 들었다. 이때 섬 바깥에서 판관이 새롭게 부임하여 이 소문을 듣고 뱀을 창검으로 찔러 죽였다. 큰뱀을 죽인 판관은 말을 타고 성 안으로 들어가려 하는데 피로 이루어진 붉은 비가 내린다는 병사의 말을 듣고 뒤를 돌아보지 말라는 금기를 어겨 그만 그 자리에서 쓰러져 죽고 말았다.

금기 사항은 코스믹호러에서 아주 중요한 지점이다. 인간은 호기심과 어리석음으로 발을 들여서는 안 되는 영역에 들어감으로써 감당할 수 없는 공포와 마주하게 된다. 도저히 어찌할 수 없는 근원적인 공포 속에서 개체가 소멸되는 것이 바로 코스믹 호러의 핵심이라고 생각한다. 그런 측면에서 감녕사굴 설화를 러브크래프트의 작품인 '광기의 산맥'을 오마주해 재구성해보고 싶었다.

뱀무덤의 주인공은 다행히 '뒤를 돌아보지 말라'는 금기 사항을 어기지 않았기에 목숨을 건질 수 있었지만 그의 기억 속에 맺힌 그 끔찍한 공포는 여전히 남아 그의 뒤를 붙잡았다. 공포 속에서 벗어나지 못하고 끊임없이 불안 속에서 시달리는 주인공은 결국 그 과거의 기억에 먹혀버리고 만다. 뒤를 돌아보지 말라는 경고가 주언呪言이 되어 결국은 '뒤'에 잡아먹히게 된 것이다. 보이지 않는 뒤에 존재하는 공포는 이렇듯 두려움을 먹고 계속 자라난다. 초월적 권능을 지닌 옛신들은 나약하고 조악한 인간들의 영속된 불안함을 지배하기 위해 지금 이 순간에도 귓가에 속삭일 것이다.

'절대 뒤를 돌아보지 말라.'

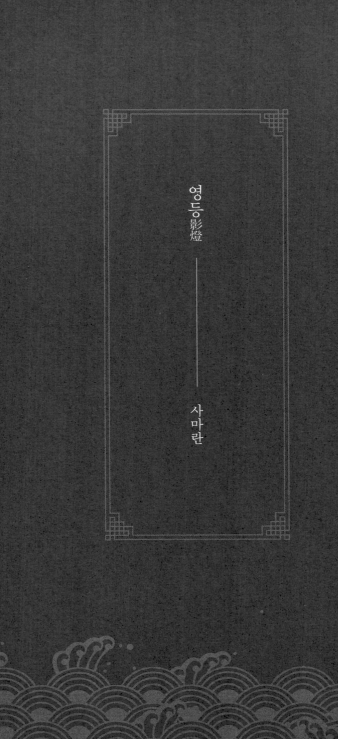

영등 影燈

———

사마란

제주의 첫인사는 바람이었다. 공항 밖에 서 있는 야자수들이 땅으로 누우려는 듯 크게 휘었다. 세미는 실눈조차 제대로 뜨지 못하고 바람 반대 방향으로 고개를 돌렸다. 제주에 무사히 착륙한 것만도 다행이었다. 비행기는 심한 난기류로 활주로를 앞에 두고 몇 번이나 튀어오르다가 겨우 착륙에 성공했다. 기내는 공포영화의 한 장면처럼 비명소리가 가득했다. 안도의 한숨도 잠시, 세미는 온몸으로 바람의 공격을 받는 기분이었다.

"눈 감아. 저기 정류장까지 나만 믿고 따라와."

낮고 부드러운 효승의 목소리였다. 효승은 세미의 손을 꼭 잡았다. 눈을 감자 세상이 캄캄해지고 머리카락은 메두사의 뱀이라도 된 듯 사정없이 휘날렸다. 그의 따듯한 손이 한 가닥 빛처럼 세미를 안심시켰다. 효승은 눈을 감은 세미를 조심스레 안내했다. 버스 정류장에 도착하자 정류장 구조물 덕에 견딜 만했다. 버스를 타고 한숨을 돌렸다. 그제서야 제주의 풍경들이 제대로 눈에 들어왔다. 곳곳에 보이는 야자수 때문인지 외국 같았다. 세미는 창문에 달라붙듯이 바깥을 구경했다.

"그렇게 신기해?"

"응. 나는 월영시 밖으로 나간 적이 별로 없으니까. 텔레비전에서나 보던 곳을 내가 직접 오다니. 꿈만 같아."

그 모습이 귀엽다는 듯 효승이 세미의 머리를 흩트리며 웃었다. 한 정류장에서 할머니들 여럿이 버스에 오르더니 알아들을 수 없는 말로 대화하기 시작했다. 꽤나 큰소리로 하는 그 대화는 한마디도 알아들을 수 없었다. 세미는 신기해서 입을 벌리고 할머니들을 바라보았다.

"제주도 사람들은 다 방언으로 얘기해?"

효승이 손사래를 치며 대답했다.

"아냐. 젊은 사람들은 저렇게 심하게 안 해. 저분들은 연세가 많으셔서 유난히 심하게 쓰시는 것뿐이야. 외지 사람들이랑 얘기할 땐 완벽한 표준어를 쓴다구."

"하긴. 그랬으면 오빠도 사투리를 심하게 썼겠네."

세미가 킥킥 웃자 효승이 짓궂다는 듯 세미를 흘겨봤다. 차창 밖으로 스쳐가는 풍경이 지루하다 싶을 때쯤 버스는 어느 인적 없는 정류장에 세미와 효승을 남기고 떠나갔다. 효승이 주위를 두리번거렸다.

"아직 안 왔나?"

말이 끝나기가 무섭게 저쪽에서 자동차 한 대가 보였다. 효승이 활짝 웃으며 차를 향해 손을 흔들자 자동차가 둘의 앞에 서더니 퉁퉁하고 작달막한 키의 남자가 내렸다.

"딱 맞춰 왔네요?"

"말도 마라. 늦을까 봐 엄청 밟았다. 우리 효승이가 새아기씨 모시고 온다는데 늦으면 안 되지."

"인사하세요. 오늘 우리 마을로 이사 온 황세미 양이에요. 너도 인사해. 찬호 아저씨야."

"아이고, 이 먼 곳까지 귀한 분 오시느라 고생이 많으셨겠네요."

퉁퉁한 남자는 바지에 손을 쓱쓱 비비더니 세미에게 손을 내밀며 너스레를 떨었다. 세미는 엉거주춤 찬호의 손을 잡고 머리를 숙여 인사했다. 찬호 아저씨는 세미의 손에 들린 캐리어를 받아 트렁크에 실었다.

"자, 얼른 탑시다. 우리 마을이 좀 외진 곳에 있어서 여기서도 40분은 들어가야 해요. 어둑해지는데 얼른 가야지. 배고프시겠네."

효승은 보조석에, 세미는 뒷좌석에 타고 자동차가 출발했다. 세미는 여행길이 많이 피곤했는지 찬호 아저씨가 이것저것 묻는 말에 몇 마디 대답하다 까무룩 잠이 들었다. 눈을 떴을 땐 사방이 칠흑같이 어두웠다. 도로를 향해 목을 꺾고 내려다보는 가로등 말고는 아무것도 보이지 않는 해안 도로였다.

"아직 멀었어?"

잠이 묻은 목소리로 세미가 물었다.

"깼어? 이제 거의 다 왔어. 10분 정도만 더 가면 곧 마을이 나올 거야."

세미는 까만 창밖으로 다시 시선을 던졌다. 저 멀리 바위 위에 사람의 형상 같은 것이 보였다. 세미는 눈을 게슴츠레 뜨며 자세히 보려 애써보았지만 사람인지 바위인지 구분할 수 없었다.

"저기 꼭 사람 같은 게 보여."

운전대를 잡은 채 창밖을 흘끗 쳐다본 찬호 아저씨가 말했다.

"웬일로 인어가 나왔네. 귀한 새아기씨 오는 거 알고 반기러 왔는가."

"인어요? 인어공주에 나오는 그 인어? 말도 안 돼."

세미의 말에 앞자리에 앉은 두 사람이 소리 내어 웃었다.

"에이. 저 놀리려고 하신 말씀이시구나."

효승이 몸을 돌려 세미를 바라봤다. 얼굴에 선한 웃음이 가득했다.

"놀리는 거 아냐. 내가 우리 마을은 다른 사람들이 이해할 수 없는 일들이 일상처럼 함께한다고 했었지? 세미도 차

차 알게 되겠지만 여긴 그런 곳이야."

세미가 눈을 껌뻑이며 효승을 바라보다 다시 창밖으로 눈을 돌렸을 때 인어는 바다로 뛰어들고 있었다. 주위로 사람 머리가 둘 더 나타나더니 동시에 바다 속으로 쑥 사라졌다. 눈으로 보고도 믿을 수 없었지만 효승이 농담을 하는 것 같지 않았다. 세미의 머릿속에 '차차 알게 될 것들'에 대한 기대와 걱정이 동시에 피어오를 때 저 멀리 불빛이 보였다. 작은 편의점이었다. 차는 편의점을 지나자마자 우회전하더니 한참 비포장도로를 덜컹거리며 지나갔다. 드디어 마을이 보였다. 치마폭에 싸인 듯 마을 입구 외에는 길이 없었다. 길쭉한 바위 두 개가 마치 문지기처럼 마을 입구 양쪽에 우뚝 서 있었는데, 혹시 아까 바다에서 본 인어처럼 이 바위도 갑자기 움직이는 건 아닐까 하는 상상을 잠시 해봤지만 바위는 그저 바위였다. 차는 4층짜리 건물 앞에 멈췄다. 짐을 다 내리자 찬호 아저씨는 차를 몰고 어디론가 사라졌다.

"따라와. 방을 안내해줄게."

유리로 된 건물 외부의 문을 열자 왼쪽에는 계단이, 오른쪽에는 복도가 보였다. 효승은 세미의 여행가방을 들고 성큼성큼 계단을 올랐다. 2층으로 오르니 복도에 나란히 네 개의 문이 보였다. 그중 가장 안쪽에 있는 문을 열었다. 오래된 형광등이 깜빡이며 불을 밝혔다. 방에는 1인용 침대와 책상, 자그마한 옷장 하나가 전부였다. 작지만 세미에게는 처음 허락된 혼자만의 공간이었다.

세미는 목사가 운영하는 고아원에서 자랐다. 보호 종료 아동이 되자 그는 특출나게 공부를 잘하지도 무언가 재능도 없는 세미를 대학 대신 작은 생산 공장에 취직시켜버렸다. 지원금으로 나온 몇 백의 돈으로는 제대로 된 월세방 하나 구할 수 없었다. 세미는 네 명이 함께 살아야 하는 손바닥만 한 기숙사에 들어갔다. 룸메이트끼리 서로 다른 교대근무 스케줄 덕에 모두가 수면부족에 시달려야 하는 그런 곳이었다.

언제 끝날지 모를 무한대의 지옥에서 세미를 구원한 사람은 효승이었다.

"피곤하지? 쉬고 있어. 1층 내려가서 저녁식사 부탁드릴게. 이따 봐."

효승이 나가자 작은 공간에 오롯이 혼자 남았다. 일단은 씻어야겠다 싶어 화장실 문을 열었다. 변기 하나 세면대 하나 샤워기 하나가 있는 작은 공간이었다. 그래도 이제 누군가 화장실이 급하다고 문을 두드릴까 걱정이 되어 후다닥 씻을 필요가 없었다. 따듯한 물을 틀고 오래 샤워를 했다. 충분히 뜨거운 물에 씻고 나니 온몸이 나른해졌다. 여행가방에서 작은 드라이기를 꺼내 머리를 말린 후 가방 안의 물건을 정리했다. 속옷과 옷가지 몇 개, 간단한 화장품 꾸러미,

드라이기와 자질구레한 소지품 가방이 전부였다. 소지품 가방에서 통장과 도장만 꺼내 여행가방에 넣고 단단히 잠갔다. 세미의 전 재산이 든 가방을 옷장 위에 올려두고 침대에 누워 천장을 바라보았다. 새로운 시작. 어제의 나와는 다른 내가 될 것이다. 효승과 함께 꾸려갈 미래를 생각했다.

효승을 닮은 아이를 낳고 따듯한 보금자리에서 구김살 없이 키워야지. 내가 받지 못한 사랑만큼 열 배로 사랑해줄 거야. 세미는 그렇게 다짐했다.

보육원에는 부모가 없는 아이들보다 부모가 있는 아이들이 더 많았다. 아이들 사이에서도 은근한 계급이 존재했다. 부모가 있으나 경제적 여건이 되지 않아 보육원에 맡겨진 아이들은 매주 부모가 찾아와 외박을 하고 오기도 했다. 그런 아이들의 눈빛에는 '나는 너희들처럼 천애고아가 아니다'라는 무언의 자부심이 서려 있었다. 부모가 있되 자주 오지 않거나 거의 찾아오지 않는 아이들은 부모님과 면회 가는 아이들에게 자주 심술을 부렸다.

세미는 부모가 없는 아이었다. 태어난 지 일주일도 안 되어 보이는 아기가 때가 꼬질꼬질한 이불에 어설프게 둘둘 말려 보육원 문 앞에 버려져 있었다고 했다. 잘 키워달라는 쪽지 한 장 없이 그렇게 버려진 아이에게 보육원 원장은 자신의 성을 붙이고 세미라는 의외로 세련된 이름을 붙여주었다. 훗날 원장은 세미에게 잘 웃지도 잘 울지도 않는 아기였다고 말해줬다.

세미는 있는 듯 없는 듯 크게 두각을 나타내지도, 크게 말썽을 부리지도 않고 눈에 잘 띄지 않는 아이로 자랐다. 다른 아이보다 덩치도 크고 피부도 거뭇해서 입양을 원하는 부부들은 그녀를 눈여겨보지 않았다. 고등학교에 올라갈 즈음 세미의 키는 170센티가 훌쩍 넘어 늘 너무 크거나 너무 작은 옷을 입고 다녀야 했다. 세미에게 맞는 사이즈의 옷을 기부받기가 힘들어서였다.

3학년이 되기 전 겨울방학, 세미는 효승을 처음 만났다. 의대 자원봉사 동아리를 따라 보육원에 온 효승은 크지 않은 키에 왜소한 체격을 가졌지만 사랑을 많이 받고 자란 사람의 표정을 하고 있었다. 식당에서 설거지를 돕고 있는 세미와 눈이 마주치자 싱긋 웃어주었는데, 세미는 닦고 있던 식판을 내려놓고 그대로 도망쳐서 봉사자들이 떠날 때까지 방에서 한 발자국도 나오지 않았다. 한창 감수성 예민한 시기의 고등학생이 처음 겪어보는 난감한 감정이었다. 동경인지 부끄러움인지 알 길이 없었다. 열병처럼 스쳐 가는 감정은 며칠도 가지 않아 잊혀졌다. 그저 막연하게 표정이 해맑던 어떤 대학생으로 기억될 뿐이었다.

고등학교를 졸업한 세미는 공장과 기숙사를 맴돌며 내 방 한 칸 마련하는 것만을 목표로 열심히 살았지만 재개발이 확정된 월영시의 집값은 하루가 다르게 천정부지로 치솟았다. 매일 쳇바퀴 돌듯 희망 없는 삶을 살고 있을 때 보육원 원장에게 전화가 왔다. 어떤 사람이 세미를 만나고 싶어 한다고. 큰 금액은 아니지만 보육원에 있는 동안 세미를 후원해주고 있었는데 신신당부를 하는 통에 말을 하지 않았다고.

어느 날인가부터 세미의 몸에 맞는 새 옷을 입었던 기억이 났다. 그렇게 두 번째로 효승을 만났다. 효승의 사랑 많이 받고 자란 반듯한 표정은 여전했다. 세미의 심장도 여전했다. 너무 두근거려 어디에라도 숨고 싶은 심정이었다. 아무 말도 할 수 없었다.

"잘 지내는지 궁금했어. 요즘도 설거지하다 사라지고 그러니?"

세미의 얼굴은 폭발할 듯 달아올랐다. 효승의 얼굴을 쳐다볼 수조차 없었다.

"농담하면 좀 풀어질까 했는데 더 곤란하게 만들었나 보구나. 참. 인사가 늦었네. 나는 고효승이라고 해. 월영대 의예과 2학년이고 고향은 제주도야. 그리고 너한테 해코지할 마음은 없으니까 안심해. 그냥 편하게 오빠라고 생각하면 되겠다. 괜찮지?"

세미는 빨간 얼굴로 고개를 끄덕였고 효승은 그 후로도 한 달에 한두 번쯤 세미를 찾아와 영화를 보여주거나 전시

회를 데려가거나 했다. 서먹해했던 세미도 시간이 지나면서 효승을 오빠라고 부르며 따르게 되었다. 세미는 효승의 착한 심성이 베푸는 선행이라고 자꾸만 되뇌었다. 키다리 아저씨가 주디와 결혼하는 건 소설책에서나 있는 일이라고. 아무도 관심 가져주지 않던 세미에게 좋은 오빠 하나 생긴 걸로 생각하자고. 그래야 상처를 덜 받는다고.

어느 따스한 봄날, 영화 한 편을 보고 그저 그런 프랜차이즈 식당에서 스파게티를 먹은 후 한적한 공원에서 석양을 바라보다 효승이 말했다.

"너의 가족이 되고 싶어."

세미는 피식 웃으며 붉은빛으로 물들어가는 하늘로 시선을 던졌다.

"지금도 나에겐 가족 같은 사람이야. 나한테 이렇게 관심 가져주는 사람은 오빠뿐인걸."

효승은 시선을 피하는 세미의 얼굴을 돌려 눈을 똑바로 바라보며 말했다.

"가족 같은 사람 말고. 진짜 가족."

세미는 어리둥절하게 효승을 바라보다 엉엉 울었다. 드라마에서나 있을 줄 알았던 행운이 자신에게도 온 것이 믿기지 않아서, 너무나 갖고 싶었지만 절대 손에 잡히지 않을 것 같았던 가족이 생긴다는 행복감에 하염없이 눈물이 나왔다.

침대에 누워 잠시 이런저런 생각을 하는 사이 효승이 문을 열고 들어왔다.

"저녁준비 다 되었어. 내려가자."

효승을 따라 1층으로 내려가자 계단 왼편으로 문이 두 개 보였다. 그중 첫 번째 문을 열자 식당이 나왔다. 공장 구내식당에서 보았던 것처럼 익숙한 모습이었다. 긴 창문이 뚫린 오픈형 주방이 보였다. 그 앞쪽으로 배식대가, 제일 안쪽에 퇴식구가 있는 형태였다. 음식은 배식대가 아니라 한쪽 탁자에 정갈하게 차려져 있었다. 그 옆에는 중년의 남녀가 서 있었는데 효승이 집사님과 안주인 아주머니라고 소개시켜주었다. 인사를 하고 식탁에 마주 앉았다. 두 사람이 계속 식탁 옆에 꼿꼿이 서 있어 마음이 여간 불편한 게 아니었다.

"식사하셨어요? 안 하셨으면 같이 드세요."

당황한 세미가 수저를 들지 못하고 말했다.

"아닙니다. 두 분 식사하시는데 불편한 것 없도록 모시겠습니다."

"아유. 아저씨 아주머니 두 분 다 왜 그러세요. 세미가 불편해서 식사를 못 하잖아요. 같이 안 드셔도 좋으니 옆에 앉아서 편하게 계세요."

효승이 난처한 듯 두 사람을 말렸다. 어쩔 수 없이 두 사람도 세미와 효승 옆에 나란히 앉았다. 고아원에서도 공장에서도 식판으로 밥을 먹었는데, 가운데에 갈치조림이 든 냄비가 놓여 있고 그 주위를 반찬 그릇이 빙 둘러싼 식탁 앞에 앉으니 가족이 앉아 밥을 먹는 기분이 들었다. 세미는 수저를 들어 따듯한 성게미역국을 맛보았다. 입안 가득 바다향이 밀려왔다. 윤기가 자르르 도는 흰쌀밥은 구내식당 찐밥보다 훨씬 차지고 달았다. 정성이 깃든 맛있는 음식이었다.

"많이 먹어요."

아주머니는 갈치조림의 가시를 발라 세미의 숟가락에 얹어주었다. 드라마 속이나 가끔 식당 같은 곳에 가면 보던 장면이었을 뿐 세미는 처음 겪어보는 것이었다. 왈칵 눈물이 날 것만 같았다.

"그동안 얼마나 고생이 많았을까. 이제 우리 마을 식구니까 아무 걱정하지 말아요."

빨갛게 충혈된 눈으로 작게 고개를 끄덕였다. 마음이 따듯했다. 고봉밥으로 퍼준 밥을 다 먹었는데도 아주머니는 한사코 더 먹으라고 권했다. 먹고 나니 숨쉬기도 버거울 지경이었다. 방에 올라와 침대에 누우니 여독과 함께 식곤증이 몰려와 까무룩 잠이 들었다. 꿈도 꾸지 않았다.

눈을 떠보니 효승이 머리맡에 앉아 세미를 내려다보고 있었다.

"언제부터…?"

"아까부터."

"세수도 안 했는데… 부끄럽게."

세미가 이불을 끌어당겨 얼굴을 가렸다. 효승이 귀엽다는 듯 세미의 머리를 헝클었다.

"어서 일어나. 잠꾸러기. 아침 먹으러 내려가자."

식당에 내려가니 어제처럼 식탁에 음식이 정성스럽게 차려졌고 그 앞에 집사 부부가 나란히 앉았다. 세미는 활짝 웃으며 인사를 건넸다.

"안녕히 주무셨어요?"

"어서 와 앉아요. 차린 건 없지만 많이 먹어요."

차린 게 없다기에는 푸짐하게 잘 차려진 식탁이었다. 두 사람은 자리에 앉아 식사를 했다. 어제보다 더 마음이 편해서 그런지 아침인데도 밥 한 공기를 금방 비웠다.

"아유, 먹는 모습도 어쩜 저렇게 복스러울까. 어디서 저렇게 딱 들어맞는 새아기씨님을 찾아왔어. 대견하네, 대견해."

아주머니는 밥을 더 내어주며 연신 싱글벙글했다. 세미는 주변을 흘끔흘끔 보다가 이상하다는 생각을 했다. 어제 저녁이야 늦게 도착해 그럴 수도 있다 싶었지만 잘 꾸며진 식당임에도 식사하러 오는 이가 없었다.

"식당에 저희 말고는 아무도 없네요."

"지금은 좀 썰렁하지만 방학 되면 각지에 유학 가 있는 학생들이 돌아와 복잡하답니다. 아참, 효승이는 지금 휴학 중이랬지?"

"예. 결혼 때문에 휴학하고 잠시 내려왔어요. 아주머니 요즘 무릎은 어떠세요?"

돼지고기 한 점을 세미의 숟가락에 얹어주며 아주머니가 대답했다.

"늙어서 아픈걸 뭐. 그리고 고 원장님 계신데 뭐가 걱정이 겠니. 우리 아픈 건 고 원장님께서 다 고쳐주시는데. 말 나온 김에 이따 고 원장님 병원 갈 때 나 좀 데려가라. 어제저 앞바다에서 보말 좀 주워 왔다고 허리가 좀 안 좋네."

"네. 아침 드시고 준비하고 계세요. 제 차로 모셔 갈게요."

"오빠, 오늘 어디 가?"

세미가 불안한 눈빛으로 묻자 효승이 빙그레 웃었다.

"응. 여기 있는 동안 고 원장님 병원에서 일도 하고 배우기도 해야지. 상의할 것도 있고. 세미는 아침 먹고 집사님 따라 마을 구경도 하고 여기 사람들과 인사도 하고 어떤 일을 해야 하는지도 배워야 해. 적당한 친구 붙여주실 거니까 너무 걱정하지 말고."

효승이 없이 하루를 지내는 게 내키지 않았지만 고개를 작게 끄덕였다. 식사를 마치고 효승은 아주머니를 태워 병원으로 떠났다. 집사님은 세미를 마을 가장 안쪽 회당으로 데리고 갔다. 마을의 집들은 대부분 제주도 전통 가옥이어서 낮은 담 안으로 사람들이 사는 모습이 훤히 들여다보였다. 회당은 교회같이 벽돌로 지은 신식 건물이었다. 마을 안에는 가장 큰 건물인 회당과 세미가 머무는 숙소만이 현대식이었다. 안으로 들어가 커다란 문을 열자 바닥에 놓인 방석에 사람들이 열 지어 앉아 있었다. 그들이 약속이라도 한 듯 일제히 고개를 돌려 세미를 바라보자 세미는 자기도 모르게 뒷걸음질 쳤다. 사람들이 벌떡 일어나 세미에게 다가왔다.

"드디어 오셨네!"

"아이고, 아주 건강한 분이 오셨네. 키도 크고 듬직하고."

당황하는 세미를 빙 둘러싼 사람들이 너도 나도 세미에게 손을 내밀었다. 집사님이 한 분 한 분 소개를 해 주는데, 혼이 쏙 빠져 누가 누군지 기억하기 힘들었다. 딱 한 사람은 기억할 수 있었는데 유난히 하얀 얼굴에 두루마기를 걸치고 갓을 쓰고 있었기 때문이다.

장로님이라고 했다.

"오랜만의 새 가족이라 모두들 손꼽아 기다렸답니다. 다들 아빠 엄마고 할머니고 형제들이니 마음 편하게 생각해요."

장로가 세미와 악수하며 말했다. 맞잡은 손에서 불이라도 나는 듯 뜨거워서 깜짝 놀라 손을 얼른 빼냈다. 갓을 쓰고 미소를 띤 장로의 모습이 조금 괴이하게 느껴졌지만 사람들 손에 이끌려 작업장으로 끌려가느라 깊이 생각할 겨를이 없었다. 건물의 현관을 들어서면 복도가 있고 정면으로는 움푹 들어간 전실前室 양옆으로 신발장이 놓여 있었다. 그 안쪽의 문을 열면 넓은 마룻바닥이 깔린 예식실이 나왔고 사람들은 그 예식실에서 세미를 기다리고 있었다. 예식실은 교회처럼 천장이 높고 앞에는 2단으로 된 단상이 보였다. 밖으로 나와 왼쪽으로 돌면 큰 탁자가 놓인 대기실이 있고 지하로 내려가는 계단을 따라 내려가면 작업장이 나왔다. 작업장은 여러 방으로 나뉘었는데 각각의 방에서는 외부에 판매하는 공예품이나 특산물 등을 만들고 지역에서 사용하는 물품들이 생산되었다. 각각의 방을 소개한 집사님이 큰 테이블에 앉아서 작업하고 있던 여자를 불러 세미 앞에 세웠다.

"앞으로 세미 양 옆에서 도와줄 현지 씨야. 어려운 일 있을 때마다 현지 씨한테 물어보면 자세하게 알려줄 거야."

"안녕하세요."

현지가 세미에게 인사를 건넸다. 까무잡잡한 피부에 쌍꺼풀이 짙은 여자였다. 젊어 보이는 데도 아줌마들이 입는 잔꽃 무늬 통치마를 입고 있어서 나이를 짐작하기 힘들었다.

"안녕하세요. 황세미입니다. 저는 스물두 살이에요. 나이가 저보다 많으시면 제가 언니라고 불러도 될까요?"

현지는 잠시 망설이는 것 같더니 집사님을 잠시 바라보았다. 집사님이 작게 고개를 끄덕이자 활짝 웃으며 대답했다.

"그래요. 나는 그럼 세미라고 부를게요. 괜찮…죠?"

세미가 고개를 끄덕였다. 세미는 현지와 함께 작업장에서 하는 일을 배웠다. 처음 하게 된 일은 말린 고사리를 손질해서 둥글게 뭉쳐 얇은 끈으로 묶는 일이었다. 예전엔 장터에 나가 판매하는 일도 마을 부녀자들이 했다는데 요즘은 인터넷으로 판매하는 물량이 많아져서 장터에는 나가지 않는다고 했다. 처음 해보는 일이라 손에 설었다. 현지가 옆에 딱 붙어 앉아 자세히 알려주었다. 몇 번을 망치다가 겨우 비슷한 모양을 만들어냈다.

"손재주가 있네. 금방 잘 따라하는걸?"

"생각보다 어려워요."

"하다 보면 금방 잘하게 돼. 우리 마을에서는 일할 수 있는 사람들은 모두 일을 해야 해. 다 같이 벌어서 다 같이 먹고사는 거야. 일할 능력이 없는 사람들은 일할 수 있는 사람들이 먹여 살리지. 그러니까 늙었는데 부양할 사람이 없어 쓸쓸히 지낼 일도, 병들었는데 치료비 없어서 죽을 일도, 부모가 갑자기 죽는다고 고아가 되어 천덕꾸러기가 될 일도 없어. 모두가 이웃이고 모두가 가족이야. 아이를 낳으면 온 마을 사람들이 다 같이 키워. 그러니 여자들도 아이를 낳고 육아휴직을 할 일이 없어. 육아 베테랑 할머니들이 살뜰히 키워주니 요즘 티브이에서 시끄럽게 떠들어대는 아동 학대 같은 건 티끌 만큼도 걱정할 게 없어. 얼마나 사랑받고 올바르게 자라는지 몰라. 그렇게 잘 자란 아이들이 성공해서 돈을 벌면 마을로 보내오지. 우리 마을 출신 판사, 검사, 의사, 기자 등등 없는 줄이 없다시피 해. 모두가 돈 걱정 없이 열심히 일하면서 행복하게 살고 있어. 아주아주 오래전부터 우리 마을은 그렇게 평화롭게 살아왔어."

신기한 이야기였다. 효승에게 마지막 남은 지상 낙원 같은 곳이라는 말은 들었지만 자세한 이야기는 듣지 못했다. 고개를 들어 주위를 둘러보니 일하고 있는 모두의 표정이 평온하고 행복해 보였다. 무엇보다 고아로 자랄 일 없는 곳이란 말이 세미의 마음에 쏙 들었다.

"점심 먹으러 가자."

열두 시가 되자 일하던 사람들이 하나둘씩 일손을 놓고 일어났다. 세미도 고사리를 손에서 놓고 현지를 따라 회당 옆에 있는 낮은 단층 건물로 들어섰다. 숙소에서 보았던 것처럼 단체식당이 있었는데 규모는 훨씬 컸다. 일하던 사람들도 집에 있던 노인들과 어린아이들도 모두 이곳 중앙식당으로 와 점심을 먹는다고 했다. 나이 지긋하신 아주머니들이 정신없이 음식 준비를 하고 남자들은 무거운 음식을 날랐다. 모두 김이 모락모락 나는 음식들 앞에 줄지어 식판을 들고 자기 몫의 음식을 덜어서 점심을 먹었다. 세미는 늘 먹듯이 식판을 들고 먹는 밥이라 조금 실망하며 숟가락을 들었다. 시큰둥하게 국 한 수저를 입에 넣고 눈이 동그래졌다.

"우와. 엄청 맛있어요!"

밥도, 반찬도 그동안 먹었던 단체급식과는 딴판이었다. 현지가 웃으며 대답했다.

"당연하지. 점심 급식 하시는 분들은 이 동네에서도 제일 요리 솜씨가 좋으신 걸. 밥도 큰 가마솥으로 짓고 재료도 제일 좋은 걸로 쓰고."

행복한 점심 식사였다. 배불리 먹고 잠시 휴식을 취한 후 오후에도 작업이 이어졌다. 특별히 두각을 나타내는 부분이 있으면 쭉 그 일을 하기도 하고 이곳저곳 필요한 곳에 투입 되기도 하는데 어디서 무얼 하든 확실한 건 노동할 수 있는 사람은 모두 노동을 해야 먹고살 수 있는 거라고 현지가 설 명해줬다.

열심히 일을 하고 나니 어느덧 여섯 시였다. 다들 하던 일 을 정리하고 작업장을 나섰다. 각자 집으로 돌아가는 시간 이었다. 집사님은 회의와 남은 잡무가 있다고 세미에게 먼저 집에 가 있으라고 했다. 고단하지만 보람찬 하루를 보낸 기 분에 세미는 콧노래를 흥얼거리며 숙소로 향했다. 회당 문 을 나서는데 또래로 보이는 여자애와 눈이 마주쳤다. 유난 히 하얗고 창백한 얼굴에 작고 마른 몸을 가진 미인이었다. 너무 예쁜 얼굴이라 친해지고 싶은 마음이 들었다.

"저기. 안녕하세요."

얼굴 하얀 여자는 흠칫 놀라며 세미를 쳐다보았다.

"저 어제 이 마을로 이사왔어요. 저랑 비슷한 또래이신 거 같아서. 친하게 지내요."

여자는 빠르게 주위를 둘러보더니 세미 앞으로 다가와 낮은 목소리로 말했다.

"말씀 많이 들었어요. 저는 지수라고 해요. 이지수."

"지수 씨구나. 반가워요. 전 황세미에요. 스물두 살이요."

"네. 저는 스물한 살이에요. 편하게 말씀하셔도 돼요."

"그럴까. 나 지금 숙소로 가는 길인데. 어디 살아?"

혼자 돌아가기 쓸쓸하던 참인데 같은 방향이면 좋겠다 싶었다. 지수가 대답하려는데 집사님이 세미를 불렀다.

"어. 지수랑 인사 나눴나 봐요. 지금 마누라한테 전화 왔는데 저녁 식사 준비 거의 다 됐다고 식기 전에 얼른 세미 양 보내주라고 하더라고요. 늦으면 내가 혼나겠어. 얼른 들어가요."

지수와 함께 가고 싶었지만 지수는 이미 세미와 반대 방향으로 뛰듯이 걸어가기 시작했다. 집사가 등을 떠밀 듯 하여 억지로 걷다 보니 아쉬운 마음에 자꾸 뒤를 돌아보게 되었다. 지수의 모습은 금세 사라졌고 세미는 숙소로 돌아갔다.

세미는 씻고 식당으로 내려왔다. 효승도 막 돌아온 참이었다. 아주머니와 셋이 앉아 저녁을 먹고 방으로 올라왔다. 어제는 피곤함에 금방 잠이 들었지만 오늘은 잠도 오지 않았다. 침대에 누워 핸드폰을 뒤적이다 보니 아랫배가 묵지근하니 이상한 느낌이 들었다. 화장실에 가서 옷을 내려보니 달거리를 시작했다. 예정일이 열흘이나 남아서 따로 생리대를 챙겨오지 않았는데 낭패였다.

결혼을 하기 위해 제주도라는 낯선 땅까지 오긴 했지만 효승과는 아직 첫 입맞춤조차 하지 못한 사이였다. 이 마을에선 혼전순결을 지켜야 한다고 했다. 늘 다정하고 진중한 사람이기에 별다른 불만은 없었다. 게다가 청혼을 받은 지 한 달밖에 되지 않았으니 크게 이상할 것도 없었다. 이런 상황을 효승에게 터놓기에는 부끄러웠다. 낮에 소개받은 현지 역시 오늘 처음 알게 된 사이인 데다 왠지 모르게 일을 배우는 직장 선배 같은 기분이 들어 편하지 않았다. 머리에 떠오른 건 하얀 얼굴의 지수였지만 연락처도 모르고 어디 사는지도 몰랐다. 문득 어제 마을에 오다가 본 편의점이 떠올랐다.

사방에 어둠이 내려앉아 조금 무서웠지만 당장 방법이 없을 것 같아 길을 나섰다. 조용히 현관문을 열고 밖으로 나왔다. 싸늘한 바람이 불었다. 마을 밖으로 나오자 깜깜한 오솔길만 끝없이 이어질 것 같았다.

핸드폰 불빛으로 길을 비추고 이어폰으로 음악을 크게 들으며 두려움을 멀리 쫓았다. 조금 걷다 보니 평평한 2차선도로가 나왔다. 대로변은 가로등이라도 있어 조금 나았다. 차 한 대 지나가지 않는 길을 부지런히 걸었다. 저쪽에서 편의점 불빛이 보일 무렵 길 건너편에서 무언가 시끄러운 소리가 들려왔다. 작게 들리던 소리는 나무 덤불에 가까워질수록 극악해졌다. 비명 같기도 악다구니 같기도 한 소리였다. 나무 덤불을 지나치자 소리는 점점 사라지고 편의점 간판이 보였다.

편의점 문 앞에는 얼룩무늬 고양이가 자리 잡고 앉아 세미를 맞았다. 고양이는 천천히 세미에게 다가와 왼쪽 다리를 한 번 휘감고 유유히 사라졌다. 편의점 카운터를 보던 나이 지긋한 아저씨가 꾸벅거리며 졸다 눈을 비볐다. 세미가 내민 생리대의 바코드를 찍으며 아저씨가 물었다.

"어디서 왔수까?"

세미는 월영시와 저 윗마을 중 어디서 왔다고 해야 할지 머뭇대다 말했다.

"저기, 윗동네에서요."

"영등마을 말이우까? 메께라, 어렁 거기서 여까지 내려완?"

"네?"

세미는 무슨 말인지 한마디도 알아들을 수가 없었다. 아저씨는 눈이 둥그레졌다.

"메시께라, 웃동네서 왔다 하명 제주 사람이양 알안신데 뭍사람이맨?"

"아… 예. 월영시에서 어제 제주도로 내려왔어요."

뭍사람이라고 하니 주인아저씨는 세미가 알아들을 수 있는 서울말로 말했다.

"저 윗마을이면, 영등마을?"

"예. 영등마을이요."

"허. 희한한 일이네. 고 씨네 영등마을에 외지 사람이 들어왔다고? 거그는 뭍사람은커녕 제주도민이어도 발길도 못 들여놓게 하는 곳인데. 신기할세."

"예? 그 마을 사람 아니면 못 들어가요?"

"수십 년 동안 저 마을은 저 마을 사람들만 살았어."

"어떻게 그럴 수가 있어요? 요즘 같은 세상에."

"아, 땅이나 집을 내놔야 다른 사람들이 그 마을에 들어가서 살지. 우리 할아버지도 저 마을 땅이 매물로 나오는 걸 들은 적도 없다고 한단 말이씨. 고 씨가 아니면 못 밟는단 말도 있을 정도니까."

검정 비닐에 생리대를 담으며 아저씨가 연신 고개를 갸웃거렸다. 무언가 더 물어보고 싶기도 했지만 월경 때문에 찝찝해서 얼른 숙소에 들어가고 싶었다. 걸어왔던 길을 다시 거슬러 올라가자니 더욱 멀게만 느껴졌다. 익숙한 소리가 저 멀리서 들렸다. 근처에 차 한 대가 비상등을 켜고 서 있었다. 아. 누군가 구조하러 왔구나 하는 안도감에 걸으면서도 시선은 계속 길 반대편을 바라보고 있었다. 덤불에서 검은 그림자 하나가 나오더니 차를 향해 뛰기 시작했다.

"야! 따라온다! 얼른 출발해!"

검은 그림자가 차에 몸을 던지고 붕 떠날 즈음엔 세미가 근처를 막 지나치고 있었다. 아까보다 더 높아진 비명소리가 하늘을 찢을 듯 울려댔다. 덤불 속에서 작은 것들이 툭툭 튀어나오더니 꽁무니를 내빼는 차를 뒤쫓았다. 제대로 걷지도 못하고 뒤뚱거리던 것들이 따라갈 수 없음을 깨닫고 멈췄다.

목적을 잃고 배회하다 세미를 발견한 모양이었다. 하나씩 뒤돌아 세미를 따라오기 시작했다. 대여섯 마리는 될 것 같은 어린 생명이 세미에게 돌진할 때 세미는 공포심을 느꼈다. 값싼 동정심에 먹을 거 몇 개 던져주고 도망쳤을 게 분명한 자동차 안의 인간들에게 저주를 퍼붓고 싶었다. 책임지지 않을 거라면, 차라리 모른 척했어야 한다. 고아원에 라면 박스 몇 개 들고 와서 세상에서 제일 착한 일을 한 사람처럼 의기양양하게 사진 몇 방 찍고 가는 역겨운 인간들 생각이 나서 치가 떨렸다. 고양이들은 악착같이 쫓아왔다. 세미의 발걸음은 점점 빨라졌다. 아앙 아앙… 비명 같은 울음소리가 밤공기를 가득 메웠다. 2차선 도로에 작은 것들이 비틀대며 위태로운 달리기를 하고 있었다.

"어서 너희 집으로 돌아가!"

새된 고함을 지르고는 뛰기 시작했다. 어느 정도 거리가 벌어졌다 싶을 때 멈춰 뒤를 돌아보니 고양이들도 체념한 듯 멈춰 섰지만 도로에서 방황하고 있었다. 차라도 지나가면 분명, 저들 중 몇몇은 납작하게 눌려 죽을 게 뻔했다. 세미가 해줄 수 있는 것은 아무것도 없었다. 무력감만이 세미의 가슴을 짓눌렀다.

마을 입구에 다다를 즈음 저 멀리서 세미의 이름을 부르는 목소리가 들려왔다. 불빛이 검은 하늘 사방을 휘저었다. 어리둥절하게 입구로 들어서는 세미를 한 남자가 발견하고 소리를 질렀다.

"여기 있다!"

누군가 우악스럽게 세미의 손목을 낚아채더니 양쪽 어깨를 잡았다.

"어딜 갔다 온 거야!"

자세히 보니 현지였다. 세미는 놀라기도 하고 어리둥절하기도 했다.

"뭐, 뭘 좀 사러…."

현지가 세미 손에 들린 검은 비닐을 빼앗다시피 가져가 안을 뒤적거렸다. 내용물을 확인하고는 조금 민망한 듯 돌려주며 어색하게 웃었다.

"이런 건 나한테 얘기하지 그랬어. 집사님이 나한테 널 부탁했는데 너한테 무슨 일이라도 생기면 내가 곤란해. 우리 마을에선 물품 사업을 담당하는 행정관님이 계시니까 필요한 개인물품은 일주일 단위로 청구하면 돼. 아까 알려줬어야 하는데 생각을 못 했네. 미안해."

"무사하니까 다들 걱정 마시고 들어가세요. 세미도 많이 놀랐을 텐데 쉬러 가야죠."

어디선가 효승이 나타나 세미의 어깨를 감싸고 숙소로 데리고 갔다. 사과를 하니까 화도 낼 수 없어진 세미는 기분이 상했다. 별것도 아닌 일에 동네 사람들이 다들 몰려나와 세미를 찾으러 동네를 뒤지는 것도 이상한 일이었다.

"편의점 잠깐 다녀온 것 갖고 왜들 호들갑이야? 현지 언니가 나 잡아먹는 줄 알았어."

"많이 놀랐구나. 우리 마을은 다른 곳이랑 많이 다르다고 했었잖아. 밤이 되면 그림자 없는 개가 나타나 사람을 공격하기도 하고, 인어한테 홀려서 물에 빠져 죽기도 해. 혼자 다니기엔 위험한 곳이다 보니 다들 걱정돼서 그런 거야. 다음부턴 어딜 가든 현지 누나한테 꼭 이야기하고 가는 게 좋겠어. 그래야 다신 이런 난리가 안 나지."

효승이 부드럽게 웃으며 세미의 머리를 쓰다듬었다. 세미는 뾰로통한 얼굴로 투덜댔다.

"현지 언니가 어쩔 땐 좀 무서워. 일할 때도 내가 잘하는지 잘 못하는지 얼마나 쳐다보는지 왠지 주눅이 든단 말이야."

세미는 영등마을에서의 생활에 적응해가고 있었다. 빡빡하게 짜인 일정대로 하루를 보내다 보면 별다른 잡생각 없이 밤이 되었다. 현지는 늘 세미의 옆에 붙어 다니며 이 마을에서 지켜야 할 것들을 알려주었다. 산나물을 캘 때는 발로 땅을 두 번 쾅쾅 밟은 후 수풀을 뒤져야 그림자 없는 들개가 멀리 도망을 가고, 달이 비친 물을 마시면 음기가 넘쳐 큰 병에 걸리며, 밥 먹기 전에 젓가락을 식탁이나 상에 찍고 먹으면 조왕신이 노하여 배탈이 난다 등의 주로 미신 같은 이야기들이었는데 그중에도 몇 번이나 신신당부한 것은 이 마을에 절대 그림자가 있는 길짐승을 들이지 말라는 것이었다.

날짐승이야 하늘에 속한 것이라 괜찮지만 그림자가 있는 길짐승은 흉물 중에 대흉물이라 손톱만큼이라도 마을에 발을 들였다간 큰 재앙이 닥친다고 몇 번이나 침을 튀겨가며 말했다. 그래선지 마을에는 그 흔한 개 한 마리 키우는 집이 없었다. 눈 뜨면 일하고 눈 감으면 아침이 오는 여러 날을 보내고 나니 그럭저럭 적응도 되고 사람들과 친분도 생겼다. 지수와는 늘 작업하는 곳이 다르게 편성되어서 이야기할 기회가 별로 없었다. 지수와 같이 식사를 하고 싶어도 현지가 꼭 일부러 그러는 것처럼 늘 지수와 거리가 멀리 떨어진 곳으로 자리를 잡았다. 지수 옆은 항상 순영이라는 여자가 지켰다. 다른 사람들이 화기애애하게 웃으며 이야기할 때에도 지수는 순영과 함께 늘 구석에서 조용히 앉아 말 한마디 없이 몇 시간이고 작업을 했다. 쉬는 시간엔 멍하니 있을 뿐이었다. 가끔 순영이 자리를 비울 때면 다른 사람이 지수의 옆에 가 있어서 흡사 감시당하는 것처럼 보였다. 지수는 불안한 듯 자주 주위를 힐끔거렸다. 세미는 궁금한 나머지 현지에게 지수에 관해 물었지만 대답하기 싫어하는 눈치였다. 몇 번을 조른 후에야 현지는 마지못해 대답해주었다.

"지수는 몸이 좀 안 좋은데다 정신이 온전치 못해. 가끔 이상한 소리도 하고 발작도 일으키기 때문에 옆에서 지켜주는 거야."

세미는 지수의 유난히 하얀 얼굴이 병 때문일지도 모르겠다고 생각하며 고개를 끄덕였다.

"혹시라도 지수가 너한테 이상한 소리 하면 나한테 알려줘."

"어떤 이상한 소리요?"

"어떤 말이건. 증상이 점점 악화되고 있거든. 심하면 병원에 입원해야 하니까."

"네. 그럴게요."

대답은 했지만 그럴 일은 없을 것 같았다. 세미와 지수 둘 다 옆에서 감시하듯 따라다니는 사람들이 있었으니까.

"지수 말야. 요즘 부쩍 심한데 괜찮은 걸까?"

점심식사 후 세미가 화장실에 앉아 휴대폰을 만지작거리고 있을 때였다. 밖에서 두런두런 소리가 들려왔다. 지수 옆에 항상 붙어다니는 순영과 다른 누군가의 목소리였다.

"그러게 말야. 재작년까지만 해도 건강했던 애가 왜 저렇게 되는지 모르겠어. 영등님께서 각별히 챙기시던 아인데. 옆에서 챙기느라 네가 많이 힘들겠구나."

"어쩔 수 없지 뭐. 걔 상태로 봐선 오래는 못 살 거 같으니까. 그때까지만 참고 견뎌야지."

"그러게 왜 허락 없이 외지인이랑 정분을 트고 그래. 우리 모두 영등님의 눈에서 벗어날 수 없다는 거 모르는 것도 아니고."

"너 은근 쌤통이다, 하고 있지? 그 덕에 지금 이렇게 벌받고 있으니까!"

"무슨 말을 그렇게 섭섭하게 하고 그러니. 걱정돼서 하는 말인데."

"너 사람 이상하게 엿 먹이더라? 진짜 재수 없어."

문이 쾅 닫히는 소리가 들리는 걸 보면 순영이 밖으로 나간 모양이었다.

"저년이 뭘 잘했다고 큰소리야. 영등님 저주받아서 달거리도 끊긴 년이 호시탐탐 다리 벌리려고 기웃대는 꼬라지를 보면 욕지기가 치받네. 썩을 년."

다른 한 사람도 콧노래를 흥얼거리며 뒤따라 나갔다. 세미는 발소리가 멀어질 때까지 기다리다 조용히 문을 열고 나왔다. 아까 두 사람이 하던 말을 생각하면서 손을 씻고 있는데 문이 열렸다. 지수가 손에 칫솔과 치약을 들고 창백할 정도로 하얀 얼굴을 하고 들어왔다. 세미를 보면서 배시시 웃는 지수의 입에서 침이 흘렀다. 덜덜 떨리는 손으로 치약을 짜려고 애쓰기에 세미가 도와줬다.

"고마씁…니…다."

"괜찮아? 많이 안 좋은 거 같은데 순영언니 불러올까?"

지수는 세미의 팔뚝을 잡더니 고개를 세차게 저었다. 그러고는 입에 있던 무언가를 꺼내 세면대에 올려놓고 힘없이 이를 닦기 시작했다.

"이건 뭐야?"

세미가 세면대 위에 놓인 것을 자세히 보며 물었다. 팥알만큼 아주 작은 잿빛의 둥그런 금속이었다. 오래 입에 물고 있었는지 여기저기 닳았다. 지수는 입안의 치약 거품을 세면대에 뱉더니 심드렁하게 대답했다.

"납이요."

"납? 그걸 왜 입에 넣고 다녀?"

지수는 그런 걸 왜 묻냐는 듯 이상한 표정을 지었다.

"아파야 하니까요."

지수는 칫솔질을 하다가 말고 웅얼거리더니 주머니를 뒤

적였다. 그러더니 세면대에 올려놓은 것과 비슷한 금속을 꺼내 세미에게 내밀었다.

"언니도 하나 줄까요?"

"아…냐. 괜찮아."

"이제 언니도 필요할 텐데."

지수는 하는 둥 마는 둥 하던 양치를 끝내더니 납을 다시 입에 쏙 넣었다. 양치 컵에 칫솔과 치약을 담아 휘청휘청 밖으로 나가며 세미에게 말했다.

"언니니까 내가 알려드린 거예요. 다른 사람한테는 절대 말하지 마요. 납이 필요해지면 언제든지 저에게 말씀하세요."

밖에서는 순영이 지수에게 어딜 그렇게 돌아다니냐며 짜증내는 목소리가 들렸다. 세미는 오후 작업에 들어갔지만 일에 집중을 할 수가 없었다. 입 안에 넣은 금속이 정말 납인지는 알 수 없었다. 아프기 위해서 납을 입에 물고 다닌다는 말이 자꾸만 머리를 맴돌았다. 현지의 말처럼 정신이 온전치 못해서 그냥 한 말일지도 모른다. 하지만 화장실 밖으로 나가며 필요해지면 언제든 말하라고 하던 지수의 눈빛이 안타까움으로 느껴졌다. 언젠가 만나면 자세히 물어봐야겠다고 생각했다.

아무 일 없이 하루하루가 흘러갔다. 화장실에서 지수와

마주친 후로는 아무 일 없이 매일 반복되는 일상에 적응도 되고 지루해지기도 할 무렵이었다. 주말이 되자 마을은 온통 정신이 없었다. 영등신을 모시는 영등마을에선 매달 마지막 주말에 영등굿을 한다고 했다. 굿은 처음이라 궁금하기도 긴장되기도 했다. 안주인 아주머니는 세미에게 노랑저고리에 붉은색 치마를 가져다주었다. 세미의 긴 머리를 땋아 댕기도 매어 주었다. 거울에 비친 모습이 어색하기 짝이 없었지만 아주머니는 하늘에서 내려온 천사 같다며 호들갑을 떨었다. 회당에 도착하자 사람들이 가장 큰 예식실에 마을 사람들이 이미 많이 자리 잡고 앉아 있었다. 여자들은 모두 한복을 입고 남자들은 양복을 입고 있는 것 말고는 교회 예배당과 비슷한 모양새였다. 집사님은 세미와 효승을 가장 앞쪽 자리 가운데에 앉혔다. 꼬리표처럼 현지도 세미 옆에 와서 앉았다. 박수무당 차림의 장로가 나타나 연단 가운데에 섰다.

"오늘은 참으로 기쁜 날입니다. 얼마 전 우리 마을에 새로운 가족이 오신 건 모두들 알고 계시죠? 새아기씨를 영등님께 처음 선뵈는 자리입니다. 또 인천에서 공부하던 형민 군이 얼마 전 고시패스하고 어제 발령받았다는 기쁜 소식을 전해왔습니다. 이 모든 것들이 우리 영등님의 보우하심 덕분입니다. 우리 가족들의 노력으로 이번 한 달도 부정 타는 일 없이 잘 보냈습니다. 이제 힘찬 박수로 영등님을 맞이 합시다."

사람들이 박수를 치자 박수무당 위의 제단 왼쪽에서 의자에 앉은 사람이 미끄러지듯 들어오더니 가운데 우뚝 멈췄다. 그 아래 제대에는 징과 북을 든 사람 둘이 들어와 박수무당 옆에 자리 잡고 앉았다. 박수소리가 멈췄다.

"저분이 영등님이셔."

효승이 옆에서 속삭였다. 영등님은 영등신의 현신이며 매우 영험한 힘을 갖고 있다고 마을 사람들 모두가 입을 모아 말했다. 실제로 본 영등님은 얼굴을 하얗게 분칠해 나이를 가리려 애썼지만 입김이라도 불면 쓰러질 것처럼 많이 늙고 노쇠한 할머니였다. 요란하게 레이스가 달린 개량한복을 입고 얼굴만 내놓고 있어서 꼭 한복 위에 머리만 얹어놓은 것 같아 보이기도 했다. 전지전능한 영등님이라고 해서 기대가 컸는데 곧 관에 누워도 이상할 것 없을 만큼 너무 나약해 보여 실망이 컸다. 제단의 두 사람이 북과 징을 치기 시작했다. 사람들은 엎드리듯 몸을 앞으로 숙이고 알 수 없는 말들을 웅얼대기 시작했다. 겨우 알아들은 이어도사나라는 말로 제주방언임을 짐작할 수 이었다. 갑자기 우레처럼 큰 목소리가 터져 나왔다. 의미를 알아들을 수 없는 그 목소리는 믿을 수 없게도 곧 쓰러질 것 같은 영등님의 입에서 나오는 소리였다. 저 몸에서 어떻게 저런 목소리가 나오는지 궁금했다. 박수무당은 아래 연단에서 장단을 넣으며 뛰기 시작했다. 사람들이 기도문처럼 웅얼거리는 소리도 점점 커졌다. 징과 북소리가 귀를 쟁쟁하게 울렸다. 정신이 아득해졌다.

정신을 차렸을 땐 차 뒷좌석에 누워 있었다. 술을 마신 것처럼 머리가 깨질 듯 아팠다.

"괜찮아?"

운전을 하던 효승이 걱정스러운 어투로 물었다.

"어떻게 된 거야?"

"네가 갑자기 쓰러졌어. 쓰러지다 목에 상처를 조금 입어서 지금 치료하러 병원으로 가는 길이야. 응급처치는 했는데 꿰매야 할지도 몰라서."

세미의 왼쪽 목에 붕대가 붙어 있었다. 느끼지 못했던 통증도 밀려왔다. 눈을 감았다. 잠시 후 차가 멈춘 곳은 병원 앞이었다. 효승을 따라 원장실로 들어갔다. 머리가 희끗한 남자 하나가 큰 책상 앞에 앉아 있다가 일행을 보고 천천히 일어섰다. 180센티는 훌쩍 넘을 것 같은 키에 골격이 크고 다부져서 조금 두려운 느낌도 들었다.

"원장님, 아까 전화 드렸죠. 세미가 조금 다쳐서요. 치료도 좀 받고 원장님께 인사도 드리려고 왔어요. 세미야 인사드려. 원장님은 시내에 살고 계셔서 한 번도 못 봤지?"

세미는 쭈뼛대며 원장에게 인사를 했다. 원장은 성큼 다가오더니 오른손을 내밀었다.

"반가워요. 고원석이라고 해요."

원장의 큰 손이 세미의 손을 덥석 잡았다. 손바닥으로 전기라도 오는 것처럼 따끔한 것이 몸속으로 들어오는 느낌에 자기도 모르게 손을 잡아 뺐다. 장로님과 악수했을 때와 비슷한 느낌이었다. 무언가 몸안으로 들어와 또아리를 틀어버린 거 같은, 설명하기 힘들지만 불쾌하고 찝찝한 느낌이었다.

"아, 날이 건조해서 그런가. 정전기가 난 모양이네요. 하하."

당황한 세미의 눈에 원장의 웃음이 묘하게 거슬렸다. 효승은 세미의 상처에 붙은 반창고를 떼어내 원장에게 보였다.

"조금 깊게 베이긴 했는데 슈처하면 오히려 그 상처가 더 흉해보일 수 있어. 스트립밴드 붙이고 관리 잘 하면 상처 많이 안 남을 거 같네. 내가 지금 연락해놓을 테니 외과로 내려가 봐."

1층에서 처치를 받고 효승이가 약을 받으러 간 사이, 세미는 멍하니 복도에 앉아 사람들을 쳐다봤다. 이 병원은 영등마을 사람 모두가 이용하는 병원이라고 했다. 이 병원에서 나오는 수익이 마을의 가장 큰 수입이라고 할 만큼 규모도 꽤 컸다. 마을 사람에겐 무료였다. 효승이도 의사 면허를 취득하면 이곳에서 일할 예정이었다.

"어?"

세미의 눈에 익숙한 사람이 보였다. 지수였다. 지수는 병원복을 입고 링거를 매단 채 병원 현관을 빠져나가려 하고 있었다. 반가운 마음에 세미가 달려가 지수를 불렀다.

"지수야. 여긴 어쩐 일이야? 여기서 만나다니. 장소는 별로지만 보니까 반갑다."

지수의 눈이 커졌다. 놀란 모양이었다.

"아… 안녕하세요. 언니는 어쩐 일이에요?"

"나? 나는 오늘 좀 다쳤어. 여기."

세미는 목을 돌려 상처를 보여주었다. 지수의 눈이 더 커졌다.

"어쩌다가…?"

"오늘 영등굿이라고 해서 굿하는 거 보고 있었는데 갑자기 쓰러졌대. 왕왕대는 소리에 어지럽더니 기절했나 봐. 나보다 네가 더 걱정인데? 얼굴이 말이 아니야. 괜찮아?"

지수의 얼굴에 순간 당혹감이 스쳤다. 뭔가 할 말이 있는 듯 우물쭈물하더니 세미의 손을 잡아 현관에서 안 보이는 곳으로 끌었다.

"언니, 도망가요."

지수가 목소리를 낮춰 빠르게 말했다. 세미는 갑작스런 말에 당황했다.

"응?"

320

"효승이 오빠랑 결혼하지 마세요. 지금 도망가셔야 해요. 그래야 살아요."

"그게… 무슨 소리야. 결혼하지 말라니."

지수는 안절부절못했다. 그때처럼 심하게 손발이 떨리진 않았지만 무언가에 쫓기 듯 식은땀을 흘렸다. 무언가 말하려 입을 열다가 화들짝 놀라 뒤돌아 휘청대며 뛰기 시작했다. 세미는 지수를 불렀다. 지수는 필사적으로 달려갔다. 망연자실한 세미를 뒤에서 누군가 붙잡았다.

"여기 있었구나. 너 안보여서 깜짝 놀랐어. 여기서 지수 만났어?"

"응. 근데 저렇게 황급히 어딜 가는 거지?"

"글쎄? 어제 갑자기 발작이 심해져서 입원한 걸로 아는데 저렇게 뛸 힘이 있었나…?"

효승이 지수가 사라진 곳을 목을 빼고 보다가 물었다.

"근데, 지수가, 너한테… 뭐라고 했어?"

그날 저녁 현지가 세미를 불러내 숙소 앞 벤치에 나란히 앉았다. 현지는 세미가 좋아하지 않는 싸구려 캔 음료 하나를 권하더니 말을 꺼냈다.

"효승이에게 이야기 들었어. 병원에서 지수가 너한테 결혼하지 말라고 했다며? 효승이가 너한테 뭐라고 설명해야 할지 엄청 난처해하더라. 지수랑 효승이는 어릴 적 부모님들이 약혼시킨 사이야. 효승이야 말도 안 된다고 무시했지만 지수는 효승이를 엄청 좋아했거든. 근데 걔가 몸이 좀 약해서 병원을 자주 들락거려. 효승이도 지수랑 결혼하지 않는다고 하고 효승이 부모님도 지수가 크면서 자꾸 아픈 게 걸려서 파혼을 시켰어. 그 후로 애가 좀 정신이 이상해져서… 효승이한테 자꾸 집착해. 그래서 너한테 접근시키지 않으려고 한 건데. 결국 병원에서 이상한 소리를 했구나."

효승에게 들어도 될 말을 왜 현지가 여기까지 와서 이야기를 하는지 이해가 되지 않았다. 감시하는 것처럼 따라다니는 현지가 왠지 싫었다. 자기도 모르게 톡 쏘는 말투가 나왔다.

"알겠어요. 근데 그걸 왜 오빠가 아니라 언니가 설명하는 거죠? 오빠가 직접 이야기해도 됐을 텐데요."

"아. 몰랐니? 결혼식 할 때까진 떨어져 지내야 해. 우리 마을 결혼풍습이야. 그래서 효승이는 읍내에 있는 고 선생님 집에서 당분간 지낼 거야. 너는 효승이 뿐 아니라 그 어떤 남자와도 말을 섞으면 안 돼. 되도록 눈도 마주치지 마. 부정 타면 큰 사달 나니까. 효승이도 참. 이런 것도 이야기 안 해줬네. 걔는 마음이 너무 약해서 탈이야."

세미는 기가 막혀 죽을 노릇이었다. 결혼식 날짜가 잡혔단 이야긴 누구에게도 들은 적이 없었다. 세미만 모르게 결혼식이 진행되고 있었다.

"결혼 날짜가 잡혀요? 언제? 왜 결혼식 날을 저만 모르죠?"

"왜 그렇게 흥분하고 그래. 지금 알려주러 왔잖아. 오늘 굿판에서 영등님께 날짜를 받았어. 제일 길한 날로."

"그게 언제인데요?"

"사흘 뒤. 수요일 아침이야. 그때까지 너는 조신하게 몸과 마음을 닦고 있으면 돼. 우리가 다 알아서 준비하니까."

현지가 다녀간 후 세미는 마음이 복잡해졌다. 갑자기 정해진 결혼식 날짜도 기가 막혔지만 효승과 결혼식까지 목소리조차 들으면 안 된다고 휴대폰도 빼앗듯 가져가버렸다. 갑자기 고립되고 버림받은 기분이었다. 침대에 누워 멍하니 천장만 바라보고 있는데 아주머니가 저녁식사 하러 내려오라고 했다. 겨우 몸을 일으켜 식당으로 내려갔지만 입맛이 없었다. 식당엔 집사님이 없었다. 남자와 마주치지 말라는 금기 때문이었다.

"우리 새아기씨 드디어 결혼날짜가 잡혔네. 얼마나 좋을까. 자. 많이 먹어요. 이건 제주 옥돔이야."

아주머니가 옥돔의 살을 발라 세미의 밥 위에 얹어주었다. 평소보다 더 푸짐하고 기름진 음식들이 입에 넣어도 무슨 맛인지 느껴지지 않았다. 몇 숟가락 억지로 입에 넣어봤지만 모래알을 씹는 것처럼 깔깔했다.

"저, 오늘은 입맛이 없어서… 그만 먹을게요."

숟가락을 내려놓고 일어서려 했다. 옥돔 살을 바르던 아주머니가 낮은 목소리로 말했다.

"앉아요."

"네?"

"밥 다 먹을 때까진 못 일어나."

세미는 귀를 의심했다. 엉거주춤 일어서려 하던 상태로 굳어버렸다. 아주머니는 꿋꿋하게 옥돔의 살을 깨끗하게 발라 세미의 밥그릇에 얹어주었다. 세미는 풀썩 주저앉았다. 그리고 아무 말도 하지 못한 채 수저로 밥과 생선을 떠서 입에 넣었다. 억지로 먹는 밥은 잘 넘어가지 않아서 물을 계속 들이켰다. 다른 반찬은 먹을 생각도 할 수 없었다. 옥돔과 밥 한공기가 넘어야 할 산처럼 크게만 보였다. 겨우겨우 한 공기를 다 먹었을 땐 물을 다섯 컵이나 마신 후였다.

"음식을 남기면 안 되지. 더 줄까요?"

"아, 아니요. 오늘은 별로 입맛이 없어서."

"그래요. 내일 더 많이 먹어요. 큰일 앞두고 있는데 건강해야지."

평온하게 싱긋 웃는 아주머니 얼굴이 이렇게 무서워 보인 적은 없었다. 딸꾹질이 나왔다. 정신없이 방으로 올라오니 억지로 먹은 탓에 구역질이 나왔다. 화장실 변기에 머리를 박고 다 게워냈다. 제대로 씹지도 못한 음식들이 변기에 둥둥 떠다녔다.

밥 먹을 때마다 고역이었다. 그릇 가득 고봉밥을 없는 입맛에도 꾸역꾸역 다 먹어야 했다. 고기며 생선을 밥에 올려주는 아주머니가 무서웠다. 싫다는 말 한마디 못하고 억지로 그릇을 비워냈다. 너무 맛있어서 두 그릇씩 먹던 일이 까마득하게 먼 옛날 일 같았다. 남자들과 마주치면 부정 탄다며 작업장에도 못 나가게 했다. 휴대폰도 티브이도 없이 종일 방안에 갇혀 있다시피 했다. 아주머니는 중간 중간 간식도 올렸다. 과일이며 떡이며 달고 맛있는 것들이 움직임 없이 가만히 있으니 도무지 먹히지 않았다. 아주머니는 꾸역꾸역 다 먹을 때까지 지키고 앉아 있다 빈 접시를 들고 내려갔다. 억지로 밀어넣은 음식물은 자주 다시 밀려나왔다. 많이 먹는데 왜 살이 오르지 않냐고 갸웃거리는 아주머니를 볼 때마다 세미는 공포심을 느꼈다. 동화 속 마녀처럼 세미를 살찌워서 축제날 돼지 잡듯 잡는 건 아닐까하는 이상한 상상까지 들었다. 서러워 울다보면 효승은 어떻게 지내고 있는지 미치게 궁금했다. 내일이면 볼 수 있을 테지만 너무 그리웠다. 그사이 너무 살이 붙어서 못 알아보는 건 아닐까 겁도 났다. 자꾸만 밀어 넣은 음식이 체했는지 식은땀이 나고 어지러웠다. 산책이라도 해야 먹은 게 내려갈 것 같아 몰래 밖으로 빠져나왔다. 밖은 벌써 어두워지고 내일은 결혼식인데, 설렘은 모두 사라지고 불안과 걱정만 남았다.

도망가라던 지수의 말이 자꾸만 떠올랐다. 이제 정말 도망치고 싶은 심정이다.

마을 입구에 다다랐을 즈음 작은 비명소리가 들렸다. 언젠가 편의점에 가던 날 길가에서 들었던 그 소리였다. 소리를 따라갔다. 작은 고양이 한 마리가 비틀거리며 마을 입구를 배회하고 있었다. 자세히 보니 눈이 하나였다. 그때 그 고양이인지 다른 고양이인지는 알 수 없었지만 갈 곳 없고 돌볼 이 없고 어딘가 부족하게 태어난 것까지 자신의 처지와 비슷하구나 하는 생각에 안쓰러웠다. 하지만 거기까지였다. 함부로 거둘 수 없었다. 길짐승을 들였다간 이 마을에서 무슨 일을 당할지 모르는 일이었다. 제대로 걷지도 못하는 어린 외눈박이 고양이는 계속해서 작은 입을 짝짝 벌려 울어댔다. 배가 고픈 것 같아 주머니를 뒤져보니 손가락만 한 어육 소시지 하나 나왔다. 세미는 입구 쪽으로 가 쪼그리고 앉아 껍질 깐 소시지를 내밀었다. 고양이는 경계하는 듯이 그 주위를 빙빙 돌며 계속 울어대기만 했다.

"이건 못 먹니? 하지만 가진 거라곤 이거뿐이야."

대답이라도 하듯 고양이는 야옹야옹거렸다. 하지만 여전히 그 주변을 빙빙 맴돌 뿐이었다.

"이리 와."

말이 떨어지기 무섭게 고양이는 세미에게 다가왔다. 마치 보이지 않는 유리벽이 열린 것처럼 보였다. 외눈박이는 뒤뚱거리며 세미 앞으로 와 소시지를 쿵쿵거리더니 곧장 길 옆의 수풀 속으로 들어갔다. 순식간이었다. 흔들리던 풀숲도 잠잠해지고 고양이 소리도 사라졌다. 멍하니 고양이가 물러간 곳을 바라보았다. 사방은 칠흑처럼 캄캄했다.

새벽부터 아주머니가 쳐들어왔다. 밤새 잠을 제대로 못 잔 세미의 떼꾼한 얼굴을 보더니 새색시가 이게 무슨 꼴이냐고 늘어지게 잔소리를 해댔다. 다행인지 불행인지 오늘 아침부터 식을 올릴 때까진 금식이라며 억지로 밥을 먹이지 않았다. 등 떠밀리듯 샤워를 하고 앉으니 아주머니가 드라이기와 빗을 들고 와 세미의 머리를 만지기 시작했다. 스프레이를 잔뜩 뿌려 수백 개의 실핀으로 고정해서 머리를 하나 더 얹은 것만큼 부풀려 묶었다. 푸석해진 얼굴에 화장품을 하염없이 덧발라 귀신처럼 하얬다. 연지곤지까지 붙여놓더니 너무 예쁘다며 혼자 호들갑이었다. 잠시 후 은행나무집 아저씨가 커다란 옷더미를 들고 들이닥쳤다. 젊은 시절 양복점에서 일했다는 아저씨는 영등님이 입는 그 우스꽝스러운 드레스 역시 자기가 다 만드는 거라며 연신 거들먹거렸다. 불행하게도 세미가 입어야 할 웨딩드레스도 영등님이 입은 것처럼 레이스며 장식이 주렁주렁 달려 몸이 두 배는 부풀어 보이는 흰 개량한복이었다. 화장을 하고 드레스를 입은 세미는 거울 앞에 멍하니 앉아 그 속에 비친 사람을 바라보았다.

누군지 알 수 없는 사람이 울상을 하고 앉아 있었다. 세미의 결혼식인데 세미가 결정할 수 있는 것은 단 한 가지도 없었다. 이상한 화장도 구역질나는 드레스도 전부 세미가 꿈꾸던 결혼식과는 백만 광년 떨어진 것들이었다. 도망치고 싶었지만 집사 아주머니와 현지가 세미를 감시하듯 지켰다. 두 사람은 치렁치렁한 원삼의 소매를 맞잡게 하고 희고 긴 천을 얹어 옴짝달싹 못하게 만들더니 동네 아주머니 두 분이 세미의 양쪽 팔을 붙잡았다.

"눈은 항시 발끝을 보시고 팔은 눈높이까지 올리세요. 예식 끝날 때까지 소매 너머로 아무것도 보아선 안 됩니다."

계단을 내려올 때 치렁치렁한 치마가 발에 계속 밟혔다. 양옆으로 팔을 붙들린 채 체포당하는 사람처럼 겨우 1층으로 내려가니 알록달록한 꽃장식을 한 가마가 세미를 기다리고 있었다. 꽃상여가 떠올라 섬뜩했다. 어딘가 멀리 상엿소리가 들리는 것처럼 느껴진 건 환청일 터였다. 밖에선 가마꾼으로 나선 아저씨들이 세미의 묵직한 몸무게를 칭찬하는 대화를 나눴다. 당장이라도 가마 밖으로 뛰어내려 저 남자들의 멱살이라도 잡고 싶었다. 수치심과 분노에 얼굴이 붉게 달아올랐다. 회당에 도착해 가마에서 내렸을 때 동네 사람들은 가린 소매 사이로 세미의 얼굴을 보며 달덩이같이 둥글고 혈색이 붉은 게 참으로 튼튼하다며 호들갑을 떨었다.

세미는 정말이지 다 불질러버리고 싶었다. 눈물이 쏟아졌다. 전통 혼례상 맞은편에는 사모관대를 입고 포선으로 얼굴을 가린 효승이 서 있었다. 장로가 결혼을 이끌었다. 알아들을 수 없는 기도문이 회당 안을 가득 메웠다. 장로가 세미에게 술잔을 건넸다. 옆에서 팔을 부축하던 사람 중 하나가 세미의 입에 대어 주며 다 마시라고 했다. 물 한 잔도 마시지 못한 빈속에 술이 짜르르한 감각과 함께 위장으로 쏟아졌다. 기도소리 때문인지 술 때문인지 정신이 어지러워 쓰러질 것만 같았다. 고개를 들어 목구멍으로 술을 흘려 넣으며 흘끗 효승을 쳐다봤다. 포선 뒤로 효승과 눈이 마주쳤다. 세미의 눈이 커졌다.

포선 뒤의 얼굴은 효승이 아니었다.

두통이 밀려왔다. 몸은 움직여지지 않았다. 환한 불빛 덕에 눈을 뜨기 힘들었지만 겨우 눈알만 굴려 주위를 둘러보았다. 무영등의 밝은 빛이 세미를 향하고 있었다. 옆에 놓인 테이블에는 초록색 천 위로 보기에도 무시무시한 수술 도구들이 차가운 빛을 발하고 있었다. 세미는 회당의 연단에 놓인 차가운 수술용 침대에 누워 있었다. 마을 사람들은 조용히 기도문을 읊조리며 앉아 이 모습을 바라보고 있었다. 저 위 단상에선 영등이 무서운 눈으로 세미를 내려다보았다. 몸을 움직일 수 없는 게 마취 때문인지 영등의 매서운 눈빛 때문인지 알 수가 없었다. 분주하게 움직이는 사람들이 두런거리는 소리가 들렸다.

"피는 많이 준비했지? 아무리 빨리 집도한다 해도 출혈이 상당할 거니까 모자라면 안 된다. 골격이 좋아서 자르는 데 만만치 않겠어."

"그만큼 건강하잖아요. 워낙 잘 먹고 아픈 곳 없더라고요."

"그렇지, 그렇지. 그게 가장 큰 이유였지. 영등님이 건강하게 오래오래 사셔야 하니까. 이제 우리 마을에서 영등님 나시긴 힘들어. 유전병 때문에 장수하질 못하니⋯."

"우리끼리만 애를 낳으니 점점 더 심해져서 그러죠. 외부에서 낳아서 아이만 데리고 오는 건 어떨까요."

"자꾸 피가 섞여서 좋을 게 뭐야. 게다가 외지인 들여서 낳았는데 지수 년처럼 눈치 채고 빠져나갈 궁리를 하면 아무 쓸모가 없잖아. 새영등님으로 모시려고 그렇게 오래 공들였는데 납을 처먹고 있을 줄이야. 배은망덕한 년. 지 애미 닮아 신빨이 있어 기대했는데."

"지수 엄마 신빨은 기가 막혔죠. 지수 새영등님으로 못 내어준다고 사방으로 도망 다니다 영등님의 대노를 사서 죽지만 않았어도 장로님 대신 제사장 자리에 올랐을지도 몰라요. 아참. 지수도 어제 처리했다죠?"

"응. 지 신기로 흔적을 아무리 감춰도 우리 영등님 능력 만 할까. 영등님께선 우리 모두의 일을 손바닥처럼 다 아시 는 분인데."

무슨 이야기인지 제대로 이해할 수 없었지만 도망쳐야 한다는 것만큼은 또렷했다. 일단은 여길 빠져나가야 했다. 어떻게든 몸을 움직이려 아무리 노력해도 손가락 하나 까 딱할 수 없었다.

"깨셨네?"

세미 얼굴 위로 머리 하나가 떠올랐다. 고 원장이었다.

"우리 영등님, 기특하기도 하시지. 수면제를 꽤 드렸는데 금방 깨시네? 건강하기도 하셔라. 이렇게 건강하게 오래오 래 우리 마을 지켜주세요. 푹 자고 나면 다 괜찮아지니까 걱정하지 마시고."

옆에 서 있던 여자가 주사기를 들고 다가왔다. 낮게 웅성 거리는 기도 소리가 장송곡으로 들렸다. 온 마음을 다해 몸 부림을 쳐봤지만 아무것도 움직이지 않았다. 여자가 세미에 게 연결한 수액 줄에 주사기를 꽂았다. 이대로 죽는 걸까. 눈꼬리를 타고 눈물이 흘렀다.

– 야옹

어디선가 가녀리게 들려오는 소리에 모든 소리가 멈췄다.

사람들은 얼어붙은 것처럼 경직된 채 귀를 기울였다.

– 야-옹

다시 한 번 길게 울음소리가 들리자 세미는 최면이 풀리듯 몸에 감각이 돌아왔다.

"잡아라!"

장로가 소리를 질렀다. 사람들이 일제히 일어나 사방으로 흩어졌다. 회당 안은 순식간에 아수라장이 되었다.

"요망한 것의 목을 따서 피를 뿌려야 부정한 것이 씻겨나간다! 절대 놓치지 마라!"

사방의 문이 닫혀 있는데 돌풍이 불었다. 종잇장이 흩날리고 사람들이 바람에 휘청거렸다. 약 올리듯 길고 가녀린 고양이 울음은 계속 어디선가 울렸다. 모두가 혼비백산 고양이에 정신 팔린 사이 세미는 겨우 팔에 매달린 수액 줄을 잡아 떼어냈다. 힘없는 몸을 바닥으로 굴려 쿵하고 떨어졌다. 어깨에 끔찍한 통증이 밀려왔다. 어깨를 부여잡고 몸을 일으켰지만 어디로 가야 할지 막막했다. 그때 단상 한 구석 문이 열리고 손이 나오더니 이리로 오라는 듯 손이 까닥거렸다. 세미는 죽을힘을 다해 그 문으로 뛰어 들어갔다. 예식을 준비하는 공간인지 알록달록한 무당 옷과 북과 징, 촛대 같은 것이 정돈되어 있었다. 손의 주인공은 얼굴이 하얀 지수였다. 지수가 손을 들어 반대편을 가리켰다. 문이 하나 보였다. 급하게 문고리를 잡아 열고 뒤돌아보며 말했다.

"같이 가요."

아무도 없었다. 잠시 멍하니 서 있다가 정신을 차렸다. 문 아래에는 가파른 계단이 있었다. 어두운 계단을 더듬어 내려가려니 마음만큼 빨리 갈 수가 없었다. 어디가 끝인지도 보이지 않았다. 저 위에선 세미를 찾는 사람들의 목소리가 들려왔다.

"이쪽으로 내려갔다!"

사람들이 금방 쫓아올 기세였다. 급한 마음에 서두르다 발이 미끄러져 아래로 굴렀다. 눈앞에서 별이 번쩍번쩍했다. 아까 다친 왼쪽 어깨로 형용할 수 없는 고통이 밀려왔다. 가만히 누워 있을 시간은 없었다. 겨우 몸을 추스르고 절뚝거리며 문을 열자 눈부신 햇살이 세미를 맞았다. 가까스로 회당에서 나왔지만 이제부터 어찌해야 할지 막막했다. 좁은 계단으로 사람들이 내려오는 소리가 점점 가까워졌다. 이제 끝인가 싶어 다리에 힘이 풀려 풀썩 주저앉아버렸다. 그때 낡은 차 하나가 세미 앞을 막아섰다. 차 문이 벌컥 열렸다.

"세미야!"

효승이었다. 세미는 잠시 망설였다. 효승이 적인지 아군인지 판단이 되지 않았다.

"얼른 타!"

일단은 이곳을 벗어나는 것이 우선이었다. 차 문을 닫고 출발하자마자 성난 사람들이 밖으로 몰려나와 차를 뒤쫓아 오다 점점 멀어졌다. 긴장이 탁 풀리면서 눈물이 펑펑 쏟아졌다.

"이게 다 어떻게 된 거야?"

세미가 효승에게 악을 썼다. 효승의 얼굴은 누구에게 맞기라도 한 듯 엉망이었다.

"미안해. 사람들이 너를 영등님의 현신으로 세우려고 하는 줄 몰랐어. 항의하다가 나도 감금당하는 바람에 늦었어. 괜찮아? 어디 다친 곳은 없어?"

효승이가 세미의 팔을 잡자 세미의 입에서 비명이 나왔다.

"왜 그래?"

"…많이 아파."

운전을 하는 효승의 얼굴이 굳었다. 그는 핸들을 돌려 급하게 차선을 바꿨다.

"조금만 참아."

계기판의 속도계가 점점 올라갔다. 신호도 무시하고 한참을 달리다가 차를 멈췄다.

"여긴!"

고 원장의 병원 주차장이었다. 병원 현관입구에 차를 댄 효승이 보조석 문을 열며 재촉했다.

"그 어깨론 지금 아무 것도 못 해. 일단 진통제라도 맞아야 움직일 수 있을 거야. 여기 제주에 있는 건 위험해. 일단 치료부터 하고 육지로 빠져 나가야 해."

효승의 말대로 통증이 심해 걷기도 쉽지 않았다. 효승의 부축을 받아 겨우 병원 안으로 들어갔다. 주말이라 병원은 한산했지만 가끔 마주치는 사람들이 이상한 눈빛으로 둘을 흘끔거렸다. 최대한 사람들의 눈을 피해 정형외과 처치실로 향했다. 다행히 효승이 이곳에서 일하는 중이라 열쇠를 갖고 있었다. 서둘러 처치실 침대에 세미를 눕히고 팔을 만져보던 효승이 심각한 표정으로 말했다.

"골절 같은데… 엑스레이를 찍어보면 좋겠지만 지금은 그럴 수가 없으니 일단 감으로 맞춰야 할 거 같아. 많이 고통스러울 거야. 참아."

효승이 거즈를 둘둘 말아 세미의 입에 물리고 팔 양쪽을 잡아 세게 당겼다. 끔찍한 고통에 내뱉는 세미의 비명이 거즈 사이로 흘러나왔다. 효승은 부산스럽게 이것저것 꺼내더니 익숙한 솜씨로 세미의 어깨에 깁스를 하고 팔걸이를 해줬다. 녹초가 된 세미의 온몸은 땀으로 흠뻑 젖었다.

"목이… 너무 말라…."

"너 지금 심한 탈수 상태야. 잘못하면 큰일 나. 일단 수분부터 공급해야 해."

세미를 눕히고 링거 줄이 빠져나가 피투성이가 된 옷의 소매를 걷으며 효승이 말했다. 능숙하게 수액을 연결하고 세미의 머리를 쓰다듬었다.

"일단은 좀 자. 새벽이 올 때까지."

"하지만."

"쉿, 내가 지키고 있을게."

효승이 세미의 손을 굳게 잡아주었다. 뜨거운 온기가 느껴져 마음이 평온해졌다. 나지막이 노래를 부르는 효승의 목소리가 점점 멀어졌다.

얼마나 잤는지 모를 일이었다. 눈을 떠보니 효승이 세미를 내려다보고 있었다.

"정신이… 들어?"

사방이 환했다. 눈이 부셔 주변이 제대로 보이지 않았다.

"내가 너무 오래 잤나? 어떻게 된 거야?"

"오래 잠들었어. 이제 안심해도 돼. 안전하니까."

그의 말이 너무나도 따뜻하고 포근해서 세미는 희미하게 웃었다. 효승이 세미의 머리칼을 부드럽게 쓸어주었다.

"꿈을 꿨어. 무서운 꿈. 너무 생생해서 현실인 줄 알았어. 오빠 목소리 들으니까 안심이 된다."

세미는 효승을 향해 손을 뻗었다. 그의 단단한 팔을 어루만지려 손을 뻗었으나 아무것도 만져지지 않았다. 이상한 일이었다. 아무리 애를 써도 그의 형체는 만져지지 않았다. 이 포근함은 꿈이구나. 주위를 몽땅 삼켜버릴 것 같은 좌절감이 온몸을 감쌌다.

"세미야?"

효승이 울고 있는 그녀를 불렀다. 눈을 뜨면 이 따듯함은 모조리 사라지겠지. 눈을 뜨기 두려웠다. 세미의 볼을 타고 흐르는 눈물을 닦아주는 따듯한 손길이 느껴졌다. 그 손길의 느낌은 너무도 생생해서 꿈이 아닌 듯했다. 용기를 내어 눈을 떴다. 아까 모습 그대로 효승이 세미를 다정하게 내려다보고 있었다.

"꿈이 아니었구나…. 다행이다."

효승이 따듯한 미소로 빙그레 웃었다.

"그럼. 악몽은 이제 끝났어. 아무것도 걱정하지 마."

효승이 세미를 번쩍 안아 올렸다. 당황한 세미가 효승의 목을 감싸 안으려 팔을 움직였지만 아무것도 움직일 수 없었다. 팔을 휘저었지만 손이 보이지 않았다.

"꿈인가봐. 나 손이 안보여."

효승은 고개를 저으며 부드럽게 세미의 머리를 쓰다듬었다.

"이제, 너에게 손은 필요 없어."

세미를 안은 효승이 저벅저벅 문을 향해 다가갔다.

"문 열어주세요. 깨어나셨습니다."

굳게 닫혀있던 문이 벌컥 열렸다. 마을사람들이 환희에 찬 표정으로 세미에게 달려와 엎드려 절했다. 머리를 조아 렸던 사람들이 길을 터주자 효승이 연단 위로 올라가 제일 높은 곳에 위치한 의자에 세미를 앉혔다. 요란한 드레스 덕에 세미의 팔다리가 보이지 않았다. 흡사 드레스 위에 머리만 얹어 놓은 것 같은 모습이었다.

"여러분, 삿된 길짐승의 방해에도 굴하지 않고 우리 새영 등님께서 저희에게 현신하셨습니다. 우리 제주의 평화와 안녕을 위해 사지를 내어주신 영등님의 희생과 사랑을 기억하며 온 마음으로 새영등맞이 기도를 바칩시다."

사람들은 일제히 환호성을 지르며 기쁨에 겨워 춤을 추고 노래를 부르기 시작했다.

"아니야! 나는 영등이 아니야! 나는 황세미야! 이 미친놈 들아! 너희들 다 죽여 버릴 거야! 귀신이 되어서라도 너희들 싹 다 죽여 버릴 거야!"

몸뚱아리만 남은 세미가 악을 쓰며 울부짖었지만 사람들의 기도가 그 울음을 덮었다. 옥색 두루마기를 입은 장로가 징과 북소리에 맞춰 칼춤을 추기 시작했다. 기도소리와 북소리가 높아지는 가운데 장로가 시루 위에 놓인 칼을 타고 올라가 뛰었다. 기도를 하던 사람들이 하나둘 자리에서 일어나더니 영혼이 빠져나간 인형처럼 정신없이 뛰었다. 이 모든 걸 그저 바라볼 수밖에 없는 세미의 얼굴은 눈물과 화장 범벅이었다. 아수라장 가운데 저쪽 문이 슬그머니 열리더니 우장을 쓴 사람의 그림자 같은 형상이 바람처럼 날아오는 것이 보였다. 세미는 세차게 고개를 저어 움직여 보려했다. 우장을 쓴 그림자가 세미의 몸속으로 스르륵 들어갔다. 순간 숨이 막히고 머릿속이 번개가 치는 것처럼 번쩍거리며 온몸에 강한 경련이 일었다.

숨이 막혔다. 죽음에 가까운 고통과 공포 속에 부드러운 꽃바람에 실려 영등마을의 유구한 역사가 세미의 머릿속으로 밀려왔다. 알아들을 수 없었던 사람들의 기도가 뜻이 되어 전달되었다. 모두가 가족인 지상낙원. 그 지상낙원을 지키는 영등신.

이름이 기억나지 않았다.

"나는… 영등이다…."

후기

책 읽기를 싫어하던 소녀가 어른이 되어 아이를 낳고 글을 쓰겠다고 나댄지 어영부영 십 년이 넘었나 보다. 심심풀이로 시작한 소설쓰기였는데 지금은 나를 작가라고 불러주는 사람들이 생겼다. 참 어색한 타이틀이다.

제주도에 대한 기획소설을 써달라는 제안을 받고 마지막 교정까지 일 년이 넘게 걸렸다. 남들만큼 책을 많이 읽은 것도 아니요, 글쓰기 공부를 한 것도 아닌 나에게 코스믹 호러라는 말은 멀고 낯설어서 방학이 끝날 때까지 숙제를 미루는 초등학생의 심정으로 막판에 쥐어짜듯 나온 이야기가 바로 이 책에 실린 이야기다. 코스믹 호러가 뭔지도 모르는 나였으니 수정은 당연했다지만 아예 처음부터 들어엎어 다시 쓰기까지 하며 여러 번의 수정을 거쳤다. 누가 보면 장편 내는 줄 알 거다. 쓰지도 않으면서 마음의 부채는 목구멍을 꽉 막고 있는 듯 쉬어도 쉬는 게 아니고 놀아도 노는 게 아닌 시간이 너무 길었다. 탈탈 털어도 몇 편 안되는 글이지만 내가 쓴 글 중에 가장 산통이 심했던 작품이다. 힘들게 쓴 만큼 읽는 이들에게 재미를 줄 수 있다면 참 좋겠다.

후원해주신 분들

조대연	ND	구병모	알파A
정주리	신주성	유다인	김남영
김곰돌	한정연	밍타	김문다
SiberiaHamster	yami	단하나의 소영	이충엽
김현정	양여진	김이나	백현이는경수를 사랑해
위래	지유	김진진	
여울	소담	신새은	강진희
김준석	이상훈	윤탤이	김성균
루인	악어	산도랑	울새
DIN	앨리스	박달동새박사	송쥐
오염	이현지	임성연	이가현
W.YoungEun	보리보리	이규석(사무엘)	DD
조동신	토끼의간	체리	세이지
무요	금레몬	설빈	박은진
현민	profd	강혜경	김나영
한새마	홍준	별서장	최윤혁
기연	김익수	이나라	권지연
우주먼지	SH	노은희	Zimo
박형규	이혜라	단비	꿈꾸는라일리
김지현(라임)	전지수	킬리아	영은
유정	흐르는물길	그린디에타	ECh
서동실	매트나라	정명섭	이준한
박소해	진마음	장은애	김병희
정미진	SY	이슬기	지각쟁이한치
강하	김완선	전소연	토실토실
김혜민	진JIN	강제이	구아쿨
은파랑	메론빠앙	김수정	어여쁜여인네
준	서목	짱유니	이제롬
소행성관리국타조	너노소미양	INSA	박국희
	이현송	은범	cka
정빈	강현우	김창걸	강준우

전진실　　박진희　　최영록　　김명하
김무주　　황지현　　박성은　　엄재연
윤희정　　HYUN　　한누리　　이구
박선민　　ES　　박혜연　　강세희
한영주　　Ryeong　　김태엽　　김지아
태보림　　박인준　　김정성　　무지민
5지마　　달곰이　　장초랭　　김연회
양건희　　김준석　　이선아　　황혜인
강갱　　임다은　　김은결　　경경
김서현　　김포말　　목　　김정희
성도규　　홍일웅　　이여름　　박수인
ㅅㅠㄴ　　안이솔　　이현직　　김연우
김희태　　주삼다　　채상은　　오늘도봄
보후　　박현경　　한유빈　　정수진
나이빈　　류수연　　여포　　박서회
김규식　　pp　　샐리　　나무
짱법이　　김한솔　　홍수지　　김명식
추리추리　　유다은　　청호월　　홍진
서효민　　현우경　　이홍주　　박소희
정마리　　박지애　　김도은　　조성준
이웅　　박현지　　김날로　　김주영
구민영　　이예리　　석시연　　강혜윤
신재희　　Moon　　채지은　　박세담
콘치잉　　빵수니　　애주　　서암
전동화　　수수아빠　　김아름　　최모아
김예진　　레이븐1410　　Murphy　　장형완
박한새　　김정현　　정연　　라니
뺀질조변　　정윤조　　마롱(Marron)　　이재호
정쥬르　　김가연　　펜나　　쓰안제
Anthony Bird　　이윤　　김하림　　탁도윤
주조　　용용이　　안성준　　문상신

arcssiiii

김현서

최윤서

(Hellion_lights-
cape)

홍서야

#CEF6D8

너굴

YoonJinART

김아롬

최유리

루베

눈표범

정선경

호우

몽

손성민

김현진

염지민

김주현

Rudora

이혜기

정윤범

정혜영

챙

해원

밍키언니예영

정석

오다혜

띵민

이민종

박종익

김지열

정준

김연수

이정민

구민희

박서영

J'sol

유신

김맘먀

밍굴레오

연진

윤지환

김진형

나야

전원빔

김채린

김상준

김민지

강민정

金藝珍

이고운

배정아

조가수진이라오.

김예지

란호

솔수민

이혜인

이동희

심채원

나선

손나현

로하

김대현

백나비

유창균

가장오래된신

김보영

이안나

이현정

김나솔

리지리

김다영

이유빈

최은호

어스름달넉

J

조아름

트루바

강요진

조상휘

JIS

신주혁

고은정

김윤미

김화랑

이주연

박킨드

김서윤

김혜윤

김화영

임다일

다사

이주연

츠누

송지윤

별강

박지수

혁준

똑디

김선인

강남규

배윤하

현 수

진수범

보라뚜비나나쁘
비

JHY

김도영

석삼이

김경미

이창재

박원국

메갈라이터원재

이한림

타라

김꾸덕

하동애

이재은

손은빈

이도소스토스

김슈한

이현준

와영	이지은	T!N	Chocomello
채	리포	냉면	사비
김소정	오은지	Chaewon	이다연
루은	이다영	이인정	허우석
문아	정보민	박지예	문일식
김보라	장재연	제야	김선화(CP)
강혜인	허송이	Ara	에디오스무
이연우	lEVI_KIM	김경곤	외눈박이
김세진	문혜빈	안남시블랙메탈	excellency
오은희	남순아	기념관	곰곰궁리&꼬나
박소정	김유주	ekips	호랑아씨
류가영	이단	황영찬	나예린
헌ol	유경아	조물럭	최지혜
이소S2	KURUMI	조우수	이서현
김채린	Anonymous	HA65	동굴곰
김태연	최유지	이온	송지영
이연	차원여행사무국	김근영	새벽하늘
조혜승	솜	빈수	날뛰는연어
안승현	나다연	최헌관	지동섭
전윤식	들녘의오겹살구	김에몽	박혜림
김민하	이	선영규	조은서
김나연	월아비	사교도A	ZOE
이민영	김조은	크리스틴	신미리네님
길민호	라온파니	이용환	곽주일
코로나	이준	까마귀	한세희
문아영	정동윤	윤성	합시
무	이은서	끼끼님	무무
윤영	꿀돌이랑꿀순이	설	마왕쟁이
무유	랑깽깽이랑	정하경	이도경
청월빛	민녕주현아빠	여우량	박복숭아
복선영	두량	김서현	심연

괴도	윤정섭	이후억	솜
후원자	지연	이신지	문후영
에몽스토리	박수정	이수	임윤정
이영수	이혁민	SEBU_U	라온
홍유리	기재안함	강도환	이아름
다크거북	이윤진	양세영	온소낙
한수정	해현	화솜	물보금
CSH	정은혜	랑예	최형석
옌	문하빈	안소민	강민경
강예지	나하	정다혜	찰
Luna	홍주연	최소은	조희은
김광혁	박경화	상감마마	난애
송명한	아리에	사랑	지웅
최피로	#	배성진	윤효녕
정소현	민준영	이시한	달아즈썩
金紫榮	선아	채수민	LycolianC
윤수종	손수빈	김혜린	네르가인뽄
신경은	박서영	하윤	양999마리
박기태	김우주	이호선	수정
년봄	홈워즈	이율린	티베른
윤아	허원경	박하나	이지후
尤人	신동주	류지	제주소년강재훈
서현지	임이랑	르셀	ㅍㅑㅇㅍㅑㅇ
서정인	아리에르	47의43번째밀실	허미현
레빈스키	심근해	hyeok	진나무
비나리	임서연	김나래	김영기
Drifter	카라안	문인	홍도형
모로담	팬텀	일탈의미학	한지수
이태희	장다인	대환아름	고건호
시안에이린	조용완	구수경	상치
원종광	손영탄	김영랑	도깨비박춘식

유새롬	호두나물	이웅디	황승택
접아	공경환	이준혁	떡이
한서향	홍도선	오조용	을지현덕
전희성	임소라	박상준	J.White
밤하늘	박종우	K.minseo28	이슬
레드썬	김규리	290	썬E
이영미	홍서영	Wook's	Jamma
그로넨	전혜림	김소진	박영현
김진경	이하늘	박기호	김진영
고로상	불멸자적존재	김고은	유도연
작은별빛	안지영	나비	김이재
책방소리소문	다현율리맘	김연우	박시내
eyesflow	박봉봉	황희정	김진욱
김윤희	할망똘	지은	아슈
동산위에지카	박현서	은사	김이웅
오세인	김채연	최정원	장레이
모래	별하랑	한동권	박민영
오서하	리도	이진희	오지우
보현	임서연	유진	윤준서
장국영	전가람	ru	오유정
두루미달	홍냥	이아윤	류현수
타미노커	홍제우	란페이	소소나예
노영준	김부희	열대야	김은혜
유세미	이채민	감각이없어요	정유정
Greentale	위기의기위	김서연	권현아
ChoomGo	Joobeen.	나무우	5월의가을바람
김민선	안유선	이진석	아귀
주예록	chychy	밤우	이하라
계오	정선규	Hxllxn	이영주
여왕토끼	정민경	양미르	.장민지
이도연	엄호윤	박진희	강혜성

강재민	illusterstern	김보현	귀찮아서졸려
KLiiTiCAL	김규태	김면봉이	김수아
천영민	Gissing(박재일)	노순영	도련
벼리	수정	황동희	이현지
최수현	훼뤠뤄로쉐	황가댕	자갈
신아람	EASThug	판	5peaceful
주현	안개꽃백송이	서지현	광주
무적다람쥐	버섯양	박연서	임승현
김강래	Ejey	이유빈	섬마을류씨
담이	정미경	최현주	카키드피스톨
김정수	이지연	bammps	이소희
임지우	홍태욱	cociya	이시훈
장아해	서지연	김수빈	신서연
유승남	김도은	한기	은빛늑대
류반야	초롱리코리스	벨루안	구민화
버들	지혜팬더	최지혜	rouncy
서창환	윤혜진	박영민	뱀꼬리길
렐레	문기연	이상희	윈익주미
하얀기적	DOHA	하율	오하늘
손연서	박효심	김현경	최선호
돠릴리와율폭스	윤부엉	내일의불주먹	Seunghan-Lim
박지영	유연미	박민희	해인사
김상애	Hming	조윤지	54460023
Dune	라따뚜이	이용연	냐하
짜투리	홍유진	박정도	최성민
김은영	이유진	소리눈	김나은
김예슬	김유진	이여명	하우진
애거야호	유승재	EomJeongA	최탤
이수연	우리세은이아버지	현	은솔
홍세라		라라	홍용화
강민	유가은	김상직	스튜디오길몽

동연	교수	에이하르	한얼
장유경	진성우	뉴시	홍정암
진솔비	연암	운아	김하윤
예거_8088	징니	윤토끼	연청
온	후니네헤린이	임진주	문법자유주의
김수진	얼굴로션빵	정시현	레지나
김열음	연희	은	소현
김세연	김상원	권미래	이지연
임슬기	이주희	홍은채	유동규
주이정	라일라	양승욱	이윤환
POPO	순자	검은현무	효한
徐載悳	권수아찬	장동민	이창호
배수경	BERT	이정우	Dokkaebi
최용석	김주희	이진희	짱끼리
이윤경	닐아	최원준	ST_SUNDAY
배주희	정나영	김법성	모락
나	호부기	가우리	조정연
박태현	유지원	유정	崔壤支
얌식	하나피	오벨리타수빈	권준모
류혜리	정지원	나민선	김토로
전형준	바다해파리	이상은	서은영
김지원	권태우	박준우	권아현
아름등걸	신상욱	나람	지혜리
시엥야옹	유솔	김별희	윤승모
대학원좋아	주동은	박감자	김종현
정주영	홍서현	윤윤하	오기광
야청	란티화	해성	사악한곰탱이
사이비	성연서	장명진	김예령
김현수	안희준	강기원	붉은담쟁이
윤정준	김은동	슈담	샤이랑가람
전나은	윤현준	연아	박수연

김예은	정민규	유파랑	조윤재
정민경	김예린	시모	킴선비
이보혜	한겨레	안영현	곽상민
화준호	박주희	잠랑	삐노
어흥	임예원	최영욱	김도헌
영주(vio-letweed)	장제비	강슬기	김선재
	잔나비	신동해	강새롬
윤형덕	김경진	김범수(작평)	고보라
이웅찬	김성현	정우정	김석원
어붓	김지아	San	정유정
김시형	김연형	김란현	carabid
김세이	유나틱	김스물	노해원
손민정	산낙지	이우진	김인혜
최원도	ㅇㄴ	StellaKim	신은수
조다운	이화주	깡통차기	U
문성민지현	아람	이그교류큐지부	김이현
970	손진호	김뭐시기	성호태
이연경	김성우	박윤아	배한이
다람쥐협회	이종규	하재형	JiHU
전은혜	김래하	김근영	김솔지
김명환	정민지	고강석	한창현
이소리	최은혜	정현민	홍승화
안희중	구원	김광호	BASARS
설화수집가	오레오	어마루	테아
getuniverse	김달봉	안유진	니콜theARMY
황정현	신재경	Paul	김남훈
민재뿡뿡뿡	이혜은	유진곤	노현수
희나	박정렬	여강	이하림
삼도천의까마귀 모리유	崔守蕙	보따리	직살
	이상헌	민영	김은빈
SEONE	이서영	박강희	박수현

이미지	김형길	이은성	안지영
정혜림	유혜정	교도리	소금바닐라
이루냥	김도연	귤	이정수
김형준	최영원	동화왕	Radin
신야	장은규	부좌집막내	황규민
이원빈	김현지	이제이	곽수현
명범진	장주연	김종인	윤냐옹
박대원	배세환	조미나	박민희
김해솔	아꼬미	최수연	박현지
선빈	곽현규시하	호잔잔	금다은
박주영	이종영	배민웅	광란
투더문지호	김선기	이중배	EyCho
전찬우	박해준	이예림	김유림
박철완	뷔형랑	노혜령	황정빈
치즈젤리	짠누	조수경	정호연
보노보노	허유진	용용이	박혜리
이규석	모몽	윤석주	조민지
지혜림	김채빈	???	고현아
강보경	사차원	유비	이혜란
ArinH.	김동우	성효은	草編三絶
차담	조선빈	가을닢	클라우디아
조규남	손정우	연사인	고인혜
김종찬	효승	장춘규	HowardShin
ivor.lee	이삭	이종인	망가진펜촉
박제니	HH	이경하	양승국
김동희	zesse.P	푸풋	안예진
보키보키	김태관	준	jh
이종선	윤이든	후s	Giocoso
서예원	김건아	예린	장동녕
조가은	여솔민	차유민	이상파랑
두발딛고야옹	박기영	카직봇(이진)	조상호

휘휘	청정원	백지애
김선우	김주원	투탕카
정선우	노주영	시륜
한동헌	이노을	서해인
Lunianus	최주호	서연
양진	문동환	이정아
유선희	이제나	cylin
카리	오병석	유정
김수영	한나스코	세발까마귀
오현지	김해든	쥬빵
Woomi	김보라	신진이
연	이광빈	나랑나비
홍승아	장대웅	적월
정다연	황세빈	김세린
키요	진민구혜	포렛
SPE	김이랑	오도디
임채연	정서진	신혜진
느린_김병준	나탄 마샤	이성길
강늑	권재혁	이윤하
신현주	준희현주	유나
정태수	먀퍼	슈크레
김미수	신산슬	유승곤
강지현	Mongta	오정은
꽃핀유튜브구독	신누리	썬규
노희진	김보노	오영춘(CNR)
황은경	AL	배수현
이유진	홍림	신수정
사발	박서연	
승진	문혜성	
주민지	뇨뇨	
고세윤	진주호